字着头走石

文字追着石头走

韦光勤 著

天津出版传媒集团

百花文艺出版社

图书在版编目（CIP）数据

文字追着石头走 / 韦光勤著. -- 天津：百花文艺
出版社, 2025. 3. -- ISBN 978-7-5306-9059-8

Ⅰ. I267

中国国家版本馆 CIP 数据核字第 2025GT3625 号

文字追着石头走
WENZI ZHUIZHE SHITOUZOU

韦光勤　著

出 版 人：薛印胜
责任编辑：王　燕　徐　姗
装帧设计：彭　泽
出版发行：百花文艺出版社
地址：天津市和平区西康路 35 号　**邮编：**300051
电话传真：+86-22-23332651（发行部）
　　　　　　+86-22-23332656（总编室）
　　　　　　+86-22-23332478（邮购部）
网址：http://www.baihuawenyi.com
印刷：山东临沂新华印刷物流集团有限责任公司
开本：880 毫米×1230 毫米　1/32
字数：300 千字
印张：11.25
版次：2025 年 3 月第 1 版
印次：2025 年 3 月第 1 次印刷
定价：58.00元

如有印装质量问题,请与山东临沂新华印刷物流集团有限
责任公司联系调换
地址：山东省临沂市高新技术产业开发区新华路1号
电话：(0539)2925886
邮编：276017

目　录

八雅的淡定与从容

朋友几次三番邀请,盛情难却。于是,趁着轮休的间隙,驱车四个小时,终于踏上了处于黔桂边地夹缝中的八雅村地界。

八雅是广西壮族自治区河池市南丹县里湖瑶族乡的一个行政村,很小,人口不到七百人。这里世代生活着壮、汉、苗、瑶等多个民族。

八雅的地理位置有点特别,甚至还有些尴尬。它的东面和北面是贵州省黔南布依族苗族自治州荔波县的小七孔镇,南面是广西南丹里湖乡的甲木村和纪兰村,西面则是南丹芒场镇。站在这块土地上,广西与贵州,八雅与小七孔,你中有我、我中有你,分不清彼此。八雅村的玉米地镶嵌在小七孔景区里,村民一年四季往来耕作;荔波县的森林防火和禁燃秸秆通告,张贴在八雅村民的木楼墙壁上。此番景象,让人一时迷糊,不知自己究竟身在何处。

八雅以前是雅甲大队的一个生产队,一九八〇年从雅甲大队分拆出来,成立八雅大队,属里湖公社。一九八四年撤公社设乡后,八雅大队改为八雅村,仍属里湖瑶族乡。

"八雅"这个名字很容易让人想起古代文人的"八雅":琴棋书画,诗酒花茶。这是我们传统文化当中的八种艺术形式,也是古代文人展示才艺和把玩人生的高雅方式。然而,这里的老人告诉我,他们所居住的这个地方之所以叫作"八雅",是因为四周有八座形状各异而又挺拔的山峰,一峰一"雅",故名"八雅",与古代的"八雅"八竿子都打不着。

巴哈是八雅的一个自然屯,约有三十户人家。村里老人们说,他们的先祖来自贵州省黔南州三都县。或许是这个缘故,巴哈人与邻近的荔波县布依族人的生活习俗颇为接近,似乎有着某种无法剥离的亲缘关系。巴哈与贵州荔波,山连水,水连水,名扬天下的荔波小七孔景区就在它东面不到一公里的地方。村民所说的话,与荔波的布依话如出一辙。

在史籍里,布依族是"濮越"或"濮夷";"布"是"族"或"人"的意思,与壮族自称"布壮"(讲壮话的人)的"布"意思完全一致。

多年以前到荔波,道路两旁和景区里零星有一些村民摆摊儿售卖煨玉米,见游客到来便用布依话高声叫喊:"煨玉米——煨玉米——"尽管与我所操的壮话口音有些许差异,且声调高昂,语气短促,我却听得十分真切。今天在巴哈,我又听到了与当年一样的陈年话音。

巴哈的房屋依山而建，周边茂密的树林和海量的石头，为房子的建造提供了充足的原料。这里的民居均为干栏式建筑，且大多构筑于台地之上。这种房屋大致可以分为两类：一种是纯木式干栏；一种是石木混合式干栏。纯木干栏的房屋通体由木材建造。那些散乱的木柱、木片、木块，通过榫卯咬合的方式，长短衔接，粗细相连，一座结实牢固的房子便挺立山间，栉风沐雨。为了防腐，木制房子的柱子底部都会垫有一块人工雕刻过的漂亮的柱础。木石混合干栏房屋则是下层用人工錾修过的方形石块砌成坚实的基座，第二、第三层才用木材搭建。无论是哪种干栏，均坚实牢固、方正端庄，给人一种安稳妥帖的感觉。

一九七九年，巴哈曾经燃起一场惊天大火，所有的干栏房子一夜之间化为灰烬，一九八〇年以后才陆续重建。今天人们看到的，就是当年重建后的模样。

巴哈干栏式结构房屋的上中下三层，大体如此布局：下层圈养家禽和家畜，居民的饮食起居安排在中层，上层则用于存放粮食或不常用的器具，有些人家也安排当作居住的房间。顶部一律覆以黑瓦，房屋正脊的中部及两端则用瓦片拼接成各种漂亮的造型，作为房屋的装饰。由于完整地保持了传统村落的原始形态，巴哈于二〇一六年被列入第四批中国传统村落名录。

这里每一户人家的大门口，都砌有供人上下的石条阶梯。

年深日久,石条已经被磨得光洁锃亮,几乎照得见人影。人们的日常起居均通过石条阶梯进入中层。中层是房屋的主体,布局相当考究,设有堂屋、卧房、火塘、伙房。堂屋在前,火塘在后,中间用一道类似屏风的木板墙隔开,人从大门进入堂屋是看不到火塘的。火塘的形制一般为方形或圆形,四周用石条或砖块围砌一圈。火塘中央置放一个三脚铁架,上方悬挂一个吊篮或吊钩,供熏制和烘烤食品之用。煮饭的鼎锅和炒菜的铁锅则直接架在三脚铁架之上。冬天时,一家人围坐在火塘四周烤火,谈一年的收成,说来年的打算。间或有左邻右舍加入,谈古论今,谈天说地。通红的火光在每个人的脸上闪烁跳跃,映照着一个又一个其乐融融的乡村夜晚。

随着时代的发展,现今的人们已经单独建有伙房(厨房),伙房当中垒有牢固的灶台,立有高大的厨柜,摆有洁净的餐桌,置有便捷的燃气,一日三餐已经逐渐转移到伙房。但火塘则始终保留,除了冬季烤火、年节熏烘腊肉之外,最为关键的是,在湿气很重的山区,借助火塘烟火的熏烤,可以有效延长干栏建筑的寿命。

人要想进入房子上层,须得倚仗内部架设的木梯。房屋顶部两端的下方,用木质方条围成网格状的窗户,可以通风换气,使存放在这里的粮食免于受潮而霉变。随着时代的进步和科学知识的普及,当地群众对自己干栏式的人居环境重新进行了布局,在房子边上另外搭建猪栏、牛栏和鸡舍,人畜分开,人居环境变得更加清爽洁净。但在建筑风格上则一直保留了其原有的干栏式建筑特色,呈现出一种古香古色的山地建筑风格。

巴哈山清水秀,古朴迷人。山间林木深深,地上流水潺潺。二〇一一年,当地政府计划利用巴哈古色古香的干栏式建筑发展旅游业,并修筑了一条宽三米的水泥路,从南到北贯通村庄。后来因种种原因,该计划未能实施。在巴哈与小七孔景区之间,至今仍有一公里左右的道路未能硬化,还是凹凸不平的沙石路。

前些年,因为地处偏僻、交通不便,当地政府将这里的三十户村民集体搬迁到位于王尚的移民安置点。因为安置点近旁就是"瑶望天下"景区,游客络绎不绝,村民眼界大开,就业门路广阔,过上了风光体面的"城里人"生活。而坚守家园的巴哈村民充分利用这里独特的地理优势,青壮年到近旁的小七孔景区务工,撑皮筏、划竹排、做清洁工。年老的妇女则到景区里售卖竹筒饭和炸鱼,每天的收入颇为可观,日子过得异常滋润。

在巴哈屯内,有三座古井,呈"品"字形布局,就像三面光洁的镜子,日夜映照着巴哈这一小块天空,给村民带来仪态万方的云影天光。古井之水,无穷无尽,惠泽一方。炊事饮用,日常浣洗,孩童嬉戏,均有赖于此。而那些在村中汩汩流淌的山涧溪流,则给村民带来一份透明清澈、叮咚作响的美好记忆。

"一方水土养一方人。"这里的人热情好客,礼节周到,自带一种古风。或许是气候原因,这里无论男女,大多善饮,七八杯土酒下肚,依然健步如飞,毫无醉态。酒至半酣,满脸通红的妇女们高举"牛眼杯"挨桌给客人敬酒,一杯一口,豪气干云,叫人叹服。

八雅地处广西与贵州交界的边缘夹缝地带,过去是黔桂之间的陆路通道之一。清咸丰年间,当地乡绅发动民众筹资修建了一条石板路,往东通往贵州荔波,往西通往广西南丹。在漫长的岁月里,通道之上,走过盐商,行过货郎,跑过军阀,贩过鸦片,更多的是黔桂两地芸芸众生的往来奔波。现如今,古道仍在黔桂边地的山间蜿蜒,发挥着它联络东西、沟通南北的作用。那立在坳口的方形石柱上,依然清晰地镌刻着本地乡绅当年筹资整修古道的忙碌身影,讲述着古道"南连桂境,北达黔疆"的动人故事。

八雅的东西两侧是两列高耸的大山,村庄被大山夹在中央。从高处看,处于山坳间的村庄活像一个襁褓中熟睡的婴儿,显得从容而淡定。古人说,山水可行,可望,可游,可居。在今人眼里,八雅似乎四者兼而有之。古道悠悠,景色宜人,可行;山峰起伏,绵延千里,可望;树木苍翠,云雾缥缈,可游;古井如镜,山泉叮咚,可居。

上了年纪的八雅,亦旧亦新的八雅,淡定而从容的八雅,像一块镶嵌在黔桂交界处的宝石,散发着奇异的光芒,吸引着越来越多的外界目光。

北京塘涟漪

一

在广西罗城,有一个大名鼎鼎的水塘。提起它,在当地几乎无人不知,无人不晓。它之所以声名远播,是因为它有一个高大上的名字——北京塘。一个小地方的水塘居然有一个"北京"的名字,听起来就让人感到惊奇。

北京塘是一片开阔的水域,面积在三百亩左右。从龙岸驱车过去也就五六分钟的车程。罗城经融水洞头去往贵州铜仁的二级公路,像一条飘带拂过它的身旁,勾起人追逐诗和远方的冲动。塘内水光潋滟,岸边竹影婆娑。站在塘边的坝顶手搭凉棚,只见远山如黛,白雾飘飞,宛如人间仙境。小坳岭和大坳岭在不远处一字排开,像两个顽皮的牧童在塘边追逐嬉戏。千金岭突然横斜而出,撞弯了塘的腰部,遮住了北面的大部分水域。要想看清塘的全貌,需要沿着公路向北走上一两里路。塘的意义逐渐淡去,芦苇和水草成了这里的主角。塘的尾部向两头岔开,宛如两片巨大的肺叶,在天地之间不停地吐故纳新。当地人已极少叫它北京塘,而是习惯称它为"二塘"。据说,当年为了方便佃户挑粮交租,下地栋村的富豪韦德修出资修建了二塘桥。我在前几次踏访中,因为方位错乱,左冲右突,一直未能寻到它的踪影。

俗话说:"人到村头问村主。"吸取教训之后,那天在村里转悠时,就急切想找到一个热心的向导。幸运的是我遇上了一个韦姓本家。他在知道我也是"京兆堂"后人后,苍老古板的脸上立刻绽放出灿烂的笑容,欣然为我当向导。在这个热情似火的本家指引下,几乎不费什么周折,我顺利地找到了那座传说中的"二塘桥"。它像一条姿态优美的灵蛇,穿行在繁茂的芦苇和水草丛中,连通着古往今来的喧嚣与落寞。此刻,春寒料峭,草色青青,山风鼓荡,前尘旧事如万马奔腾,蜂拥而至,让人应接不暇。

这片清澈的水域,究竟承载了多少世道人心,见证了多少哀乐兴衰?走在它的边上,这样的疑惑挥之不去,弄得人心神不宁。

二

初次听说北京塘大约是在二十年前。从那以后,便念兹在兹。在我看来,一个人的生命中要是没有一个或几个水塘,那他的人生就不够完美。我的村庄没有大河经过,仅有几条从林子里流出来的小溪流。它们在奔跑的途中也会制造一些水塘,但大多深不没膝,广不盈丈,未能给我们留下多少伸展腾挪的空间。我人生最初的泳池是一个一亩见方的小水塘。它像一面小小的镜子,镶嵌在村子的前方,给这个名叫瓦窑的寨子梳妆打扮,同时也给这个闭塞的山村带来几分弥足珍贵的灵气和韵致。它本来是为秋天干旱的农田预备的,却在无意间成了我童年的泳池。它的源头是一条弯弯曲曲的小水渠,夏天炎热的大太阳一烤,它便"入不敷出"。所以,塘里的水基本上是死水,水体浑黄,从来没有看到它清澈见底的时候。然而,当年我们没有别的更好的选择。一到夏天,村里的小孩,不论男女,都到这里来玩水消暑。男孩随便找个地方,旁若无人,手脚并用,三两下便把自己剥个精光,一个猛子扎入塘里。女孩则在石灰窑旁边的茅棚里,左顾右盼,小心翼翼地把衣裤脱掉,瞅准左右无人,便三两结队壮胆,用一只手捂住私处,以百米冲刺的速度狂奔而出,下饺子似的扑噜扑噜跳进塘里。浑黄的塘水是一个天然的屏障,一旦跳入水里,除了露出水面的一颗颗脑袋,谁也看不清谁的隐私。而我则因为年纪太小,只能孤零零地在塘边逡巡,一脸艳羡地看着哥哥姐姐们在水里打闹。终于有一天,在几个大孩子的怂恿、诱惑甚至威胁之下,我抱着一根大腿粗的干透杉木,在浑浊的水塘里面胡乱扑腾,花不了半天时间,居然奇迹般地学会了游泳这个保命的技能。对我个人而言,这绝对是个大事件。要是没有那个浑浊的水塘,说不定我今天还是个"旱鸭子"。

这些年,为了了解一些地方风物,印证从史书上得来的人文线索,特别是为了探访周钢鸣、曾敏之、何启谓等前辈文人旧事,我曾多次孤身一人到龙岸的地面上行走。走进乡间社会的皱褶,呼吸那里浓郁的文化气息和生活气息,审视那些珍奇孤绝的田野遗存,一度成为我写在大地上的作业。那些幽深的街巷、宁静的山村和坦荡的原野是每次行走鲜活的目标。每每在它们模糊面目的背后,我都会听到来自大地深处的声音。

我在很小的时候就听到了"龙岸大地方"这句话,但只知道这是说龙岸地方大,但怎么个大法?大到什么程度?谁是这句话的专利拥有者?这句话从何时开始在人们的口中流传?不得而知。在我看来,第一个发出这样赞叹的一定不是龙岸本地人,而是无意间踏入龙岸地界的外乡人。只有亲眼看到了龙岸平旷开阔的原野田畴后,才会发出这样由衷的感叹。细想起来,这句话包含这么几层意思:一是龙岸地域广,物产丰美;二是龙岸文化氛围浓,人杰地灵;三是龙岸多民族杂居,兼容并包。

有一个笑话说起来让人忍俊不禁,记忆深刻。某天,一个老实人被人欺负,忍无可忍,便歇斯底里地喊道:"我在龙岸打过谷!我在龙岸打过谷!……"言下之意是我在龙岸这个大地方待过，见过大世面，你们怎么能打我！这当然只是一个笑话，但它从一个侧面印证了一个事实：龙岸确实是一个了不得的地方，倘若曾经到龙岸做过事或有个龙岸的亲戚，那可是一种特别的履历和荣光，甚至在被人欺负的时候毅然把它举过头顶，当成一面抵御别人攻击的盾牌。

我还偶然听到了一副颇为有趣的对子："禄马白牛沙子塘边吃冷水，金鸡凤凰尖山顶上吐莲花。"这是用地名连缀而成的对联，上下联分别嵌入了龙岸当地的八个地名——禄马、白牛、沙子塘、冷水、金鸡、凤凰、尖山、莲花，对仗工整，妙趣横生，让人一下子就记住了这些地方，并生出一种强烈的好奇心，恨不得立马赶过去一探究竟。

三

龙岸是一块深埋着英雄种子的土地，革命的火种一直未曾熄灭过，甚至在某个历史的瞬间熊熊燃烧，映红一方夜空。黄花岗七十二烈士之一的李德山曾经在这里以教拳为生，后经同盟会会员刘古香介绍投身反清阵营，并为此献出了自己年轻的生命，成为一名民主革命的先行者。一九二五年北伐军北上经过龙岸时，十六岁的少年周钢鸣参加了北伐军，随后在如火如荼的抗日浪潮中创作了那首荡气回肠的《救亡进行曲》，表达了"天下兴亡，匹夫有责"的道义担当和爱国情怀，激昂慷慨的歌声一时间响彻大江南北，极大地鼓舞了中国人民的抗日士气。抗日战争后期，特别是太平洋战争爆发后，龙岸成为广西抗战的大后方之一。为了避开日寇兵锋，桂林文化城的许多政府机关和文化机构、学校都迁到龙岸这个远离战火又相对富庶的地方来。当时的柳州专员公署、民团司令部、柳州日报社、广西临桂儿童教养院、私立龙城中学、柳州中学都在这里得以保全。柳州日报社迁到与龙岸一河之隔的夏珠村，继续履行抗日救亡的神圣使命。多年以后，为了铭记那段峥嵘岁月，柳州日报社出资在夏珠村建了一个柳州日报社旧址纪念馆，表达报社对龙岸的感念之情。时任广西临桂儿童教养院院长的黄鸥鹋（罗城龙岸人）带领着三百多名难童，穿越炮火，一路风尘仆仆地回到了自己的家乡龙岸，在龙寨刘氏庄园里安顿下来，并在艰难困苦的险恶环境下安然无恙，不能不说是一个奇迹。而柳州中学则在距龙岸六七里的下地栋村集中办学。纯朴善良的村民们以开阔的胸怀接纳了他们，为学校提供了学习生活所必需的场地、物资和宝贵的精神支持。一时间，那些古老的祠堂响起了琅琅书声，宽阔的庭院摆满了整齐划一的书桌，曲折的村巷蹦跳着身着校服的男女学生。鸡鸣犬吠牛哞马嘶中注入了嘹亮的歌声，村庄一夜之间迸发出蓬勃的生机与活力。在龙岸办学的一年时间里，柳州中学在龙岸当地招收了两期学生，很多龙岸学子得以接受良好的教育。响彻龙岸上空的抗日歌曲、师生的开明风气和科学精神,给龙岸播下了抗日和文明的种子,给龙岸民风增添了新的内涵,产生了不可估量的影响。当年作为柳州中学操场、教室、宿舍的建筑除了个别尚存外,其余的均已荡然无存。但是龙岸人民博大的胸襟和仁爱的情怀至今仍在广为传颂,成为一份感天动地的集体记忆。

细说起来,时势造英雄或许并不是一句空话。一个地方要想人才辈出,个人的努力仅仅是一个方面,某些偶然的因素也会在其中发挥巨大的作用。

一天早上,下地栋村的老秀才卢国翰,像往常一样用完早膳,随手抄起那根乌黑发亮的手杖出了门,打算去跟村里另外一个老秀才韦立鸿论诗谈文,没想到半道上突然与一个彪形大汉撞了个满怀。卢老先生大为光火,举起手杖意欲教训一下这个无礼的擅入者。然而待他定睛一看,发现此人虎背熊腰,天庭饱满,双目炯炯有神,自带一股英气,他的怒气便骤然减了三分。莽撞的壮汉见面前这个白髯飘飘的老人一脸愠色,知道自己闯了大祸,忙不迭给老人打躬作揖,语无伦次地连声致歉。卢老先生见来人态度谦卑,知书达理,紧绷的面孔顿时舒展开来。接下来,老少二人按照礼数相互寒暄,互道早安。当得知壮汉尚未用早膳时,卢老先生请对方来到家中,高声吩咐家人准备饭食,招待客人。随后,在壮汉狼吞虎咽和与其三言两语的交谈中,卢老先生得知壮汉此时正穷途末路,无处藏身,不禁悲从中来,怜意顿生。他于是唤来自己的儿子卢西京,面授机宜,叮嘱其务必安排好壮汉的生活。在那个寒意未消的清晨,卢老先生不知道,此刻坐在自己面前的这个落魄之人,竟然是数年之后叱咤风云的一代枭雄——沈鸿英。他更没想到,由于此人的到来,在龙岸大地上,英雄与鬼魅共同演绎了一段跌宕起伏、波谲云诡的草莽传奇。

当年,如果不是沈鸿英来到这里躲命谋食,龙岸这块巴掌大的地方可能也不会井喷似的冒出那么多的风流人物。沈鸿英本来是广东嘉应州(今梅州)人,因客家为土著所不容,发生械斗,其祖先便迁居广西雒容(今鹿寨)县城,以做小买卖为生。父母逝去之后,沈鸿英便随兄长沈鸿辉肩挑背扛,来往觅食于柳州各地。后来,因小本生意,经营惨淡,难以糊口,他又跑到柳城县沙塘和罗城县龙岸佣工。因性格爽直,不安现状,暗中与绿林人物交游。倘若不是生逢乱世,日子难以为继,小商贩出身的沈鸿英估计也不会大老远地跑到偏僻的龙岸来打工,并误打误撞成为雄霸一方的一代枭雄。龙岸也不会成为他的"福地",龙岸百姓也不会成为他的恩人。

沈鸿英发达后,念念不忘他落难时的救命恩人,于是派亲信返回龙岸接走老婆孩子,并在当地招兵买马,扩充队伍,搅起了一阵阵血雨腥风,演绎出了一个个或慷慨激昂或惨绝人寰的人间悲喜剧。这些人当中,通过沈鸿英的引荐和提携考入军校,而后加入抗战洪流，并在台儿庄、昆仑关等战场上痛击日寇，立下军功者，不在少数。其中，韦志鸣曾担任第五战区司令部参谋，并得到李宗仁将军赏识，获赠李本人签名照片。像韦梓香这样几经恶战却毫发无损，安然回归乡梓，课读子孙，教书育人，身染沉疴后钻研岐黄之术，并成为一代名医者，也是家族的荣光。卢西京、卢斗北等人能文能武，穿越烽烟，建功立业，也是个人际遇和时势使然。尽管结局惨淡，仍不失为一种有血有肉慷慨悲歌的人生。

而沈鸿英自己，则在你方唱罢我登场的军阀混战中一败涂地。在当年以李宗仁、陆荣廷为代表的新旧桂系军阀对峙中，沈鸿英如日中天，炙手可热，是各方极力拉拢的人物。一九二四年，新桂系的李宗仁和黄绍竑把旧桂系的陆荣廷驱逐出广西政坛，沈鸿英部是一股不容忽视的力量。然而，大功告成之后，兔死狗烹，鸟尽弓藏，沈从此一蹶不振，远避香港，客死他乡，成为一个彻头彻尾的悲剧人物。

四

在北京塘边行走，一些头角峥嵘的人物在我的脑海里始终挥之不去。比如邱代祥，尽管顽劣不堪，但却聪颖异常，有过目不忘的异能。凭着满腹锦绣和伶牙俐齿，成为罗城远近闻名的讼师（相当于今天的律师），连县太爷也对他高看一眼。道光《罗城县志》里载有他一则名为《冲安庙灵泉记》的小文，说冲安庙旁的山谷里有一石窍，"天然如池，深不盈尺，广不方丈"，终日雾气腾腾，周边的泥土石块四季温润。人们来这里做佛事，给它焚香祷告，袅袅香烟中，一只神蟹便从石缝里钻出来，泉水也随之缓缓涌出，不久即汇聚成塘，"凡宰割烹饪之需，无不资其利用"。但是，等到祭祀一结束，"蟹复入而泉立止，而微润者亦复如常"。如此神灵地灵泉灵之异事奇闻，在邱氏笔下摇曳多姿，读来饶有情趣，让人心生向往。

而卢氏子孙中，出类拔萃者更是层出不穷。卢氏开基祖卢景韬是个儒商，他的儿子卢居仁是个领六品衔的附贡生，而他的五个孙子更是了得，是清一色的贡生。在崇尚农耕文化的乡间，这样"五子登科"的现象，真是非同凡响。卢奂若、卢克初二人的山水画，造诣极高，被人称为"卢家山水"，享誉百年，至今仍为人津津乐道。

乡间人才不一定都要博取功名才能体现自己的智慧和才干，创造财富亦不失为一条正道。韦德修就是这样的奇才。他原来也是个读书人，在取得附贡的功名后，抛开举业，专事贸易。他的祖先是清康熙年间来到下地栋扎根的，那时的小商品贸易已经相当发达。他在出生成长的过程中，家族里也许就有人在从事贸易方面的营生，耳濡目染之下便走上了经商之路。在经过一番艰苦卓绝的努力之后，他成了富甲一方的巨贾。这无疑是另一种成功的人生。

前些年，为了写一篇反映书生事略的文章，我曾在龙岸的双降进行了长久的盘桓。在那里，我看到了中国文脉在偏远乡间的延续传承和地方文人的刚毅忠勇。今天，在下地栋，我遇到了相似的情形，甚至有过之而无不及。这些都是耕读人家人才培养的一种本能和自觉，用不着谁来提醒和督促。正是因为乡间有了这种文化传承的本能和自觉，中国文脉才如一根柔韧的丝线，接通古今，而不至于在乡间衰落和断裂。

五

下地栋村地处龙岸南北交通要冲，是龙岸圩、莲花村、龙凤村、榕山村、八联村、三灵村、高安村去往融水县怀宝镇、三防和贵州的必经之地，且距离龙岸圩镇很近，只有六七里的路程。而村北面的人们想向南去，下地栋村也是必经之地。邱天寿率三子一婿迁来此地时，正逢康乾盛世，小商品贸易已经相当发达。这就给居于南北要冲的下地栋村提供了巨大的商机。当时这里商铺林立，生意兴隆，为当地百姓带来巨大财富。更为难能可贵的是，下地栋村的北面有崇山峻岭，挡住了北边的来风，且整个下地栋村的房子均为坐西朝东布局，避免了人们常说的"西晒"之忧，自然形成一种冬暖夏凉的格局。

骆氏二世祖骆天桥（字尚司）于明朝末年由融安迁到罗城

龙岸,开辟了上地栋村,同时还开挖了北京塘。下地栋村的第一批居民是邱天寿以及他的三个儿子和一个女婿,而它的建设者应该包含后来的卢氏家族。邱、韦、卢都是外来户,尽管他们迁移的时间、方式和路线不尽相同,然而他们的动机都是一样的,那就是寻找一个能够安身立命之所。当然,他们迁移的原因也是多种多样的,包括战乱、瘟疫、洪水、穷困等等。邱氏原籍湖南郴州,韦氏原籍广西柳城,而卢氏的原籍则是广东封州(今封开)。他们从四面八方不约而同地朝着同一个方向而来,并机缘巧合地聚集在一起。

龙岸周边群山环绕,中间土地平旷,河网密布,看上去像是天地间立着一个巨大的碗。"碗"的底部沟渠纵横,阡陌交通,物产丰美。倘若没有这些上天赐予的优越禀赋,善于"视流泉,相阴阳"的邱天寿也不会选择它作为自己最后的落脚地。下地栋的邱、韦、卢三姓之间都沾亲带故,因为他们之间互有婚嫁。这契合中国氏族观念里聚族而居的理念,是典型的中国乡村结构。

多年前,在安徽黄山边上,我遭遇了一个名叫宏村的古老村落。村子建在一座不高的山脚"水口"处("水口"是水流进或流出的地方),坐北朝南,负阴抱阳。它保留了大量明清时期的古屋,聚集了徽派建筑的典型元素,比如马头墙、白墙黛瓦等等,成了一个声名远播的旅游景点,吸引了四面八方的游客。为了护住命脉一般的"水口",人们在那里种上名贵树木,建造亭台楼阁,以镇住水口(其实是保护水源)。村子的南面有一片开阔的水面,人们叫它南湖。一座拱桥横跨湖面,连通南北。远远望去,湖面上像是镶嵌了一轮圆月。最为令人惊奇的是村子中央有一个人工开凿的半月形水塘,人们叫它水沼。它汇聚着顺着水渠南流而来的水。周边建筑倒映其中,随着水色山光日夜荡漾,像一幅清新淡雅的水墨画。月明之夜,那天上月和水中月交相辉映,天上人间,真假莫辨。这样临水而建的村庄,在中国南方随处可见,同里、周庄都是标本一般的存在。

"福石城中锦做窝,土王宫畔水生波。"僻处深山的湘西老司城里,红灯万盏,人头攒动,要是没有一泓汪汪碧水,那万山丛中的摆手歌也不会那么缠绵旖旎。没有那水色山光的映照,我们脚下这片土地便没有了诗意的炊烟、晚归的牛群和千年的悲欢。水是人类最大的财富和最后的依靠。离开水,人类的生存就失去了最后的凭借。上至帝王将相,下至黎民百姓,逐水而居、遇水而安是基本的生存法则。

北京塘就是下地栋村的"水口",甘甜的生命之水自北向南逶迤而来,滋润着这片土地上的草木和村民。远远望过去,下地栋村就像是一个熟睡的婴儿,躺在大地母亲温柔的怀抱里做着甜美的梦。这是大自然的造化使然,也是先人智慧的完美体现。据说,村北原来种有大片的香樟和枫树。这些树在夏天会散发出一种奇特的香味,夏风一吹,整个村子便弥漫着一股特殊的香味,蚊子便四散而去,于是这里成为远近闻名的"无蚊村"。让人惋惜的是,大炼钢铁的那些年,树木被砍伐殆尽,被人塞入炉堂化为缕缕黑烟。今人再也无法复制那段美妙的时光。

波光粼粼的北京塘在满足农田灌溉的同时,还能养鱼。塘内所出产的鱼,味道鲜美纯和。那些草鱼、鲢鱼、鲤鱼、鲫鱼、塘角鱼、鲇鱼、斑鱼、点秤鱼,只要一瓢清水、一把盐,烹之,便香甜可口,没有一点儿腥味。而且,这里的鱼,骨头酥脆,不像别处的鱼长着坚硬的骨刺。一锅热气腾腾的鱼总是挑动人们的味蕾和敏感的神经。

北京塘在当地人的生产生活中如此不可或缺,所出产的鱼又是如此的鲜美,自然引起了别处人的垂涎。围绕着这个北京塘前前后后引发了多起官司。明朝万历二年(1574),北略村(一个古村落,现已消失)的梁胜光、杨化元等人垂涎北京塘的鱼利,与上地栋村打官司,试图通过诉讼达到占有该水域的目的。当时官府主事者还算清醒,做出了公正的判决。判决文书大意是说北京塘乃上地栋人开凿,塘中之鱼亦由上地栋村人经营,旁人不得染指。上地栋人为了给子孙后代留一个凭证,便将判决文书的内容镌刻在石头上。这块一分为四的小石碑,我看到它的时候,它正躺在博物馆昏暗的库房里,且只有三块,另一块不知去向。馆长说,另一块在当年征集的时候就已散失。

上述官司后的四百多年间,北京塘又引发了好几场官司,分别发生在宣统二年(1910)、民国二十七年(1938)和民国二十八年(1939)。围绕北京塘的几场诉讼，无论是四百多年前北略村与上地栋村的官司，还是一百多年前上下地栋的纠纷，表面上看是为利益而进行的激烈争执，而从本质上看则体现出人类在生存与发展方面的强烈欲望。当人们看到官司打了这么多年，问题并没有得到解决，反而积怨越来越深，严重干扰了自己的生产生活，实在有些不划算时，他们便开始寻求更为有效的方式和办法。其实，并不是所有的事情都能通过诉讼的办法解决的，最为稳妥的还是协商和调解。于是，民国三十二年(1943)，在两村和当地有识之士的大力斡旋下，四百多年来围绕北京塘的官司终于尘埃落定，多年的积怨和纷争从此趋于消弭和平息。邱、韦、卢、骆四姓从此和平共处，友好往来，互有婚嫁，亲如一家。那些不愉快的往事封存在时光的记忆里，时刻警醒着后来人。从龙岸走出去的作家何述强，对北京塘旧事印象颇深。据他说，他的祖父何明皓(时任龙岸乡乡长)曾全程参与和见证了北京塘纠纷的调解，化解了一桩百年官司，可谓功德无量。

六

北京塘边上的许多事物周身都散发着人间烟火气，残垣断壁、门框窗花、旧联古匾，我喜欢它们那种古朴沉静的气息。尽管它们早已被时光的烟尘所淹没,但它们在人心中投下的影子还在,那些坚硬的深入地下的石头还在,那些散发着幽碧光芒的青砖还在,甚至那些生死悲欢的仪式也还在。它们会在某一个满是蛙声虫鸣的早晨或某个万物沉静的夜晚唤起人们的幽思或怀想。

那天,在那个韦姓本家的带领下,我不仅在最短的时间内找到了所需的族谱,还听到了许多新奇的故事。比如那座向着北京塘的北门楼,他们把它叫作"生死门"。他说,旧时,嫁过来的新媳妇要从这个门楼进入村子,要是从别的门楼进来,就会被村里人小看,认为那是走旁门左道。只有死了男人的寡妇再醮或鸡鸣狗盗之徒才会走那些门楼,正大光明的人走的都是北门楼。新媳妇过了门第二天早上挑水也从这个门楼进出,以图吉祥。等到孩子出生了,到婆王和社王那里报告家里添丁,也要从这个门楼进出。这就是他们所说的"生"。要是村里有老人过世,那么他(她)的棺木也要抬到这里摆放,接受人们的吊唁。所有的法事也都在这里举行。最后,时辰到了,棺材也要从这里上肩起步,还山安葬。这就是他们所说的"死"。总之,所有村里人认为重要的事都要在这里举行,比如孩子参军在这里欢送,学子赶考在这里启程,外出谋生在这里道别,等等。在人们心里,北京塘的灵气就是他们的灵气,北京塘的通透就是他们的通透,北京塘是他们迈步向前的精神动力和力量源泉。如果上述仪式在别的地方举行，就显得不够严肃和庄重，就是人们常说的不够"利市"。在村民眼里，门楼是一个纽带，其一头系着生的欢乐，一头连着死的悲切。两种截然不同的气息在这里氤氲、缠绕、聚散。生命的轻重、荣辱、贵贱，在稀松平常的迎送之间，不留痕迹地完成了最为惊心动魄的对接。而邱氏宗祠墙上那篆体的"椒衍""瓜绵"和"十章衍圣言，凭方寸地侍九重天，万古讲观尊太学；一卷蓼莪诗，以八旬儿奉百岁母，几人鼇寿养高堂"的对联，氤氲着一缕缕《诗经》原野上的幽古气息，让人瞬间沉醉在混着阳光和青草味的风里。

多年的旷野寻访，不计其数的刮薜读碑，把本来棱角分明的我打磨得圆润光滑，变得像初为人母的女子一样富有耐心。有时为了找到某样东西，就是烈日炎炎或阴雨绵绵也要执着前往。在漫长的等待中，为了打发时间，我不得不给自己找点事做，以打发那无边的孤独。那天在下地栋，为了一睹一副传说中的"百字联"的真容，在等待迟归主人的间隙，我在村中巷道里游荡。在一座老房子的边上，我发现了一堵坍圮的厚实的墙。墙是用鹅黄的卵石砌成的，长约二十米，高约两米。墙的顶部爬满各种藤蔓，模糊了墙的本来面目。据村里的老人说，砌这种墙的灰浆是用石灰、黄泥、糯米、黄糖搅拌而成的，坚硬如铁，连步枪子弹都无法击穿。墙的里侧是一片杂草丛生的荒地，那里曾经耸立过一座气派的祠堂。我从墙的一处豁口进入了那片空旷的荒地,左右翻拣,期待在荒草丛中拾到一两块秦砖汉瓦。然而遗憾的是,除了收获一身的鬼针草,遭遇一只只因我的入侵惊恐而起的蝴蝶和蝗虫外,一无所获。站在荒芜的围墙边上,抚摸那些沁凉的石条,耳畔响起宋人"香径没、徒有荒丘"的苍凉声音,不禁悲从中来。

经过长时间的等待,下田育秧的女主人终于在巷子的尽头荷担而归。我抬手看了看腕表,是下午五时一刻。此时天光已经变得暗淡,视野正在逐渐缩小。我随女主人进入她家开阔的庭院里。她拧开水龙头哗哗地濯去双腿上的泥浆,我则仔细打量起周边的环境。这是一个足有六七十平方米的大庭院,所有的农具都摆放在这里。由于春节刚过,农事初启,那些暂未派上用场的铁器上布满了黄泥样的斑斑锈渍。一架农用车停放在一旁,车头正对关闭的柴门,说明男主人在农忙之余还从事运输。老房子在新房子的正前方,中间有一道小门相连通。女主人一边忙碌一边与我搭话。知道我的来意后,她快步上楼,消失在一个幽暗的房间里。过了几分钟,她双手提两块竹片下楼,颇为随意地摆放在水泥地上。竹片长一米左右,宽约十厘米,上面结满厚厚的灰尘,一看就知道好久没人造访过它们了。女主人从屋檐下拿来一把扫帚,在竹片上来回刷几下,上面的文字便露出了本来的面目。在扫帚与竹片唰唰摩擦的瞬间,我心里忽然咯噔一下,像是被某个不明来历的硬物击中。用几个小时等待,被我视为珍宝的文字,最先与它亲密接触的不是我的双手,而是清扫鸡屎牛粪的扫帚,真是斯文扫地!我蹲在地上,仔细分辨着上面的文字。上联写的是读书,下联讲的是怡情。上下联各五十个字,所以卢氏族人把它叫作"百字联"。卢氏族人对它无比珍视,郑重地将它录入了族谱,镌刻在家族的记忆里。对联是前面提到的秀才卢国翰于光绪二年(1876)写的,目的是"戏自剖劂,以补壁空"。我们可以想见,这个年轻的书生每次穿堂而过时,面对悬挂在堂屋墙壁上的自撰联,脸上一定露出志得意满的笑容。他似乎时刻都在告诫自己,读书时务必"统千古贤圣名言,当求诸见见闻闻,诵诵吟吟,体体行行,肃肃兢兢,严严整整",怡情时则要"将一腔迂疏俗态,消得个干干净净,明明白白,便便荡荡,活活泼泼,浩浩轩轩"。这既是读书人的自律,也是时势对他们的要求。

从书法的角度看,对联个别字的书写极为随意,不合章法,只能算是中品。这是切合作者身份和资历的,因为写这副对联时,作者年仅二十五岁,无论学识修养还是人生阅历都处于起步阶段。

看完对联后,女主人把我带到那座老房子里。站在房子长方形的天井里,我细细地揣摩着正屋大门上已经泛白的牌匾和两根三四米高的六边形石柱。牌匾并不稀奇,稀奇的是那两根石柱,因为它们让我想起山东曲阜孔府里铁栅栏圈围的巨大龙柱。但那是类似于帝王家的物件，进不了寻常百姓家。而眼前这两根石柱则透露出屋子主人"山河永固"的淳朴愿望，给人以某种安稳和舒适的感觉。在我胡思乱想的时候，女主人一边滔滔不绝给我介绍家族的旧事，一边弯下腰扯着天井石缝里疯长的野草。在她的言语里，我分明感受到一种惴惴不安的情绪。她说这房子太老了，自己没有更多的钱来维修。现在他们夫妇唯一能做的就是保证房子不在自己有生之年垮掉，好给祖先有个交代，但又很担心孩子们脑子一热便把这份祖业转手或拆掉，辜负了他们这片苦心。

在北京塘边欣赏着素淡清雅的画作和带着几分乡野气息的文字，似乎比在书房里翻阅古籍更为受用，有一种难以言说的提神醒脑的神奇功效。在那座老屋里，我看到了几幅壁画和几句联语，风格卓异，精妙奇崛。其中的一幅画的是迷蒙的远山、飞溅的流泉，仙鹤珍禽翔集其间。不远处的河面上悠然泛着一叶扁舟，而近处的岸边则树影婆娑。画画疏朗淡雅，好像有无穷的诗意在山水间流淌。壁画两侧还配上了一副这样的对联："爱我无如酒，怡情莫过琴。"联与画相映成趣，形同双璧。从画风上看，画作极有可能出自"卢家山水"的代表人物卢奂若或卢克初之手，而联语则极有可能为卢国翰手书。以前龙岸当地流传着一句民谣——"周家猫，何家鹞，卢家山水"，说的是周家人善画猫，何家人善画鹞鹰，而卢家人善画山水。今日一见，实非虚言。

七

站在北京塘边上，仰望头顶这一方天空，不禁感慨万千。在逝去的漫长岁月里，它时而乌云密布，电闪雷鸣，时而风和日丽，星光灿烂。而此刻，我最想看到的却是林梢间的清风徐来、北京塘的水波不兴和屋顶上的袅袅炊烟。

有人说，因为当年围绕北京塘的几场官司一直打到北京，所以这片水域就叫"北京塘"。这个说法在坊间颇为流行，且言之凿凿，不容置疑。下地栋法学教授韦齐先生斥之为"屙尿听闻竹壳响""半夜吃黄瓜不知头尾"。在其《故园泥土的芳香》一书中，他这样解释北京塘名字的由来："北京塘边有个千金岭，合理的推测是这个塘原名百金塘。由于好事者的胡吹瞎说、以讹传讹，因而便将讹为实了。"

离休干部骆杰老先生对当地风物颇为熟稔，谈及旧事如数家珍。我几次在那间建在半山腰的老房子里见到他的时候，他都正戴着老花镜一丝不苟地翻阅古书或书写书法条幅，周身散发着一股儒雅之气。在与他的交谈中，北京塘是一个绕不开的话题。按照他的说法，"京"有高大的意思。北京塘地处村北高处，水面开阔，乃村北之大水塘，故名"北京塘"。回到家翻阅字典，意欲印证骆老的说法。字典上说，"京"是一个象形字。甲骨文里的"京"字,描画的是一座高楼的形状,高台之上建有高高的房子,看上去像个瞭望塔。《释诂》云:"京,大也。"其引申之义即凡高者必大。相较而言,骆杰先生的解读似乎更为引人入胜,也更富有诗意一些。

方寸之地闹出了这么大的动静,出了那么多的奇人异士,让人惊奇。如果没有邱天寿的精明睿智,没有沈鸿英的莽撞短视,没有大大小小几十个水塘的日夜映照,这块土地就不会撒下那么多的欢笑和泪水。这偏处桂西北一隅的村落,也不会经过几百年的起落沉浮变得如此晶莹剔透。

"村舍外,古城旁,杖藜徐步转斜阳。殷勤昨夜三更雨,又得浮生一日凉。"吟诵着苏东坡的《鹧鸪天》,走在北京塘弯弯曲曲的塘岸上,夕阳余晖中,那一张张曾经的面庞,此刻是那么的鲜活、灵动、温和……

备份一座城堡

一

李姓十一钟姓三,潘家八位两双双。

梁严莫郑唐汤谢,吴字添来有四行。

　　这首有点怪异的诗,是在一次偶然的乡野踏访中遇到的。
乍看上去它好像是文人闲来无事的文字游戏,其实不然,它是
一座城堡构筑人员姓氏和人数的别样名单。倘若没有近旁的城
堡与之相互印证,旁人是无论如何都参不透它的具体指向的。
此诗是当地一个有文化的乡贤写的,镌刻在城堡出口处的一块
石碑之上。从这首诗中我们不难得知:在冷兵器时代,人类在抵
御强敌时从来都不是单枪匹马、独善其身,而是携手并肩、兄弟
同心,凝聚起一股磅礴的力量,结堡自卫,守护家园。

　　在这座由天然岩洞改建而成的城堡门洞上,还郑重地镌刻

着"千重雉堞""一带鸿沟"几个醒目的大字,似乎是在执拗地向世人传递着"江山巩固"的美好愿望和同仇敌忾的坚定信念。

当年诵读陶渊明《桃花源记》,总是沉醉其间,心旌摇曳,恨不得即刻动身前往,一释怀抱。后来才知道,那不过是陶老夫子给那个乱世吹了一个艳丽的泡泡。然而就是这个细细小小的泡泡,让很多人信以为真,四下里寻找它的所在。就连大名鼎鼎的国学大师陈寅恪先生,也在治学之暇,俯下腰身,钻到故纸堆里日夜翻拣,细心求证,最终得出了这样的结论:那让人魂牵梦萦的"不知有汉,无论魏晋"的宁静家园,就是苻秦时代战火纷飞中的最后一块净土。至于地点,则是在现今中国的西北一隅。陶渊明就是想破脑袋也想不到,他老人家那不到四百字的小文,千年之后,居然还能如此搅动后世文人的内心。

如此看来,陶渊明笔下的桃花源,其实就是一座千百年来攻而不破的思想城堡。

二

这是一座不算高却极险峻的山,棱角分明,遗世独立。在蛙鸣盈耳、水汽迷蒙的暮春时节,站在松软温热的田埂之上,隔着水平如镜的稻田,放眼望去,整座山直上直下,壁立千仞,林木葱茏,曲线玲珑。乍一看,它像是一个大号的枕头,又像是一块通透的碧玉,更像是一道翠绿的屏风。然而,仔细端详,它又如一头匍匐着的雄狮,立于天地之间,喝退北面的来风,为山脚下的村民营造出一个温馨的家园。在当地人眼里,它是一座如假包换的实打实的靠山。

这些年,与身边的几位同好,经常利用周末的闲暇时光,身披火辣辣的阳光,结伴去荒村旷野探寻一些旧人旧事,访古寻幽,刮藓读碑。为此,还赢得了一个"古墓派"的雅称。这样的戏谑之语,总是让人不由想起"古墓丽影"的冷艳与幽媚,让每一次披荆斩棘的踏访变得活泼而轻快。

这次需要踏访的是一个名叫"中寨"的村庄,在它的西面还有一个村子,叫"上寨"。一上一下两个村子合起来,就是一个行政村的名字——双寨。看到这样的村名组合,不免好奇:有了上寨和中寨,有没有"下寨"? 一问,答曰:没有。

在我们这一带,以这种方式命名的村庄还有很多。比如,有个名叫"回龙"的村子,村民的先祖于明末清初从福建漳州迁移而来。因为此地土地肥沃,河网密布,气候宜人,人称"广西的乌克兰",吸引了大量的外来人口。原先那一小块地方再也容不下这么多人了,只得在附近另选一块地来安置,于是便形成了三个村落。大概是不忍舍弃"回龙"这样的好名字,也可能是为了表明同族人血脉相连,人们便在"回龙"二字之前缀以"上""中""下"以示区别,变成了上中下三个"回龙",分别镇守住龙头、龙身和龙尾。从此三个村子的人们腾云驾雾、联手并肩,共同经营着神仙般的日子。类似的村子还有"上百车""中百车""下百车""上莲花""中莲花"等等。倘若有足够的热心、诚心和耐心,在这些摇曳多姿的村名间进行一次心无挂碍的穿行,品咂其中流淌着的人文地理滋味,定然是一桩叫人梦里都会乐醒的美事。

这天,我们到达的时候,村里老老少少十几个人正在村口的大榕树下闲聊。见生人到来,便有人上前询问。经过三言两语交谈之后,村民们明白了我们的来意。其中一个老伯,面目慈祥,熟悉村中掌故,自报家门并自告奋勇在头前带路,将我们引向山脚。因为年事已高,他自知无法与我们一同攀爬,便在一番仔细叮咛之后站在原地目送我们前行。顺着老人指点的方向,我们手脚并用,向着山顶奋力攀爬。通往山上的路仅此一条,而且还是人工开凿的便道。这条开凿在南面峭壁上的便道,一边是垂直的石壁,一边是幽深的悬崖,大有"自古华山一条道"的味道。便道长一百来米,宽两米左右,一折一弯,像裁缝手中那把巨大的曲尺,悬挂在绝壁之上、天地之间,丈量着这世道人心的宽窄与深浅。

沿途都是久已坍塌的台阶,横七竖八的石头在俯仰之间,形态各异,尽情展露它们固有的面目。那斧劈刀削般的绝壁之上,生长着许多奇形怪状的树,一棵一个模样。有的虬枝盘旋,形容枯槁;有的张牙舞爪,生机盎然;有的头角峥嵘,霸气十足。它们的枝干一律极力向上伸展,争先恐后,像是在争抢着那几缕稀薄的阳光。粗壮的根茎在石缝中灵蛇一般穿行,自带一种所向披靡的霸蛮之气。就连那些坚硬的石头,也不得不为它们让道,避其锋芒。

我们一行人挥汗如雨,大约一个时辰之后,终于来到了山顶。甫一站定不待喘息,便迫不及待地极目远眺。远处阡陌纵横、田畴如鳞,近处则屋舍参差、鸡犬相闻,一派祥和景象,与村民之前描述的刀光剑影和硝烟弥漫毫不相干,完全是一个截然不同的世界。

在这里,那座被当地人称为"呰哉"的城堡袒露了它的真容,尽管略显疲态,却异常坚韧,铁骨铮铮。山顶并不平坦,四处是突兀的岩石,或三两相偎,或犬牙交错,或遥遥相望,整体形态呈两头高,中间低,像一个巨大的马鞍。此刻,山风催动林木,呼呼作响,一如时光流淌的声音。那些用石块垒砌而成的简易房子,散落在枯枝败叶和石丛沟壑间,面目清癯,让人想起"天地玄黄宇宙洪荒"。城堡的整个布局高低错落,层次分明。尽管已经完全坍圮,但房子基础和墙体轮廓依然清晰可辨,显然是苦心经营过的。这是我所见到的一座完全纯手工打造"超长待机"的避难城堡。见此情形,猛然想起在向上攀爬途中所遇到的那段文字。文字镌刻在平展坚硬的崖壁之上,已经局部风化。仔细辨认后得知,修路的有两拨人。一拨是"前班",就是"公老"(老人),负责修整砌台阶用的石条,并建造和加固札门;另一拨是"后班",是"弟子"(年轻人),负责开辟上山的道路。分工明确,各尽其能。

随后,我们几个人在废弃的城堡内部腾挪翻拣,试图找到一些与城堡有关的文字。然而,这里除了古木枯藤和山岚迷雾,没有一块可以刻字的石头。正午的阳光被风吹散在林间石上,斑驳陆离,营造出一种让人心思飘忽的晦暗气氛。在这种情形之下,人开始变得倦怠慵懒。而城堡则不然,端坐于侧,如一个历尽沧桑的老人,默默地凝视着山下来来往往的行人和斑斓宁静的农舍,气定神闲,宠辱不惊,不悲不喜。任凭身旁山风呼啸、鸟声啁啾。

二十世纪四十年代中期,烽烟散尽,紫气东来,城堡便优雅恬淡地退出人们的视野。没有任何征兆,也没有任何仪式,很低调,也很识趣。从此刀枪入库,马放南山。

三

仫佬族人大多居住在开阔的平地,村子周围都是无遮无拦的旷野。这样的地形对于防御极为不利。为了稳妥起见,除了加固村寨的防御设施之外,仫佬族先民还修筑了大小不一的城堡,作为临时的避难之所。这样的城堡通常分为上下两层,上层为村民的避险区和生活区,安顿老弱妇孺。下层是防御区,由村里的青壮年负责把守。一旦发现匪情,即吹响牛角号。号声一起,青壮年即各就各位,妇女携带家小、粮食和细软到城堡躲避。

为了抵御匪徒的袭击,城堡一律砌着高大坚实的砖墙或石墙,而且这样的墙不是一堵,而是内外各一堵。墙壁上密布着大大小小的方形"小窗"。这些"小窗"里宽外窄,作为观察孔和枪眼,具有军事上的攻击和防御功能。里面的人通过这些"小窗"观察外面的情况,一旦发现匪情即用火铳向外射击,既能隐蔽自己,又能消灭来敌,安全而又实用。同时,人们在寨内准备了大量的滚石和檑木,一旦受到匪徒攻击,这些滚石和檑木就是御敌的利器。

仔细观察一番之后,发现这些城堡和岩洞大多都在距离村子不远的半山腰或高山之上。这样的安排大概是出于安全和实用方面的考量。一旦出现匪情,太远,短时间内难以抵达,粮食等物资也不易搬运。太矮,则失去屏障,避险的功能就会大打折扣。

那天,我们在山上逡巡,试图找到矗立在村民口中的那块与文字有关的石头。一行人分头行动,那块在村民口中一碎为六的石碑,我们费尽周折,翻遍了所有能够翻动的石块,只找到了其中的五块,第六块任凭我们如何努力都再也无法觅其踪迹。此刻,它或许就躺在不远处的乱石堆或枯枝败叶之中,但始终没有现身。在那块拼凑起来的残破石碑上,我们意外地发现了一个人的名字——龙济光。这个大名鼎鼎的国民党陆军上将,居然与偏僻的罗城发生关联,让我感到震惊。回来一翻史志,果然在发黄的纸页上搜索到了龙济光那来去匆匆的身影。那是清光绪甲辰年(1904)秋天,因不满清政府的腐败无能,罗城发生民变,民众首领褚大、梁建才等率领数千义士揭竿而起。龙济光闻讯,亲率几百名济字滇军从庆远(今宜州)驰援罗城,会同当地团练与起义民众激战半月,危局随即得解,保住了清廷最后的面子。此役,济字滇军及团练共阵亡117人,可谓代价惨重。随后,龙济光奏请清廷,为这些阵亡的人建祠,以示纪念,并置买房屋田产,每年所收取的租谷息金作为祠内香火及祭祀之用。每每读到这样的文字,总是感慨系之。

那天,在山脚下一座民房的天井里遇到了八十三岁的谢老伯。他说,第一次上城堡"躲日本"时,他才五岁。每次上山避难的都是老弱妇孺,青壮年则在寨中或城堡外围抵御匪徒的进攻。这样安排的出发点是,倘若青壮年不幸遇难,也不至于被灭门,为宗族保留最后一丝血脉。

听罢不禁肃然。

四

数百年前,罗城并不是一片乐土。民间有云:"武阳冈,三年必反乱一场。""三年一小剿,五年一大剿。"明代副榜贡生于成龙,以入仕的最低学历抽签抽中了罗城县令。赴任之前,他的长官给他做"思想工作"：他的两位前任一死一逃，形势极不乐观，要做最坏的打算。果然，当他从山西永宁"弃坟墓，别妻子，挥泪长途"，一路颠连进入罗城地界时，"登山一望，蒿草弥目，无人行径"。入城之后，县城里的居民大多四下逃命，只有老弱病残的六户人家在城里居住。城墙周边，茅草丛生，了无生气。由于久历兵燹，衙署尽毁，无处栖身，他只能和仆人寄居在夫子庙里，把床安在周仓像背后。每天吃的都是粗粮，穿着衙役的衣服。此情此景，让于成龙不由得发出浩叹："哀哉！此何地也！胡为乎来哉！悔无及矣！""此一活地狱也！"堂堂县令尚且如此，更何况是普通百姓。在这样险恶的环境里，生存便成了仫佬族百姓时刻要思量的问题。

在仫佬族老人口中流传的族谱中，他们的祖先来自北方。据说，银氏就是他们其中的一支。他们本来是宋元时期金国的子民，女真的后裔。金国灭亡后，为了躲避战火，女真各部有的逃到了朝鲜，有的逃到了中原，而有的则继续往南迁移。他们一路破帽遮颜，左顾右盼、走走停停，饥一餐、饱一顿，由北向南穿越大半个中国，经历了九死一生，终于在罗城这块土地上停下了前行的脚步，安营扎寨，繁衍生息。他们本来姓金，在逃难途中，在祖宗赐予的姓氏旁边加了一个"艮"字，"金"由此变成了"银"，以假乱真，蒙混过关，居然躲过了追杀，安全地抵达天涯海角一般的南方。为何在金字旁边加上"艮"，而不是加上别的字？听老辈人说，这是要告诫他们的后世子孙时刻牢记自己的来路。八卦中的"艮"代表的是东北方向。加上"艮"字就是要告诉子孙，时刻要牢记自己家庙和祖坟所在的方位，以便他们能够时刻手搭凉棚，眺望那片埋葬着祖先骸骨的故土。

在有着仫佬族标本之称的四把大梧村，至今依然保持着这样的习惯：几百户人家的房子，一座紧挨着一座，中间只留一道连人都无法通过的缝隙。每家每户的大门都朝着村巷开。村子之所以叫作"大梧"，是因为村子中央原先蓬勃生长着一棵高大的梧桐树。这是一个带着仙气的名字，让人不由得想起"百鸟朝凤""有凤来仪"这样的美好词语。现如今，梧桐树早已没了踪影，而凤栖梧的美丽传说还在。于是，那棵高大的梧桐树永远挺立在吴姓仫佬族人的记忆里。

据说，吴姓先祖于洪武二年（1369）即迁来此，距今已有六百五十余年。然而，在大梧吴氏先祖的墓志上，赫然刻着：吴氏先祖于明成化六年（1470），由"楚长沙府茶陵州"迁移"粤西柳州府罗城县四把大梧"安居，距今也有五百五十余年的历史，中间隔着一百零一年。究竟哪个时间更接近历史的真实，无从确知。吴氏先祖到此定居时，村庄的东南西北都建有高大的门楼，门楼墙体的厚度都在一米以上，坚固异常。因年代久远，余下的仅有几堵矮墙、几条石条门槛。唯有蹲在门楼两侧的两只石狗，依然竖着那对尖尖的耳朵，谛听着时光深处异样的响动。

五

这天晚上,鸡不鸣,犬止吠,一股不祥的气息笼罩在那个名叫瓦窑的村庄上空。此刻,疲惫的村庄已酣然入睡,天地之间一片沉寂。当喧嚣声破门而入,明晃晃的砍刀架到脖子上时,他们已经站到了空旷的谷坪之上。寒光闪闪中,牛马被牵走了,钱财被洗劫了。此刻,人们才猛然意识到"遭匪"了。

在这次与土匪的遭遇中,一个血性汉子与土匪发生了激烈冲突,最后在距离村庄不远的隘口旁倒在一片寒光之中,给世人留下了一个倔强的背影和悠长的叹息。

多年之后,我站到了那堵用石头垒成的高大围墙前。墙体上爬满了青苔,依然敦实厚重。它的顶上蓬勃生长着一株宠大的木莲,昂首挺胸。由于它的果实与秤砣极为相像,人们便叫它"秤砣果"。据说,围墙原本有一道门,也是唯一的一道门,门槛、门框全用这种黝黑坚硬的石头制成。从老人的口中得知,这只是它的一小部分,其余的都在岁月深处分崩离析了。过去,只要天一黑,院子里的人便闩上门,锁死,墙内墙外便是两个世界。也许是围墙的过度坚实麻痹了他们的神经,磨掉了他们的触角,导致了那幕惨剧的发生。有些时候,人太过于相信某些自己无法把控的东西,迟早都会吃亏,甚至还会搭上自己的性命。

经历了这次劫难之后,人们似乎明白了一个道理:把自己的身家性命完全托付给一堆石头并不靠谱。于是人们开始四处寻找可以藏身的地方。幸运的是,他们在一处山腰上找到了一个岩洞。他们把它叫作"螃蟹洞",至于岩洞里面有没有螃蟹不得而知,但那洞口终年飘荡着一股神秘的气息,让人望而生畏。每次有人放牛从那里经过,都手忙脚乱地使劲鞭打牛的屁股,好让牛带着他们快速通过。据说,岩洞里有一种骇人的蛇,这种蛇能够像席子一样摊开自己的身体,分泌出一种滑腻的液体,静静地躺在地上等待猎物。这种被人们叫作"席子蛇"的怪物长着四个头、四张嘴,分别长在"席子"的四个角上。人或动物一旦踩上这种蛇,马上就会滑倒,蛇立马像地毯一样把人或动物裹起来,越裹越紧,直至把"猎物"裹碎溶解,然后慢慢享用。不消几日,原本活蹦乱跳的人或动物就只剩下一副森森白骨。大人们总是不厌其烦地告诫孩子们,要是遇到这种蛇,手里一定得有一把尖刀。在摔倒的瞬间,用尖刀扎破它的皮肉。那蛇一感到疼痛,它席子一般正在裹紧的身子就会摊开,人便可趁机逃命。

然而,遗憾的是,直到今天,始终没有人遇到过这种令人恐惧的"席子蛇"。在我想来,这"席子蛇"或许就是一个虚无缥缈的存在,就像鲁迅先生笔下子虚乌有的"美女蛇"那样,是一种吓唬小孩子的无稽传说罢了。

尽管螃蟹洞里有让人闻之色变的席子蛇,但与土匪比起来,这蛇倒没那么恐怖,更何况那只是一个查无实据的传说。于是，人们决定冒一次险，把家安到螃蟹洞里。螃蟹洞里有一个天然的旷阔洞厅，可以满足几百人的生活起居所需，且山道崎岖，洞口之下又是悬崖峭壁，易守难攻，是一个绝佳的天然避难场所。为了安全起见，人们在洞口用成吨重的大石头作为门框，装上厚重的石门板，门洞上还闩上包裹着铁皮的粗大闩杠。人们确信，经过这样一番加固之后，便可确保无虞。果然，当一群悍匪再次光临时，手无寸铁的村民们凭借固若金汤的螃蟹岩和苦心经营的工事，抵御了土匪烈火的熏烤和硝炮的轰炸，完成了一场与土匪空前绝后的对峙，全村老小为此性命得保。

六

> 何代何年建土城，
> 筑之何用始何人？
> 千秋奇迹无从考，
> 留付渔樵话古今。

这是一个乡间诗人对于自己家乡一座屯兵城堡来龙去脉的追问，这种对物的追问有助于对人自身命运的思索。长久以来，我们忽略了身边许多古旧的事物，有时甚至熟视无睹或视而不见。对于我们每一个生命个体而言，这样一座城堡，说到底就是一枚钤印在我们身上的鲜红图章，成为我们终身无法摆脱的地理胎记。

前些年，曾与友人一起踏访过位于宜州德胜的"河池守御千户所"。这个始建于明洪武二十八年（1395）的军事设施，隶属于庆远卫。尽管比贵州的隆里守御千户所晚置了十年，然而，这座卫所的规模远比隆里守御千户所大。卫所内建有衙署、武庙、观音堂、三界庙等肃穆庄严的建筑，几乎是一个五脏俱全的独立社会。卫所设有东西南北四个城门和城楼，城楼基础均为细凿料石，城墙则为坚硬方正放着幽光的青砖，坚实牢固，蔚为壮观。清康熙年间宜山县丞署即驻于此，清雍正七年（1729），庆远府同知驻德胜时，衙署亦驻此处，并设兵防守。民国时，这里是国民政府机械化部队的训练场。现如今，除了东门和城楼遗址尚存外，其余均化为一片瓦砾，湮没在无边的荒烟蔓草之中，完全是一副"夫差旧国"的破败模样。

这些遍地开花的卫所，在很长一段时间里保护了一方子民的平安，可谓功德无量。

然而，并不是每一个地方都有资格拥有这样颜值与实力并存的防御卫所。在朝廷鞭长莫及的地方，期盼江山巩固、国泰民安的仫佬子民，便将聪明才智发挥到极致，构筑起一座座坚固的城堡，借以自卫。这里的每一块石头，仿佛都镌刻着一张忠勇的脸庞，每一片树叶都盛满了清冷的月光，每一双眼睛都珍藏着数帧历史的瞬间。山石崩落，雷鸣电闪，仿佛都是滚石檑木的剧烈轰鸣;树木断折,山风鼓荡,仿佛都是刀兵相接的激越之声。

是谁吹响了最后一声牛角号?是谁滚下最后一根檑木?是谁把一个民族的生死安危挡在身后?我们无从得知。唯有那些被枯枝败叶收藏,在人们口中被称为"岜哉"的荒野建筑,此刻正悄无声息地蛰伏在莽莽苍苍的天地间,默默地咀嚼着过往的时光……

从葫芦山到成龙湖

在一个密雨横斜、凉风鼓荡的雨夜,我独自一人撑着雨伞,借助忽明忽暗的灯光,绕成龙湖进行一次孤独的行走。在近一个小时的独行中,那些平日里聒噪不歇的虫鸣,此刻都已隐遁而去。我努力平复自己浮躁的心绪,聆听那打在雨伞上的雨声,以及自己脚步孤零零的笃笃声。身边黑影幢幢,湖面水波不兴。所有的动物和植物都在黑夜里蛰伏了,唯有那一朵朵耐不住寂寞的韭莲,在昏暗的灯光下兀自绽放着,给这个无边的雨夜增添了一抹清丽的亮色。此情此景,让我不由得拉伸自己的目光,眺望远处明灭的灯火……

在我的印象中,葫芦山并没有葫芦,因为我在很长的一段时间里没有寻找到它的踪影,以至于怀疑起它的真实性。一个偶然的机会,通过旁人的指点,我才发现了它犹抱琵琶半遮面的存在。远远望过去,那是一只被神秘的造化之手对半剖开的葫芦,一半倒扣在岸上,一半仰躺在水里。唯有借助平静湖面上的倒影,才能领略到一个完整葫芦的模样。它蒂指东北,肚镇西南,凹凸有致,风韵独具,让人心生怜爱。

二十世纪七八十年代,为了根治"旱涝年年有,三年两不收"的水利痼疾,人们在章罗村小潘屯附近建了一个水库。水库于一九七一年开工,一九八○年竣工,历时漫长的九年。水库的积雨面积有 5 平方公里,有效库容 353 万立方米,能够满足周边三千余亩水田的灌溉所需。水库是小城唯一一处开阔的水面,是小城温润如玉的肺叶。有了它,小城便有了几分弥足珍贵的灵气和韵致。因为水库边上倒扣着那半边葫芦,于是人们便给水库起了一个让人浮想联翩的名字——葫芦山水库。当年,人们选择这里作为行政中心的时候,似乎没有考虑到水的问题,以致一到秋冬季,水便成了小城欲说还休的痛。

在小城还只有一条街道的时候,我在这里上高中。那时候的课业负担没有现在这么繁重,尚可自由伸展自己的思想。周末闲着的时候,便约上几个要好的同学,不是到五里排的地里烧红薯窑,就是到葫芦山水库的边上游荡,用以打发那百无聊赖的时光。那时的葫芦山水库,夏季波光粼粼,可一到秋冬时节,原本汪汪的水便溜了个清光。水库变成了干库,露出白茫茫的库底。

那些年,县城有一个简陋得有些荒凉的广场。一到秋天,这里都会举行一次规模宏大的宣判大会。每开一次这样的大会，总会有一两个死刑犯被押赴刑场执行枪决，真有点儿古代秋后处决犯人的味道。每到这一天，广场上人山人海，交通为之堵塞。有些人甚至还爬到广场周边的树上或房顶上，最大限度地把脖子抻长，试图看清死刑犯到底长什么模样。那几天，满大街的墙壁上都张贴着醒目的布告，布告上都打着一个大红的钩，且有法院院长的亲笔签名。在那个物质和精神食粮一样匮乏的年代，这些布告胜过任何经典文字，吸引了大量的读者。秋冬时节的葫芦山水库是一个天然的刑场，开阔，平坦，洁净，像一个千淘万洗过的巨大瓷碗。是它，用自己宽广的胸怀接纳了那些走岔了道的生命。它用清澈沁凉的水围裹他们，浸润他们，感化他们，让他们在另一个世界参悟生命的真谛。每次来到这里，我们只是在水库的周边瞎逛，不敢贸然进入水库内部，尽管它是那么的平旷诱人。

葫芦山的那些过往，许多都已经被那汪洋般的水淹没了。现在的人们要想拾起往日的记忆，有时得借助各种方志和年鉴，否则就不得其门而入。

前些年，葫芦山水库的周边似乎在一夜之间生长出了许多东西。几座荒凉的小山多出了几条弯弯曲曲的盘山步道，光秃的山顶耸起了朱柱黄瓦的亭子和宝塔，平坦的草地上隆起了一块巨大的表演场地，环湖的道路和堤坝上也变成了平整宽阔的水泥路。而水库的北面则建起了一个广场和两座宫殿一般的建筑。广场的中央竖起了一座于成龙朝北作揖的雕像,恢宏高大,栩栩如生。而两座建筑物中,一座是于成龙廉政文化展示馆,一座是仫佬族博物馆。平日里,来自四面八方的游客熙来攘往,成了小城一处难得的文化景观。水库也升级为湖,名字也变成了成龙湖公园。每天早晚,只要天公作美,人们便呼朋引伴,数那点点野鸭,逐那粼粼波光,赏那田田荷叶。伴着清凌凌的云影天光,或绕湖散步,或临水垂钓,或含饴弄孙,各取所需,自得其乐。

我多年来一直关注着这片水域以及与这片水域有关的事物。最直接的缘由是因为两个人:一个是潘曼,另一个是雷觉人。他们当中,一个是仫佬族阿凡提似的智慧人物,一个是科举考试的幸运儿。潘曼是仫佬族理想的化身,一直活在人们茶余饭后的闲谈里。《仫佬族民间故事选》里选有关于他的二十则小故事。在故事里,潘曼沉着勇敢,聪明机智,富于同情心和正义感,把地主老财们玩弄于股掌之间,很搞笑,也很解气。邑中先贤赖锐民先生于二十世纪八十年代中期编写了仫佬剧《潘曼小传》,一举斩获第二届全国少数民族题材剧本银奖。由此改编而成的四集电视连续剧《潘曼》,摘取了第四届全国少数民族题材电视艺术"骏马奖"和广西文艺创作铜鼓奖。听说潘曼的坟就在这片水域之中的某个角落,但我一直没有实地踏勘过,心中不免有些遗憾。史料中说他的墓位于"蛮王山西侧山麓"。蛮王山是葫芦山水库边上的一座山，清逸秀丽，丰姿绰约。仫佬族传说中蛮王练兵之所是不是就在这个地方？不得而知。周边的雷举和桅杆岭的村民把这座山叫作"蚂蟥山"，这是谐音讹传还是它的本名？也不得而知。

在桅杆岭和雷举，我还听到了一句"挖对西门角，银子不愿撮"的俗语。葫芦山水库的周边，从山脚到山腰葬着大大小小的坟。人们似乎总是梦想着有朝一日挖中那个传说中的"西门角"，过上"银子不愿撮"的光鲜日子。这些年，由于水库水位上升，那些低洼处的坟墓，不知道是来不及迁走还是根本就不乐意迁走，最终被水淹没，其中就有潘曼的墓。每每看到这些被湖水浸泡的坟墓时，我总是在心里窃想：这些坟主的后人怎么忍心呢？

在葫芦山水库的边上有一个名叫雷举的村子。"雷举"这个名字与雷觉人密切相关。县志记载，雷觉人原来是桅杆岭人，中举后，村民便把他叫作"雷举人"。后来因为兄弟分家，雷觉人才搬迁到现在的这个地方。这个地方原本叫什么名字，无从知晓。我想，它当初的名字应该是"雷举人村"，后来，呼来唤去，人们便把它简化为更加顺口的"雷举"。那天，我到村里查访，一问村名的来历，村民们无不了然于胸，张口即把村名的来龙去脉娓娓道来，让人颇为惊奇。当我提出想去看一看雷举人的坟墓时，一个年届八旬的老太太当即起身，欣然为我引路。后来还是一个后生上前阻拦,她这才作罢。在那个后生的指引下,我来到了雷举人的墓地。通过碑文,得知雷觉人生于乾隆壬申年(1752),故于嘉庆辛未年(1811)。他是乾隆乙酉科副榜贡生,于嘉庆九年(1804)甲子科中式举人。我想,作为一个文人,无论是在中式之前还是中式之后,他一定是做了许多当时的文人应该做的事情。比如课读学童、平整道路等等。然而,让人不解的是,无论是在村民的口中,还是在史志上,都未能听到或找到他的相关事略。县志上只有关于他的中式时间和籍贯的寥寥几笔,不能不说是一个遗憾。他去世后,后人先是把他葬在油竹峒,后来又迁到深凹峒,一九八二年又从深凹峒迁葬到村西头的小山脚下。眼前的雷觉人墓碑,刻于道光二十五年(1845)二月二十九日,估计不是最初的原碑,而是照着原碑新立的。碑柱上"三曲朝来拱必穴,文笔坐向护佳城"的对联,与雷举人文人的身份倒是极为契合。

葫芦山水库到改建成成龙湖公园,用了不到一年的时间。就个人感情而言,如果需要在这两个名字中间做出选择,我极有可能会选择前者。就像徽州府"突然之间"变成了黄山市,让人一下子适应不了。一个地方的命名,中间一定有它人文和民族心理上的根由,不能说改就改的。自然,于成龙之于罗城,或者罗城之于于成龙,都在相互成就,谁也离不了谁。一六六一,不仅仅是一串数字,也不仅仅是一个历史纪年。"七载罗阳梅弄影,三冬蜀道柳含烟。"没有刻骨铭心的记忆,于公笔下是不会流露出这样的诗句的。时光所能承载的是一段历史、一个掌故、一种念想。当年,县里的发展思路定名为"一六六一",是冥冥之中的一种巧合,抑或是历史的必然交会,都无需考究了。

时代演进,人事更替。凹凸有致的葫芦山也好,光鲜靓丽的成龙湖也罢,一如那荒野之中的草木,荣枯之间,自有天定,一切顺其自然罢了。

大化的成色

每次来到大化,我都在苦思冥想:该用什么词汇来描述眼前这座年轻的城市呢?靓丽?宁静?喧嚣?繁华?……所有这些词汇用在大化身上都不合适。思来想去,我还是决意用"成色"这样一个不带任何感情色彩的词汇来表达我对大化的钟情和敬意。

"成色"一词在词典里面的含义是"金属货币或器物中所含金属的纯度"。《大明律·附例七》:"凡收受诸色课程变卖物货,起解金银,须要足色。如成色不及分数,提调官吏人匠,各笞四十。"郑观应的《盛世危言·铸银》中说:"时价虽有长落,成色毫无添补。"可见,"成色"不仅关涉金银或器物的纯度,还涉及人的信誉问题。

追寻一座城市的历史是一件让人犯难的事。大化本来是都安的一部分,在二十世纪八十年代末,都安、巴马和马山的一部分土地、山峦、河流、草木甚至天上的流云开始进行一场规模宏大、史无前例的排列组合运动,催生了一个新的行政区域——大化。正因为这样,大化的历史描述起来显得有些尴尬。"古为百越之地,秦属桂林郡地,汉元鼎六年(前111)划入定周县,五代十国时统属宜州地,宋归……右江道,元属田州路,明清时隶属思恩府……"这几句没有任何温度的话是说不清大化的历史的,它只能拉长人们探寻的目光。

因此,用大量的篇幅去探讨大化的历史是吃力不讨好的。对于大化而言,有连绵的群山和一条红水河便足够了,无需太多堂皇的赞美它的理由。

最初让我看到大化成色的是一群本地人和一群外地人。走在大化的大街上,空气中飞扬着黄色的尘埃,也飞扬着各种各样的外地口音。那时的大化城还很小,还处于开发的状态,用不了多少时间就可把县城走个遍。目光所及,四处是裸露的土地、简易的工棚、行色匆匆的人群。工装、安全帽、劳保鞋是当时大化最流行的装束。整座大化城的男女老少都在练习说普通话,每个人都尽力把南方的口音往北方的口音上靠,为的是便于与外地人交流。说得更直白一点儿就是人人都想尽快把案上的猪肉、笼里的鸡鸭、篮中的水果和蔬菜卖出去,卖给那些在工地上忙碌的外地人。

随着时间的推移,大化的成色越来越足。那个名叫七百弄的群山,本来是贫穷和苦难的代名词,现在却吸引了全世界的目光。如果真有上帝,他一定为人世间的急剧变化投来欣羡的目光。"七百弄鸡"正在走向千家万户,已然是大化的一个响亮的养殖业品牌。而那形态多变、艳丽古朴、质地坚硬、图案丰富的彩玉石,则让大化赢得了"中国观赏石之乡"的美誉。

大化的成色在山,也在水。大化人说:"青山不墨千秋画,绿水无弦万古琴。"山和水是人类命运共同的母体。苍山洱海成就了大理,崇山峻岭和红水河成就了大化。山是大化的骨骼,水是大化的血液。山和水共同装点了大化惊世骇俗的绝世容颜。

大化的成色还在都阳镇海拔1060米的东甲岭上。那个名叫覃活虎的年轻人和他的高山红柚让山有了一股悠远的芬芳。如果说七百弄让人看到了绵延起伏的苍茫和磅礴,那么东甲岭则给人香远益清的幽深和高远。

大化的成色还在北景红水河生态休闲渔业养殖示范区。它在给人一种别样的山水文化体验的同时,还让人在"中国东盟垂钓基地"的远景规划中看到了大化人的国际眼光。

大化的成色还在那块45千克重的"粒我烝民"木刻上,因为它让人看到了一种胸襟、责任和担当。拿银移民安置点让村民变成了居民。这不仅是一种身份的改变,更是一种生存状态和生存理念的改变。多年以后,这里的居民一定会回味他们的父辈拉着他们的小手,扛着铺盖上楼的情景。那将是一段美好的记忆、一种甜美的咀嚼、一座城市的历史。

无论是拿银移民安置点，还是巴歪民族新城和达咩小镇，每一处都闪耀着一种人文和民生的光芒。之所以有这样的光芒，是因为大化拥有一颗柔软和温热的心，这颗心让大化的天空时刻奏响"风调雨顺""国泰民安"的祥和之音。

当然，大化的成色也在那古色古香的都阳土司衙，在那雕刻着云影天光的精美铜鼓，在那誓言铮铮的古河文武亭，在那部让大化在文化等级上跃上了几个台阶的瑶族创世史诗《密洛陀》……

《易经》上说："天一生水，地六成之。"逐水而居、傍水而生是人类生存发展的自觉选择。正因为如此，黄河、长江才会成为我们共同的母亲河。人们来到大化，不是奔着彩玉石而来，就是追逐七百弄而去，因为这两样东西的成色太足，太过于诱人了。当然，他们当中也有一些人的步履是向着一个叫水族馆的地方。只有到了这里，他们才真正体会到《易经》"天一生水"的奥义。那浩浩荡荡的水，千百年来滋润着这片神奇瑰丽的土地，哺育着两岸的生灵万物。水是大化的母亲，是水包容了大化，滋养了大化，成就了大化。天一生水，水生万物。大化因水而生，因水而成，因水而壮。

大化处处是山，处处是水。山的文章越写越顺手，水的歌声越唱越嘹亮。红水河畔，仿古的小街，美食的长廊，攒动的人影,在霓光水色中摇曳生姿。这是光影大化,也是人文大化、民生大化。

这些不仅是大化的成色,也是大化的底气。

鸡足山禅意

拜访鸡足山是临时起意。

那年秋天的滇西北之行,规划中的行程并没有鸡足山。每想到这里,心里就有点儿难过。

那天,我们夫妻二人从香格里拉返回,按照先前的规划,在大理作了两日的逗留。头天浏览了大理古城,瞻仰了崇圣寺三塔,逛遍了三月古街,第二天便将兴致投放到了鸡足山。直接的缘由是好友郑云老是在我耳畔念叨金庸先生《天龙八部》里面那个武功怪异的鸡足山和尚,心想:既然来都来了,何不顺道去看看?下一次要想再来一趟,不知道是何年何月了。于是,打点行装,顶着炎炎烈日,拜谒了这座大名鼎鼎的佛教圣地。

不久前的一个深夜,百无聊赖中看到一个短视频,片子里面说:"藏传佛教从青藏高原到丽江至大理不再南行;南传小乘佛教从缅甸、泰国到西双版纳到大理不再北行;汉传大乘佛教从湖北、贵州到大理不再西行。一教三乘在鸡足山汇流共生,源远流长。"

我不信佛,然而,这段带着一股幽远的禅意,如一缕春光飘荡的话音,让人瞬间顿悟:佛光一旦洒遍一个人的生命历程,他是幸福而快乐的。

雄踞于云贵高原滇西北宾川县境内的鸡足山,西与大理、洱源毗邻,北与鹤庆相接,是名扬东南亚的佛教圣地,也是中国汉传藏传佛教交会之地和世界佛教禅宗发源地,人们把"鸡足奇秀甲天下""天开佛国""华夏第一佛山"这些人间好词一股脑儿都加在它的身上,使它一年四季都散发着奇异的光芒。

从大理过去大约有六十余公里的路程,并不见得遥远。《鸡足山志》对它的得名是这样说的:"冈峦奇诡,因山势背西北而面向东南,前伸三趾,后舒一趾,形似鸡足而得名。"早在宋元时期,此地即已梵宇林立,明清时寺庙一度扩张到一百余处,号称三十六寺、七十二庵,有僧侣五千余人。当年的鸡足山,寺庙林立,佛音袅袅,名重宇内,洋洋大观。

说起鸡足山,就不得不说到徐霞客。徐霞客曾两次登临鸡足山,并前后在山上盘桓一百七十八天。

那年的五月十九日,这位生长在长江口附近的"资深驴友",怀着"朝沧海而暮苍梧"的壮志雄心,开启了他游历名山大川的多彩生涯。他一路"寝树石之间,啖草木之实",竹杖芒鞋,走遍了大半个中国。他动身的那一天，后来成了咱们中国的旅游日。在他的行程中，鸡足山是他一生游历的终点站。

明崇祯十一年（1638）的春节前夕，徐霞客第一次登上了鸡足山，并在山上盘桓了一个月。在天柱峰顶，他东观日出，西望苍洱，南睹祥云，北眺玉龙，顿时被鸡足山雄、秀、幽、奇之胜景所折服，不禁惊呼："海内得其一，已为奇绝，而况乎全备者耶？此不特首鸡山，实首海内矣。"翌年秋，应"醉心佛教"（赵藩语）的丽江土知府木增之邀，徐霞客再次登临鸡足山，并在山上逗留了四个多月。在经过一番详细的考察后，徐霞客抱病纂修了一部体例新颖、文笔生动的《鸡足山志》。这是鸡足山有史以来第一部志书，也是徐霞客晚年的一部重要著作，更是我国一部优秀的名山志。尽管这部珍贵的史志现今已散佚，但是通过翻阅《徐霞客游记》所列的志目，我们依然可以窥视到徐霞客那犀利的目光和恭敬的神情。据说，徐霞客在编纂这本山志时已病入膏肓。滇中硕儒高崶映在《鸡足山志》中说："成稿四卷，因病中止。"可见志书并没有完成最后的编纂。

正因为有了这一份情谊，崇祯十三年（1640），当徐霞客在仆从顾行（即游记中的"顾仆"）弃主而去、孤苦无依时，重情重义的木增便派人用竹舆抬着身染沉疴的徐霞客返回故乡。他们花了一百五十天的漫长时间到达湖北黄冈时，当地的县令改用船只护送，沿江而下，终于回到了徐霞客的老家江阴县。次年，五十四岁的徐霞客在老家停止了他生命的游历。

作为广西人,拜谒鸡足山,自然会想到另外一个人——静闻和尚。据康熙《鸡足山志·流寓》记载,当年徐霞客从江阴老家出发前往鸡足山,路过南京的迎福寺,迎福寺里有一个名叫静闻的和尚,也万分仰慕鸡足山,曾"禅诵垂二十年,刺血写成《法华经》,愿供之鸡足山"。徐遂携之一路坎坷前行,二人抵达湖南湘江边上时,遭遇了盗贼,徐霞客被打落江中,静闻和尚被砍成重伤。他们费尽周折来到南宁时,由于一路颠簸,缺医少药,静闻和尚的伤势已经相当严重,终告不治。弥留之际,静闻和尚拉着徐霞客的手郑重地叮嘱:"我志往,不得达,若死,可以骨往。"言辞恳切而悲慨,徐为之动容,当即答应。徐霞客焚化静闻的遗体,用一个木匣装上骨灰,背在身上,一路前行。到达鸡足山后,徐霞客便乞求悉檀寺的仙陀和尚找一块地安葬静闻和尚,以了却他游山的夙愿。仙陀和尚被徐霞客的真诚和静闻和尚以身许佛的宏愿所感动,便在文笔山的南山脚下找了一块地安葬了静闻和尚,并建了一座塔。此外,他还请晋宁的黄郊为静闻和尚题写了这样的墓志铭:

> 孰驱之来,迁此皮囊。孰负之去,历此大荒。志在名山,此骨不死。既葬既塔,乃终厥志。藏之名山,传之其人。霞客静闻,山水为馨。

　　徐霞客还写了六首《哭静闻禅侣》的诗,其中一首这样写道:

　　　　晓共云关暮共龛,梵音灯影对偏安。

　　　　禅销白骨空余梦,瘦比黄花不耐寒。

　　　　西望有山生死共,东瞻无侣去来难。

　　　　故乡只道登高少,魂断天涯只独看。

　　徐霞客的那样的高义,静闻和尚的那种执着,千古稀有。诗中字字惊心,句句滴血,读罢让人不禁潸然泪下。

　　或许是某种感应所致,登山的当天,在山道上我们遇到了一只乖巧的猴子,它安静地蹲在树杈上,用一双澄澈的眼睛注视着我们,没有一丁点儿受到惊吓的迹象。这让属猴的我激动不已,立马掏出手机给它拍照留念。在登山之前,我从那位藏族同学的口中得知,在藏区,每座神山跟人一样有自己的属相。比如,冈仁波齐神山,属马;比日神山,属猴;瓦西扎格神山,属猪;瓦尼神山,属狗;梅里雪山,属羊。那么鸡足山呢? 它是哪个属相? 一问,属鸡。

　　有一部名叫《鸡足山祈祷经》的藏文经典,至今被人传诵。据传,藏传佛教格鲁派创立者宗喀巴大师前来朝拜迦叶佛,累了就在鸡足山的石钟寺里休息,一睡便成了睡佛。那年是藏历鸡年,所以每逢鸡年,总会有藏民跋山涉水前来鸡足山朝拜。他们千里迢迢，一个半月或两个月才能到达他们心中的圣地,使虔诚的心得到佛法的加持灌顶。

汪曾祺先生在《旧人旧事》里提到一个指南和尚,是一个戒行严苦的高僧。为了让佛祖见证他一心向佛的宏愿,他在香炉里烧掉两个食指,自号"八指头陀"。当时读到此处时,我总是有些疑惑。有了鸡足山之行,疑窦顿消。

鸡足山是佛教著名的迦叶道场。它的主峰南侧有一个天然的巨型石门,人称华首门,相传是迦叶抱金襕袈裟、携佛牙舍利守衣入定之所。迦叶祖师修行显著,持头陀行,定力甚深,道心坚定,是佛祖释迦牟尼佛的十大弟子之一,深得中国佛教徒的敬重。佛陀在世时,十分信任迦叶祖师,赞叹他愿行渊广。佛陀圆寂后,迦叶祖师为上首,主持佛教三藏圣典结集。据说,有一次,佛陀登座,拈花示众,人皆不知,独有迦叶祖师心领神会,破颜微笑,最后得到了佛祖的心传。

鸡足山还是遁世避祸的人生归途。当年的高僧大错和尚（钱邦芑）在经历了人世间的血雨腥风后,看破红尘,皈依佛门。在鸡足山修行期间,他写下了这样一偈一诗。偈曰："一杖横担日月行,山崩海立问前程。任他霹雳眉边过,谈笑依然不转睛。"诗曰："破衲蒲团伴此生,相逢谁不讯孤臣。也知官爵多荣显,只恐田横笑杀人。"这一份阅尽人间沧桑之后的从容与淡定,让人肃然起敬。

　　眼前的鸡足山,尽管失去了当年的宁静,但也不乏来自四面八方的朝拜者。他们不投机取巧,不走捷径,因为他们心中有佛,佛眼通天。那天,在下山的时候,时已过午,我遭遇了来自藏区的信众。他们在陡峭的蹬道上三步一等身拜,每一拜都极为虔诚。那是一种板实的五体投地,没有任何偷工减料的成分,以致额头留下了鸭蛋大小的暗红印记。几千级台阶,他们就这样一叩一拜一寸一寸地丈量着,虔诚,精微,不急不躁。也许,在他们心中,只要一息尚存,那些神山就会屹立不倒,长长久久。在与他们擦肩而过的那一刹那,我听到了他们粗重的喘息声。那是一股来自内心深处的磅礴力量,任谁也不可撼动,除了法力无边的佛祖。在他们看来,虔诚的三步一叩,理当如此,是再平常不过的了。据说,藏族人相信,人一生中如果能够朝拜鸡足山三次,临终时灵魂就能回归佛国乐土。

　　当年,虚云禅师在鸡足山恢复兴建千年古刹祝圣寺,留下无数的传奇。这位十九岁即剃度为僧的一代宗师,一生经历了十五座道场,中兴六大名刹,重建大小寺院庵堂八十余处。他在接待四方朝山者的同时,还亲自外出募化。据说,光绪三十二年(1906),虚云禅师赴京请领清宫内务府所刊的藏经《龙藏》,得到了光绪皇帝的恩准。光绪皇帝除了钦赐《龙藏》外,还御赐紫衣、钵具以及玉印、锡杖等,赠名迎祥寺——"护国祝圣禅寺",

封赐主持虚云禅师为"佛慈洪法大师",希望他回山传戒,护国护民。翌年,虚云禅师在回云南的途中,日夜思考寺庙的重建事宜。为了筹到巨款,他绕道来到马来西亚、泰国和缅甸,一路讲经说法,一路募化功德。更为神奇的是,在泰国讲经募化时,虚云禅师跌坐入定一坐就是九日,轰动曼谷,上至王公大臣,下至黎民百姓,都来礼拜和捐款赠物。三年之后的宣统元年(1909),虚云禅师雇用了三百匹马驮着藏经和从东南亚募化的财物,日夜兼程,运回鸡足山。从此,虚云禅师募化修建的"护国祝圣禅寺"成为鸡足山佛教十方丛林的大刹。

据说,当年为了铸造一口铜钟,虚云禅师请来了当地有名的铜匠施云开,让他熔化从各地收来的废铜。施云开带着两个学徒漫山遍野收集干牛粪,生火对收来的废铜进行熔化。在熔化废铜的过程中,有一块两三斤重的"废铜"无论如何也熔不化。满心疑惑的施云开便将这块烧不化的"废铜"拿去请教虚云禅师。虚云禅师仔细查看了那块烧不化的"废铜"后,对施云开说:"这块既然烧不化,你们就别烧它了。你见到它,也是你的缘分,你把它带回家吧!"

历时三年,钟铸成。施云开便将这块"废铜"带回家,一问才知道这并不是什么废铜,而是黄金!

虚云禅师一生以一衲、一杖、一笠、一钟行遍天下,由自度而度人。面对闪耀着佛光的黄金,依然能够镇定自若,这等气魄和胸襟,可谓空前绝后。

当年,在北京的潭柘寺看到一个硕大的转经筒,我以为那是天底下最大的转经筒了。然而,当我在香格里拉看到一个三层楼高的转经筒后,才知道什么叫作天外有天。现如今,身边的寺庙一座比一座大,一座比一座讲究,一座比一座富丽光鲜,但似乎都缺少了什么东西。鸡足山寺庙的规模普遍都不是很大,却禅意十足,好像那份禅意与生俱来,没有任何人为的迹象。

一日鸡足行,百般禅意生。

下得山来,回望金顶,"皑皑高标"的楞严塔直插云天,好像在为芸芸众生接通来自天国的梵音。

母亲腰间那把明亮的钥匙

每年的三四月间，细雨总会在漆黑的夜晚悄无声息地造访，不动声色地滋润着世间万物。今天晚上的这场春雨，就是在我没有做好任何心理准备的情况下，平白无故地深夜光临，润湿了我洁净的窗台和泛黄的书卷。在这样的雨夜，我那本就异常柔软的心，常常会随着氤氲的空气而变得多愁善感起来，内心也变得更加焦躁。莫名的思绪如荒烟蔓草般，在不可捉摸的心灵深处疯狂地生长，再也无法控制。总感到自己应该做点儿什么，但又没有固定的指向。这种感觉由来已久。

今年的三月一如既往的泥泞，阴冷的天气也没有任何变化。

远行的心忘却了空间的距离，听从了故乡的召唤，纷纷向着家的方向行进。

在缓缓行进的人群中自然有我。

伫立在村头，眼前这个珍藏着我无数童年欢乐和痛苦的村落,不见了袅袅的炊烟,不见了晚归的牛群,只有一份别样的恬静和安逸。陈年往事齐聚心头,我的心跳瞬间加速,双眼也变得迷蒙起来。这次清明节回家,就是尽人事、行孝道,了却一桩折磨我多年的心事——为母亲迁坟。这是我多年来想做而没有来得及做的事,也或许是我这辈子能够给母亲做的唯一一件事情了。

迁坟是有特定对象的,不是每一个故去的人都需要迁坟移葬。按照我们那一带的风俗,年轻时非正常死亡的人,不能葬在风水好的高处,而必须葬在阴暗潮湿的低矮处。听老辈人说,年轻的灵魂是近不得祖宗,上不了牌位,享不到香火的,直到后人为他们迁坟移葬,否则他们就是孤魂野鬼,无处为家。我的母亲生了我那夭折的弟弟后便染上重病,用尽了土方也不见好,最后悲惨死掉,自然属于上面说到的情形,最初的安葬地也被安排在阳光极少光顾的低洼处。

母亲在我不到两岁的时候便去世了,从小到大我的脑子里没有一丝有关母亲的消息。母亲到底长什么样?是高是矮是胖是瘦?姓什么叫什么?打我记事时起到大学毕业,我一直不停地追问,但始终无法找到答案,更别说拼凑起母亲完整的形象。父亲没有主动告诉我,我也就不问。我知道,父亲是不会轻易谈起母亲的,那样只会在他的伤口上撒盐,徒增他的痛苦。我只是隐隐约约从大人们的口中得知,母亲出生在一个靠近河岸的小村子,我还有三个同父异母的舅舅。除此之外,剩下的就是无尽的思念了。小时候,看到别的小伙伴儿都父母双全,唯独我只有父亲,没有母亲,感到很沮丧,在他们面前总是抬不起头来。我小时候又特别的淘气倔强,到处惹是生非,行事喜欢"剑走偏锋",常常为一个红薯或一把炒玉米的归属这样鸡毛蒜皮的小事跟小伙伴儿们起冲突,偶尔还把人家的小脑袋打破。在那个时候,他们的父亲或母亲出于护犊心理,急匆匆跑来,不问谁对谁错,哗哩啪啦对我教训一通。尽管不会对我施以拳脚,但他们总是在领走自己的孩子时,在十几步开外愤愤地抛下一句"有爸养没有妈教",作为平息一场小孩子之间纠纷的结束语。尽管声音不大,距离又远,但我还是听得真真切切。这句话对我的打击无疑是最大的。听完这句话后,作为胜利者的我,完全失去了取胜后所有的心理优势,一下子蔫了下来。其实这句骂小孩子没有教养的话,本来的面貌是"有妈生没有爸教",但用在我的身上,必须调整语言的顺序,重新改装后才能做到词能达意。

为了确切地掌握一些有关母亲的讯息,多年来,我不厌其烦地四处打探,在希望、绝望、绝望、希望的几经反复中,终于找到了她儿时的玩伴——一位住在河对岸的慈祥的阿姨。年轻的时候,这位阿姨跟母亲结拜了姐妹,情同手足,一起下田劳动,一起做伴赶圩,一起走坡唱歌。借助这位阿姨的描述,我梳理出了母亲的大致轮廓:母亲是乔善乡古金村龙脚屯谢家的女儿,名字叫作谢美金,是家里四个孩子中的老大,也是家里唯一的女孩儿。她个子不高,大概一米五左右。母亲是一个普通得不能再普通的农家女子,既没有修长的身材,也没有姣好的面容,家境也并没有像她名字那样富而多金,反而是十分贫寒,日子过得很清苦。在阿姨平静如水的述说过程中,我全神贯注、侧耳倾听,生怕错过任何与母亲有关的讯息,同时不停地在脑子里勾勒母亲的画像。与阿姨的交谈,对我来说是既简短而又漫长,既快乐而又痛苦。这位慈祥的阿姨最后以不容置疑的语气告诉我:我长得很像我的母亲。她的话音一落地,我便如获至宝、欣喜若狂,这是我平生听到的第一条有关母亲的好消息!从那以后,在想念母亲时,我就设法找来镜子,试图通过它来寻找母亲的影像,寄托我的哀思。

母亲嫁过来时,家道中落的父亲已经一贫如洗,之前说的几门亲事都"无疾而终"。是啊,没到山穷水尽、走投无路的时候,谁愿意把自己的女儿嫁给家徒四壁的父亲?每个女孩儿都有追求幸福的权利,在那种情势下,哪个女孩儿选择了父亲注定也就选择了贫困。母亲当年毅然嫁过来,是需要很大勇气的。我想,母亲当时一定是做好了过苦日子的准备。

在我想来,母亲嫁过来的情形应该是这样的:在同伴为她撑起的黑布伞下,母亲带着少女的羞涩迈过我家那道为新娘设置的门槛,缓缓走进为她布置的新房,而新房里的每一个物件都贴上了父亲省吃俭用买来的充满喜气的红纸。那几个或者十几个陪母亲出嫁的同伴,一定是通宵达旦不知疲倦地为她唱着嘹亮动听的情歌……

母亲葬在一个名叫"拉岜顿"(地名,"矮山"的意思)的地方,地势极低,终日见不着阳光,很是荒凉。这是一块两亩见方的洼地,因为地方太小,一些相对平缓的地方都让那些先期到达的人抢了去,母亲的坟被挤在一个逼仄的角落里,看上去孤零零的。在母亲坟墓的旁边,安置着另外一些无家可归的灵魂。因为年纪尚小没有娶亲或已娶亲却没有后代,无人为他们寻找新的墓地,只能永远躺在这里,任凭岁月冲刷,没有任何反抗的能力。

也许是多年无人进入的缘故,这里草木特别的茂盛,远远望去,阴森可怖。听村里老人讲,这是一块实实在在的阴地。每到北风呼啸,特别是猫头鹰鸣叫的夜晚,飘忽不定的点点"鬼火"在树梢草丛间窜动。那令人毛骨悚然的声音病菌一般潜入人们的心肺,所有人的脊背都凉飕飕的,不得不早早地钻进被窝蒙头睡觉,借以躲避时远时近的恐惧。听惯了大人们讲的鬼怪故事,村里的小孩子平日里就是胆子再大也根本不敢靠近这里,更别说深入其中一探究竟了。但我似乎是个例外,无论是上学还是跟随父亲到地里劳动,每次经过这里,我并不像其他小伙伴一样飞一般地向前奔跑,而是尽量放缓脚步,慢悠悠地通过，心里根本没有任何害怕的感觉。在冥冥之中，我的内心总是能隐约感受得到，这时候的母亲一定会安静地站在某个角落，用她慈祥的目光注视着我。这种感觉让我感到格外的温暖，我不想错过每一次与母亲亲近的机会。

在一切准备停当之后，这天早上，我们几个人，花了近一个小时的时间，费了很大的工夫才到达母亲的坟前。说是坟，其实是一个略微隆起的土包，根本看不出任何坟的样子。母亲就这样安安静静、与世无争地躺在这里，对我的不孝和多年来对她的冷落一点儿也不生气。三十多年来，尽管我无数次经过这里，但一直未能这么近距离地面对母亲。每年的春节或清明节回老家，村里的老人们总是很庄重很严肃地告诫我，无论工作多忙，经济多困难，一定要找个时间迁母亲的坟。是啊，母亲在阴暗潮湿、毫无人气的荒野里住得太久了，应该给她重新选择一个充满阳光的地方。但由于种种原因，为母亲迁坟的事被拖了很多年，成了我无法排解的心病。此时此刻，站在母亲的坟前，我除了惭愧和不安外，更多的是有一种强烈的负罪感。我是多么地渴望母亲能够站起来，狠狠地骂我几句，甚至抽我几个响亮的耳光，在我的脸上留下几个血红清晰的巴掌印，让我可以清晰地听到慈母课子的声音。但我知道，这已经永远不会出现了，在我的眼前，母亲只是一具冰冷得让人窒息的白骨，深深地埋在一抔黄土和一片荒草之下，不带任何体温，没有一丝生气。

迁坟是一件庄重而神圣的事情。在村里老人们的指导下，怀着对生命的无限敬畏，每进行一道程序，我都轻手轻脚、小心翼翼，生怕惊动了安睡的母亲。当母亲的骨骸完整地展现在我眼前的那一刻，不知道是什么原因，我的心刹那间被彻底洞穿，神情变得恍惚起来，眼泪再也控制不住。这种状态维持了很长一段时间，我的堂叔见我许久没有动静，走了过来问我怎么回事，我这才回过神来。在这种状态下，我模糊的目光一刻也没有离开过母亲，生怕一眨眼母亲就会在我面前再次消失，因为这是我第一次也是最后一次面对面地与母亲亲近了。

在依照严格的程序拾完母亲的骨骸后，借助阴暗的光线，我突然发现母亲腰间的位置有一个白晃晃的物件，明亮地刺激着我的双眼。我急忙用双手拂开上面的泥土，一把铝制的钥匙便完整地呈现在我眼前。

面对这把曾经浸润母亲体温，经过岁月侵蚀依然锃亮耀眼的钥匙，我的思绪不停在飞。当年，在安葬母亲的时候，父亲为什么要将这把钥匙挂在母亲腰间？在母亲活着的时候，它有什么重要的用途？它开启的是一道房门，还是某个重要的部位？所有这些，母亲都无法亲口告诉我，凝固成永远的谜了。但有一点是可以肯定的：这把钥匙对母亲来说一定是非常重要的，以至于每天都系在腰间，生怕一不小心给遗失掉。我想，尽管母亲的家境不好，但在女儿出嫁这样重要的事情上，我的外婆肯定是不敢马虎的,一定为女儿打了一个做工非常考究的柜子,柜子里一定装着某种秘而不宣的物品。可能是一床崭新的、柔软蓬松的棉胎,可能是一两套绣有精美图案的被面,也可能是一两套鲜红漂亮的嫁衣。此外,还应该有一把木制的梳子和一面圆圆的镜子。如此种种都是一个姑娘出嫁时的必备之物,外婆是或多或少都会置办一些的。总之,柜子里锁住的是母亲美好的青春年华和羞涩的少女记忆,这把钥匙寄托了母亲对美好生活的向往,母亲随时都准备着用它来打开通往幸福的大门。

在母亲不长的生命里,苦难和不幸一直陪伴在她的左右,没有过上一天舒心的日子。她走了,走到了一个我永远找不到的地方。在遥远的天堂里,母亲的病好些没有?有没有可以去走坡唱歌的伙伴? 在赶圩的归途中遇上天黑,是否有好心人肯让她留宿?在山里迷路的时候,有没有可以充饥的野果?在无数个没有星光的夜晚,我好像依稀地看见,母亲独自一人在一片开阔的旷野中无助地游荡,步履蹒跚,衣衫褴褛,面黄肌瘦……

多少年来,我不停地做着同样的梦:在凄厉的寒风中,我一次次地奔向母亲的怀抱,而母亲却总是站在烟雾缥缈的地方,似近实远,让我无论怎么努力都无法靠近。

这些年,我无数次地为别人写过祭文,"树欲静而风不止,子欲养而亲不待"之类忧伤的文字不止一次地在我的笔下流淌。但往往总是完成之后便直接交给了主人,再不理会,更不去认真品味这些冰冷文字所传达出来的生死意味。直到有了这次为母亲迁坟的经历，我才真切地明白这些文字背后痛入骨髓的含义。

忙完母亲的事后，回到县城的家中，每天面对妻女灿烂的笑容，过着恬静安宁的生活，身心也逐渐趋于平静。但每到夜深人静的时候，母亲腰间那把明晃晃的钥匙，总是不停地在我眼前晃动，我那本已痊愈的心又一次被深深地刺痛着。

很早以前，就萌发了为母亲写一些文字的念头。由于工作上的原因，每天面对的不是政治文件，就是没完没了的公务琐事。本来的那点"三脚猫"似的文字功夫也日渐萎缩，几近荒废。这点不大的心愿竟然多年未了。人到中年，经历了太多的生死，顿感人生无常，觉得再不为母亲写点什么，那就真是大不孝了。于是，重新调动起脑子里没来得及逃遁的文字，堆砌了上面这些有关母亲的段落。

行文至此，天已大亮，尽管身心疲惫，但也卸下了沉重的心事，反而觉得轻松了许多。推开窗户，一阵凉风袭来，不禁打了一个寒战。窗外的雨，依然歪歪斜斜地飘洒着，继续进行着它的行程，没有要停下的意思。

那些一直在或已离开的树

　　像往常那样,晚饭后开启散步模式。走到十字路口,看到几个工人在收拾地上的树枝,不远处的拖车斗上堆满了砍伐下来的木头。这本来是一件稀松平常的事,但因为它牵扯到一棵特别的树而就变得不同寻常起来。

　　这座我居住了二十年的城市很小,小得仅有两条路,一条叫解放路,一条叫朝阳路。路的名字起得都很阳刚且富有革命性,给人一种沿着铺满朝晖的大道奔向美好未来的自豪感。前些年,城中央有两个串联在一起的十字路口,人们亲切地把它们叫作大转盘和小转盘。大小转盘把朝阳路和解放路连接起来,形成一个巨大的"工"字形,小城也因此被划为东西两个城区。大转盘中央原来有一个巨大的圆形花圃,花圃中央竖着一根十来米高的灯杆。小转盘亦如是,只是规格要矮小一些。每遇到上下班高峰,交警都会准时挺立在大小转盘上,用标准的手势指挥交通，成为小城朝夕一道靓丽的风景。后来城区改造，大小转盘都没有了，代替它们的是日夜闪烁的红绿灯和各式各样面无表情的摄像头，没有了当年交警指挥交通时温馨的笑容和飒爽英姿。

小城里种有各种各样的树，有高大的木棉，有婆娑的垂柳，有优雅的桂树，还有一些我叫不上名字的树，把小城的四季装点得绿意盎然，妖娆多姿。朝阳路和解放路的两旁也种植着很多的树，每隔几米一棵。它们整齐地排列在道路两旁，像身姿挺拔的仪仗兵，给小城增添了几分威武、几分庄严。那年城区进行改造时，其他路段的树不停地更换，唯有解放路两旁的天竺桂毫发无损，让人颇为惊异。据说，这些天竺桂是先前一个姓刘的县委书记率领干部职工种下的，是最早"组团"来到小城的树种之一，显得颇为珍贵。甚至可以这样说，这些天竺桂的历史就是这座城市的历史，小城人对它奉若神明。这些天竺桂经过多年的生长，体量不断增大，个子蹿到几层楼那么高，人走在树下看不见天。有些树靠近根部的躯干上隆起许许多多碗大的树瘤。这些树瘤拼命地往外挤，争先恐后地往外凸，最后纠结在一起，形成一个巨大的瘤团，杂乱无章地环抱在树上，像极了患痛风的人扭曲变形的关节，看得人心惊胆战。

据说，有一年市政局人员修剪树木，在锯那些妨碍交通的干枯树杈时，一些老同志心疼不已，打电话给县里领导。领导马上喝止他们："你们要是再锯树，我就锯你们的脖子！"从那以后，这些树在小城人心中便是一种神圣而庄严的存在。

就这样，这些天竺桂与小城周围那些山峦一道，像呵护自己的孩子一样呵护着这座小城，共同见证小城的变迁，承载着小城人的记忆，珍藏着小城人一份浓浓的哀乐。它们是小城人美好的集体记忆，这种记忆让小城有了一种暖意融融的人情味。

与解放路幸运的天竺桂相比，小城中其余的树就没这么好的运气了。无论是朝阳路，还是其他的次干道，它们边上的树种总是随着人们的喜好不停地更换。有一段时间，朝阳路路两边种的是榕树，是一个热爱故土的儒商捐赠的。种了几年，树大根深，枝繁叶茂，给烟尘滚滚的小城增添了珍贵的亮色。树种下后，非议之声顿起，最为盛行的一种说法是："榕（容）树不容人。"树和人好像成了死对头：有人无树，有树无人！于是，那些生长得兴高采烈的榕树一夜之间被连根拔起，开启了颠沛流离的生涯。它们如翻秋的玉米那样被人移植到一座水库边上，把自己的生死托付给了一片狭小逼仄的荒地。那位对家乡怀着一片赤子之心的儒商，听闻之后捶胸顿足，伤心欲绝。

这些榕树腾出来的位置让给了香樟。香樟是一种名贵的树种，人见人爱，再也没人说三道四。于是，它的生存得到了可靠的保障。现在，它们也像当年的榕树那样迎风招展。

小城里有一棵特别"丑"的树。我不知道它的名字，因为它是歪着长的,所以我就给它起了一个名字——歪脖子树。远远看过去,这棵歪脖子树的躯干像阿拉伯数字"7",树高大约有 10米,歪拐处的高度约在 1.5 米。这棵树因为长的不是地方,很讨人嫌:它很随意地长在斑马线的一头,横穿马路的人一不小心,脑袋就会撞上歪脖子树。每一个与歪脖子树相撞的人,都迅疾用手一边抚摸自己的额头,嘴里一边念念有词,好像是诅咒树的讨人嫌,也好像是责怪自己的疏忽。

庄周说,一棵树要是长得丑,在匠人的眼中没什么用处,那么它就会免遭斤斧之害。这棵歪着脖子的树长得也丑,似乎也"不求有为",但在那天傍晚,我却看到了舞动在它身上的斤斧寒光。它的枝叶将进入某个火炉,以另外一种方式存活在这人世间。

小城的西北角有一座小山,当地人叫它凤凰山。当年的罗城县衙就建在它的脚下,带着一股缥缈的灵气。"参天拔地傲苍穹,十万大山我一峰。不与桂林争独秀,蓬蒿亦自有高风。"邑中先贤的这首诗,在坊间广为传诵。

凤凰山之所以有名,是因为它承载了太多的人文信息。"凤凰山,有虞仪庭,成周歧鸣;千秋万载,仪兮鸣兮。"明代的摩崖石刻给凤凰山披上了一道神秘的人文霞光。凤凰山脚下有一棵大榕树,枝叶如盖,浓荫如瀑,是一个绝佳的洗心醒脑处。据说是于成龙当年亲手所植,有几百岁的年纪了。一棵树能够在一座有故事的山的山脚下生长，并且还与一个名垂青史的人厮守在一起，它不仅幸运，而且近乎不朽了。前几年，吴子牛导演到罗城拍摄电视剧《于成龙》时，开机仪式也选择在一棵亭亭如盖的大榕树下举行。或许，在人们的心里，唯有大榕树才能真切衬托出于成龙卓尔不群的风采。

前些年，我在曲阜的孔府遇到了一棵桧树，树干粗大，树皮皲裂，看不出它是死是活，因为我没有找到它活着的证据——绿叶。树的旁边有一块上书"先师手植桧"的石碑，立于明万历庚子年（1600）。这种也叫圆柏的桧树，树形高大，最高可达20米，需要仰望才能看清它的全貌，给人一种沧海桑田的感觉。四川剑阁张飞庙附近也有这种树，当地人把它们叫作"张飞柏"或"蜀柏木"。是的，唯有这种面目苍老的树才能配得上那些古老的事物；没有它们的陪衬，很多地方就变得浅薄，寡淡无味，吸引不了人的眼球，抓不住人们的好奇心。

有一句俗话"死在柳州"广为流传，它与"食在广州""穿在苏州""玩在杭州"一样耳熟能详，说的是柳州融安一带有上好的楠木，可以用来打造精美坚固的棺材。旧时以土葬为主，一副好棺材是一个人最为向往欣羡的归宿。当年柳宗元被贬为柳州刺史，最后凄惨地客死任上。柳州的乡亲们就是用这种楠木棺材装殓着他的遗体千里迢迢地运回其老家去安葬的。

据说，康熙七年（1668），清廷重修北京紫禁城，需要大量的巨型木料。于成龙受长官举荐,负责为皇帝采办优质木材,前后忙碌了一百多天,甚至新年也在山中的庙里度过,终于采办到了合用的木材。于成龙所采办的木材就是楠木。为此,他还写了一首七律记叙其事,诗曰:

> 驱驰王事入彭川,旅舍神宫辞旧年。
>
> 七载罗阳梅弄影,三冬蜀道柳含烟。
>
> 石龟负气星文粲,林鸟声催草木鲜。
>
> 忽忆家乡思对镜,明晨霜鬓独凄然。

艰苦卓绝状溢于言表,读罢让人动容。

时至今日,在我们这一带的乡间,老人一旦年过六旬,儿女们便为他们准备一具棺材,让父母在活着的时候就看到自己的归宿,以示孝心。但是,为图个吉利,夫妻俩棺材的用料绝不能取自同一棵树。当地人认为,夫妻俩棺材的木料要是取自同一棵树,先死的人会带走活着的人的魂,造成夫死妻随或妻死夫随。这与起棺时摔碎瓷碗和一刀斩断筷子一样,表明的是一种生死永隔的哀痛和决绝。

时下,楠木已经成为稀缺的名贵木材,大多是杉木棺材,极难见到楠木棺材的影子。但“死在柳州”这句古话因为楠木工艺棺材被人赋予了新的内涵而仍为人津津乐道。

现在,每一个城市都时兴评选市树,比如,北京的市树是国槐、侧柏,上海的市树是法国梧桐,杭州的市树是香樟,等等。人们评选市树,骨子里追求的是人与自然的和谐统一。

有意思的是很多城市都以香樟作为市树,除了杭州外,还有长沙、南昌、苏州、无锡、宁波、平顶山、十堰、株洲、衡阳、娄底、常德、吉安、新余、安庆、芜湖、马鞍山、金华、嘉兴、义乌、龙岩、永安等等。走在这些城市的街道上,那些香远益清的樟树便成为一种让人咀嚼回味的绝佳景致。

人间因山而美,因树而秀。黄山的迎客松、西北的高原柳,南方的木棉树、北方的桦树林,千年的风吹过,万年的雨打过,它们就那么自在地生长着,年年岁岁,岁岁年年。

在岁月的景深里,人都会经历各种各样的树。有些树一直在身边,有些树在渐行渐远,但它们在人心中留下的快乐或忧伤永远挥之不去,成为人一生的记忆。

人是永远活不过树的,树"见过"的事情,人不一定见过;而人见过的事情,树都能"看见"。

纳翁之上

平生第一次听到"纳翁"这个地名是很多年前的事了。当年,三个姑娘从纳翁嫁到了瓦窑,成了我的叔娘和嫂子。她们嫁过来时,少不更事的我甚至不知道纳翁是在东还是在西(我们那一带把少不更事或愚昧无知叫作"不识东西")。后来,断断续续地从旁人口中得知,纳翁天高地远、地广人稀,除了盛产珍禽异兽和参天古木,还盛产陡峭与崎岖。

对于纳翁最初的认知仅此而已,粗糙,肤浅,水过鸭背。多年以后,进出纳翁的次数不算少,但大都走马观花、来去匆匆,先前的那种情形也未有多大改观,几近原地踏步。作为近邻,这让我羞愧,让我忐忑。此番前往,需用目光好好丈量一下脚下这方神奇的土地。

"纳翁"一词,从严格意义上说,它不是一个汉语地名,而是地道的壮话。在汉语语境里,人们无法赋予它字面上的任何含义。只有回归壮语系统，人们才能触摸到它们细腻柔软而富有弹性的质地。"纳翁"二字是壮语语音直译，不会说壮话的人不谙其中关节，通常会一头雾水，不知所云。"纳翁"在壮话里面的意思是"烂泮田"，近乎人们常说的"沼泽地"。由于地下泉水暗涌，低矮处的泥土常年被水浸泡，久而久之，淤积成了黑褐色的糯糊状，最后成为鸡肋一般的"烂泮田"。牛马之类体型较大的牲畜无法靠近，一旦误入其中即刻毙命。因此，"烂泮田"只能由人力耕作，而不能借助畜力。由于水温过低，农作物比如水稻之类的庄稼，生长缓慢，故到每年四五月间天气转暖后才能播种，每年仅能播种一遍，且产量极低。在土地资源相对富足的地方，农人是不屑于在这种"烂泮田"里挥洒汗水的。

很多年前，纳翁的名声很大。那时，她是一个巨大的磁场，吸来了妄想一夜暴富的淘金者。他们操着各种各样的口音，背着大大小小的行囊，如过江之鲫蜂拥而至。他们要去往的地方，地底下埋着海量的石头，石头里面隐藏着他们梦寐以求的东西。那个让人垂涎的东西躲藏在大山深处，人们需要像钻地鼠那样裂石掘土，深入大山内里，才能看清那些石头的真面目。他们的到来，让磅礴的大山有了人间旺盛的烟火气，让荒野变成了闹市，让冰冷变成了温热。他们像当年的三线建设者一样，频繁奔走于高山峻岭之间，制造着一缕缕炊烟和一个个传奇。

人们争先恐后奔往的地方，同样也有一个壮语名字，但我在脑海里搜寻了大半天也找不到与之对应的汉字,只知道它叫"红岗"。这是地质工作者赋予它的称呼,而不是当地人的发明创造。就是这样一个地方,让很多本来身无分文的穷光蛋一夜暴富,掘到了人生的第一桶金。也有很多本来腰缠万贯的人,满怀希冀而来,一脸沮丧而去。在那段不长的日子里,大山里整天机器声隆隆,人声鼎沸,俨然一个狼烟四起的战场,每个人都是勇猛的战士,每天都在冲锋陷阵,空气中弥漫着浓烈的硝烟味道。那时,随手拾起脚下的一块石头,都能够感受到尚未散尽的余温。对此,人们最直观的感受是,与此距离不到二十公里的乔善圩,每天一大清早,猪肉市场中的猪肉便被那些淘宝的人一扫而空,连平日里不受人待见的"猪下水"也没了踪影。肉桌上剩下的,仅仅是一些零零碎碎不值几个钱的"泡囊肉"。

经过几年的狂挖滥采,"红岗"这块方寸之地变得体无完肤,满目疮痍。那几座大山,听到了睥睨天下的狂笑,也听到了源自地狱的哭号。喧嚣之后的沉寂、大喜之后的大悲,让人感慨唏嘘。

三十多年前,纳翁还是乔善乡的一个行政村(当时叫大队),二十世纪八十年代"撤社设乡"后才独立出去,成为一个乡镇,具备了完整的乡镇建制,独立行使法律赋予的职权。作为乔善人,我自然对纳翁怀有一份别样的亲切感。不是说我有来自纳翁的两个叔娘和一个嫂子,而是一种无法稀释的情感认同。

直到现在,在许多上了年纪的人眼里,纳翁似乎还是乔善的一个组成部分,纳翁的兄弟姐妹还是他们心目中的老乡。

那些年,乔善街头的十字路口有一家名叫"华港"的旅社。每当夜幕降临,三三两两的旅客便频繁出入其间。他们穿着与当地人不一样的服装,讲着与当地人不一样的话。他们大多是来自纳翁民族村的瑶族同胞。他们之所以是这家简陋旅社的常客,是因为他们居住的地方地处偏远,赶一趟乔善街,天没亮就得打着火把出发,紧赶慢赶地走上一整天,天完全黑了才到达乔善。他们当中,家境稍好的就在华港旅社住宿,家境不好的则投奔这附近的亲戚朋友。第二天一大早,他们会匆匆吃完早饭,然后赶到圩亭快速把手中的山货脱手,采购他们事先反复思量过的生产生活用品。一切妥当之后,每人肩上挑着几十甚至上百斤的担子,急匆匆往回赶,翻山过坳,长途跋涉,前呼后拥,挥汗如雨。当他们面前出现那微弱的煤油灯光时,天已完全黑下来,四周一片沉寂,世间万物像是入睡了一般。

那天,在民族村鱼岭屯那棵丈许高的柳杉树下,我与八十三岁的盘姓老人并排坐在一张破旧的靠椅上促膝交谈。那些从柳杉枝叶间透下的阳光,不停地在老人苍老的脸上跳来荡去,斑驳陆离,肃穆之中有一种无法掩饰的沧桑感。在谈到那段岁月时,她用"两头黑"来描述那段不堪回首的艰难日子。言语之间,老人两眼空洞,脸上闪现出一道难以名状的神色,让人不禁为之动容。

在纳翁这块风光旖旎的土地上，我之所以格外钟情于偏僻的民族村是有着心理和情感上的因由的。去年应邀去了一趟瑶都金秀，走了一趟耸入云天的圣堂山，耳濡目染之余，感慨良多。回来之后便写下了这样一段文字：

> 在大瑶山，"举头三尺有神明"得到了最为淋漓尽致的呈现。大约是生存环境使然，瑶族先民们将日月星辰、风雨雷电，甚至花草树木等自然现象，视为神灵，把它们请入庙中，日夜供奉，祈愿天清地朗、国泰民安。同时，它也如一条律令，执着地训诫子孙要敬畏自然，善待自然，融入自然。为了维持人与自然的和谐共生，在漫长的岁月里，他们甚至在那株灵香草的协助下控制人口规模，每一个家庭不多不少只生两个孩子。在他们倒背如流的祖训里，有几句话让人印象深刻："我瑶门头，四十二家，大大小小，对天讲过……"门头瑶寨，四十二家，今古如一，从未增加亦未减少，堪称奇观……瑶族先民在自己的一生中，虔诚庄重地向天下跪，向地下跪，向山下跪，向水下跪，向一棵树、一块石头下跪……他们用自己的双膝叩醒大地，叩醒祖先，叩醒自己灵香草一般芳馥的灵魂。

也许是血脉相连、心意相通,今天的纳翁瑶寨,也在演绎着同样的故事。在这里,每一个瑶族老人的心中都隐伏着一部与兵荒马乱有关的家族史。这个故事长短不一,甚至有可能残缺不全,但其间的脉络是息息相通的。民族村肯瑶屯的邓贵禄老人口中,就日夜流淌着一部家族的迁移史。在他缓慢而平静的叙述中,旧日的时光快如闪电,他们的脚步也快如闪电,快得可以甩开时间。从海南到贵州,从贵州进入广西,从融水同练进入纳翁,最后在他身后的几座大山旁停下疲惫的脚步。一路下来,他们的身影和脚步声,上天看见过,大地听到过;高山见证过,溪流欢送过;太阳照耀过,月亮陪伴过;雨露浸润过,树木目送过;飞禽呼唤过,走兽追随过。为此,他们对大自然的一切都心怀感恩,奉若神明。他们感念上天,感念龙王,感念高山,感念溪流,感念身旁的一草一木。他们将自己皈依于苍翠欲滴的林海,皈依于水声潺潺的溪流,皈依于上下翻飞的白鹭。就连他们居住的房屋也是纯天然的木楼,榫卯之间找不到一颗铁钉的影子。这里有美丽的传说,有动人的故事,有纯朴的民风。正因为如此,纳翁瑶寨便成了这次文学采风活动的首选地。

在上古传说中,瑶族的始祖是盘瓠。传说中的盘瓠是一只忠勇无畏的神犬,曾救帝喾(帝尧之父)于危难。据说在帝喾统治时,宫中有一位老妇患有耳疾。请郎中前来诊治,从她耳中挑出一条虫,有蚕茧大小。虫挑出来后,就把它放在一张瓠篱之上,再用一个盘子罩住。谁料这虫儿遇风即长,没多久便有了狗形。长大之后更是威猛如虎,机警异常,且听得懂人言,故人见人爱,视若心肝宝贝。由于之前曾将它置于瓠篙之上,且以盘子覆盖的缘故,人们便给它取了一个名字——盘瓠。据说,帝喾在一次南巡时,顺便将女女和盘瓠带上。当时,蛮兵作乱,狼烟四起,气势汹汹,一下子便将兵稀将寡的帝喾及其随从们团团围住。帝喾见情势危急,便下诏许诺说,若有能取对方首领首级者,赏黄金千镒,封万户侯,并妻以帝女。不多时,盘瓠从外面跑了回来,嘴里还衔着一颗人头。众人定睛一看,正是对方首领的首级。首领一死,叛军便乱作一团,一触即溃。帝喾势如破竹,突围而去。事后,帝喾便践行了自己的诺言,把自己的女儿许配给了盘瓠为妻。盘瓠与公主生下了六男六女,帝喾便给盘瓠的子女们各赐一姓,这十二个姓氏就成为瑶族最早的十二个姓氏。民间流传的《评皇券牒》(也叫《过山榜》《过山牒》《过山版》《过山照》《过山图》《过山经》《盘古圣皇榜文》等)对此有着详细的记载。券牒中将十二姓一一开列,昭告子孙,如金科玉律,板上钉钉,容不得半点亵渎。在这份《评皇券牒》中,就有这只未具人形的神犬和具了人形的盘瓠的画像。照此说来,肯瑶屯边凤凰坪上玉皇盘古庙里的"盘古"极有可能不是开天辟地的"盘古",而是忠勇无畏、救主于危难的"盘瓠"。庙里供奉的十九座神像,其中就有盘瓠的宝座,有观音的笑容,也有山神水神树神的身影。他们在终年享用瑶族子民香火的同时，还肩负着一项重要的工作，即保佑一方土地"风调雨顺""国泰民安"。

采风当日，由于乔（善）纳（翁）二级公路正在施工，道路坑坑洼洼，车子走到中途便无法进行，不得不更换车辆。在漫长的等待中，我们一行人便徒步来到了芽洞屯，在屯里的文化活动室里歇息。在百无聊赖中，采风团的成员们便到村里的巷道和农户家中走走看看，散散心、拍拍照、聊聊天，借以打发漫溢出来的时间。让人万万没想到的是，村民们给我们端来了刚刚出锅的秋玉米和胖乎乎的木薯。我们忙不迭给她们塞钱，她们死活不收，还对我们说了一大堆温暖得让人动容的话。那一刻，我就知道，采风活动已在不知不觉中提前开始了。

由于在途中耽搁了太多的时间，抵达民族村已是正午时分。之前因一路颠簸，无暇顾及沿途风光。过了纳翁乡政府后，道路尽管狭窄弯曲，却极为平坦，不用担心脚下，这才留意起公路两旁的无限风光来。虽时值初冬，却没有任何冬天的迹象。路旁的荻花如一把把巨大的梳子随风摇荡，像是给大山梳妆打扮。远处的山峦连绵起伏，莽莽苍苍，直达天际。"山路十八弯"是一点都没有错的。盘山公路不断向前延伸，拐拐弯弯，弯弯拐拐，一拐一弯之间的直道最长不超过百米。车子在这样的山道上行驶，时不时在拐弯处与对向来车遭遇。两车司机在一阵激灵之余狂摁喇叭，交错而行时不忘相互微笑致意。在一个名叫大寨的村庄中间穿过时,我脑子里突然冒出"农业学大寨"几个字来。当然此大寨非彼大寨,只是类似于撞衫那样的重名,但它还是让人不禁回想起那激情似火的旧时光。经过近半个小时的摇摇晃晃,终于抵达了我们魂牵梦萦的民族村。一行人下得车来,两个青春靓丽的姑娘笑意盈盈地给每个人奉上了一杯热茶。她们身着艳丽的民族服装,在人群中来回穿梭,看上去像两只翩翩起舞的蝴蝶,令人赏心悦目。

瑶族服饰色彩斑斓,包含了强烈的图腾崇拜意识,看似平淡无奇,细心琢磨,便能触摸到瑶族独具魅力的文化基因。瑶族以五色犬盘瓠为图腾,崇拜祖先"盘瓠"。传说中的盘瓠是瑶族人民心中的神犬,瑶族人民自认是盘瓠的子民。盘瓠图腾是瑶族文化的象征与标志,瑶族服饰是瑶族文化与精神的固化和宣示。瑶族人民"好五色衣,衣斑布,色斑斓",瑶族群众无论男女大都在领边、肩头、袖口、襟缘、胸襟、裤脚等部位绣上各种图案纹样,色彩斑斓。他们胸前佩戴银元银牌,琳琅雅致,引人注目。那些圆形、弧形、长方形的胸牌,关联着日月星辰崇拜,显得神秘而深邃,使得人心中不时涌起一探究竟的冲动。纳翁民族村的瑶族服装以黑蓝两色为基调,辅以红、黄、白等对比强烈的暖色调,艳丽多姿。在古希腊人眼中,黑色来自火与阳光。他们认为,黑色是火燃烧耗尽空气与水分而产生的颜色,给人一种神秘、庄重、含蓄、崇高的心理暗示。在瑶民眼里,红黄蓝黑白五色,各有各的情感代码。比如红是火,是代表生命的诞生与延续、热情和勇敢的颜色。而黄则是神圣与富贵、财富与权力的象征。

"靠山吃山"这句俗话,在纳翁民族那里有着最为直观的呈现。瑶族与大自然有着相融相生的渊源和默契,瑶族子民把自己的繁衍生息完全托付给了大山。他们在崇山峻岭间健步如飞,淌血流汗,用砍刀为自己开辟了一条狭窄的生命通道。在过往岁月里,大山给他们出借了金碗银筷,让衣不蔽体的他们完成了生命中一次又一次庄严神圣的仪式。同样的,今天的大山也极为慷慨,赐予了他们一座又一座的金山银山。现如今,人稀地广的民族村,山岭之上、沟壑之间,茫茫林海,接地连天。盘山公路逶迤而上,如一条条洁白的丝带,在山间随风飘荡;掩映在青山翠竹间的白墙彩瓦,在冬日阳光下熠熠生辉。放眼望去,宛如人间仙境一般。杉树林下,暗香浮动,光影闪烁,那是大自然的恩赐。而"决胜脱贫攻坚,一个民族都不能少",则是一声嘹亮的福音,是瑶族人民真正的底气和"靠山"。那些吸纳天地精华的竹荪、大球盖菇,个个肥头大耳,憨态可掬。七叶一枝花,株株亭亭玉立,迎风招摇。这些蓬勃的林下经济,让瑶民看到了雨平山上如瀑的阳光。

走进民族村的壮村瑶寨,那短墙小院,竹篱瓜蔓,在阳光下显得宁静雅致,温馨安逸。那传统的木楼已经组团隐退,成为一个民族遥远而模糊的记忆。走在村道上,每一个侧身而过的人,脸上都洋溢着自信而满足的神色,举手投足、一颦一笑,都散发着一股叫人艳羡的平和气息。

纳翁是一块田,一块福田。在这块田上,生长着花草树木、珍禽异兽,也生长着汪洋恣肆的生命气象。

纳翁之上,天高地阔,水草丰美。

纳翁之上,惠风和畅,祥云朵朵。

南丹的颜色

一

多年以前,搞美术的堂哥向我展示了他在南丹瑶寨的采风所得:一大沓彩色照片和一幅幅写生画。以我当时的识见,搞不懂线条、白纸与美之间的内在关联,更不知道黄金分割在创造美的过程中如何操作,自然也就不懂画画的窍门和欣赏的角度,丝毫插不上嘴。然而,欣赏彩色照片是不需要什么艺术天赋的。对我来说,看一张照片与看一片林子、一块稻田没什么区别。那天,我看到了这样的画面:天地澄澈,阳光明媚,清汪幽碧的水潭边上,几个少女正在浣衣洗发。那些色彩斑斓的百褶裙,像一群美丽的蝴蝶栖息在潭边的石块上。赤裸上身的少女正在潭边洗发,那乌黑的长发自上而下如瀑倾泻,激活了一潭静水。那些被人称为"粮食宫殿"的一个个谷仓挺立在山石之上,远远望去,像极了旧时姑娘手中的油纸伞,也像极了秋天田野里尖尖圆圆的禾秆堆，让人心生一种美好的怀想。还有那茅屋，还有那古树，还有那弯弯曲曲的盘山道……

这些山间的风物，在悠长的岁月里，山间的暖阳照耀过它们，天上的明月抚摸过它们，人间的灯火映照过它们。此刻，它们默默无言，并肩站成一道遥远而奇异的风景。

那是我第一次看到白裤瑶的世界。多年以后，但凡脑子里闪现"白裤瑶"这三个汉字时，那缤纷的山间异彩便蜂拥而至。它们在我眼前不停地切换、交叉、重叠、幻化，拼接出一个斑斓而梦幻的世界，让我手足无措。

这些年，似乎养成了一种习惯：每到一个地方，除了留下一些照片，我还会随手留下一段文字，为的是像女娲补天那样，补缀自己文字和记忆的版图。几年前，应邀去了一趟大化，离开后便写了一篇小文，名字叫《大化的成色》。这五个汉字，帮助我完成了对大化的激赏，寄托了我对大化的情义。这次来到南丹，为着那些亘古不变的五彩色块，还是决意用"南丹的颜色"这几个汉字来表达我对这方山水的牵挂与敬意。尽管"成色"与"颜色"的含义有别、指向各异，好在它们都可为往昔着色、为今日添彩，这就足够了。

这些年，每次出门之前，依照习惯，免不了在网上"卧游"一番。屏幕闪烁间，一时一地的山水沟壑、花草树木便尽收眼底，简捷、直观、方便，让人瞬间怀疑之前的人生。然而，质地再柔和的"手""机"交流或"眼""屏"对视,终究敌不过脚步的丈量和指尖的触摸。毕竟,机上"卧游"与实地览胜,其间的差别不仅在于一次质感坚实的现场摩挲,更在于一种源自内心的窃窃私语。

这些年,除了赴鲁院同学遥远的丽江之约外,我的出行一概没有任何规划。这种除了叨扰一方山水而不惊动任何人的出行方式,抛却了世俗的羁绊,挣脱了人情的束缚,让心情和脚步变得从容而淡定。

来到南丹,洞天酒海是要去的。人家金屋藏娇,藏住一片春色;这里金屋藏酒,却藏出一番景致、一个世界。在那个巨大的山体洞窟之内,酒香氤氲,亦醒亦醉;霓虹闪烁,亦真亦幻。天高远,海浩渺,洞深邃,酒香醇,这是尘世间难得的一种邈远苍茫的阔大意象。洞天一穴,吐纳金风玉露,呼吸醇酽芬芳;酒海一泓,映照云影天光,凝聚地气山岚。

阳光洒落,天地清明。小桥流水,疏朗隽逸。亭台楼阁,参差错落。罗汉金竹,憨态可掬。那湿漉漉的草叶,那红彤彤的花朵,那软绵绵的酒香,在空中缠绕盘旋。这样的酒海,让人不由想起"更待菊黄家酝熟,共君一醉一陶然"的美妙诗句。

酒是一缕绵延千年的文化丝线,一头浸泡着唐诗宋词,一头滋润着芸芸众生。文人遭遇杜康,以诗文佐酒,便豪气干云;农人端起海碗,只认酒中生涯。

"且就洞庭赊月色,将船买酒白云边。"李太白醉后,睥睨天下。"贾岛醉来非假倒,刘伶饮尽不留零。"贾岛酩酊,玉山倾倒;刘伶饮尽,一滴不留。其间的高歌低吟,巨鼓大锤,都是古今佳话。"天上一个月亮,水中一个月亮。天上的月亮在水里,水里的月亮在天上……"旅美台湾诗人彭邦桢是否在诗仙的酒樽里讨得一丝诗意,不得而知。唯一能够确定的是,太白酒后,分不清天上月水中月,以致失足落水,沦为千古波臣。孟浩然与王昌龄对饮狂欢,以致旧疾复发,从此不再"浩然"高歌。

我不是酒徒,并不善饮,对于酒的领悟能力非常迟钝。因此,在这个深邃浩大的酒世界里,我并没有找到做长时间盘桓的理由。出来之后才猛然发觉,裹着一身浓郁的酒香,却与山中神仙失之交臂,顿生悔意。

二

近些年,爬的山不算少。爬庐山,为的是寻找李太白的足迹,看那白花花的水如何从诗仙的口中飞流直下。登泰山,为的是踩一踩杜工部的脚印,体验一下"一览众山小"的感觉。而涉足鸡足山,则是冲着虚云和尚的背影而去,仰望一下那耸入云天的楞严塔,抚摸一下那佛光闪闪的金殿。然而,这些山都太远,太过出名,爬一次都是一生的奢望,爬第二次几无可能。要想日常光顾,只能选择一些不太出名且路途不远的山。比如宜州的北山,飘荡着仙气,也闪烁着剑气;南山则氤氲着瑞气,缠绕着贵气。比如环江的凤腾山,则收纳着毛南族的精致、纯真和灵气。于是,它们便成为我时常登临的对象。而对于素有"中国炼丹圣地"美名的丹炉山,多年来虽不能至,心却向往之。

驱车前往丹炉山并不顺遂,头天因一个小插曲,半道被人截住,原路折返。第二天,重整行装,再度出发。然而,进得山来,在硕大无朋的金色葫芦旁徘徊许久,死活找不到游客接待中心。找人一问,回答说:前方两里山坳里就是。只能会心一笑,以化解眼前的尴尬。这种拐拐弯弯、曲曲折折的小小意外,让每一次出行变得摇曳多姿,富有情趣。世间的好多事就是这样,太过顺遂反而索然无味,磕磕绊绊倒给人一种柳暗花明的感觉。

我不信佛,也不修道。选择丹炉山,完全是好奇心使然。随着摆渡车停在半山腰的景区入口处,我算是叩响了丹炉山的门环,进入一个懵懂未知的世界。

景区的设计者想来是个有心人。他在漫长而陡峭的登山道上设置了许多富有情趣的项目:谜语机巧,鼓声贯耳,鹦鹉唧啾,再加上一段山道几首山歌,使得为汗水洇湿的心境变得澄澈而笃定。沿途三两旁逸斜出的穿心莲,虬枝盘旋的崖树,不停聒噪的小虫,更是让人心生欢喜。

玻璃栈道和玻璃吊桥是抖音爱好者钟情眷恋的地方,非吾辈流连处。那仙气飘飘的炼丹炉和赤水宫才是我此行的动力源泉。于是,上得山来,便直奔心仪已久的炼丹炉和赤水宫而去。

因为之前做了一些功课，再加上有口吐莲花的导游小姐导引，眼前这丹炉山就变得简洁明了许多。

炼丹炉雄踞峰顶，气势恢宏，远观近看都震撼人心。那些圈砌炼丹炉的长方形石块，面目冷峻，线条粗粝。经年的山月和星辰并未擦亮它们的棱角，至今依然保留着叫人胆寒的野气。景区工作人员激情澎湃，领着我们围着丹炉转上一圈，并亲自示范，引导我们将手伸入炉内，试一试炉内的温度，像是在探测人心的深浅和世间的冷暖。炼丹炉四周，峭壁悬崖，绿树成荫，云雾飘荡，天然一处绝佳的炼丹场所。与别处一样，满眼都是花花绿绿的各式彩带，上面写满了各种各样祈福的文字。这些在树枝上绑红绸的人，想必是受到了碑上那句谶言"有所求，必有所得"的怂恿和指引。那些树无端承载了人世间如此之多的托付，是不是感觉到无奈之余也很无辜？

炼丹台正前方，那只掌心向上的巨型左手，在蓝天白云下轮廓清晰，线条明快。它斜仰于天地间，作摊开状，像是要接住来自天庭的某种讯息。而它那与修道没有一丝关联的名字，似乎是在告诉世人，它只不过是观阳子手中的一个道具，并未承载任何世俗的东西。

道士炼丹，少不了两样东西，一个是炉，一个是鼎。眼前，"天下第一炉"完好无损，只是少了通红的炉火。"天地为炉与天地同，万物为药与万物成。"道家法门此刻是否依然畅通无阻，不得而知。然而,那石头凿就的丹鼎却实实在在地破了,破得有些惨烈,顶部完全被削掉了,只余下一个圆鼓鼓的鼎腹和三只矫健的鼎足。它孤零零地伫立在炼丹台的台阶一侧,像个懵懂的道童,日夜守护着千年的炉火,咀嚼着遥远的时光。炼丹台正前方池子里,生长着许多怪异的石头,不停地向人诉说着斑斓的道家话语。

那收藏了观阳子无数脚印的盐马驿道,弯曲,细小,陡峭。观阳子在他还叫罗谦端的时候,奉诏征战,在刀光剑影中屡立奇功,最后得以坐上土司的宝座。然而,古时之播州今日之遵义的那次惨败,让罗谦端彻底心灰意冷,扔掉昔日所有的恩宠与荣光,皈依道山,做一个素衣素食、白髯飘飘的道士,最后归隐于无欲无求、虚无缥缈的无极之境。从鼓角争鸣到山风呼啸,从杀声震天到归于阒寂,其间的起伏跌宕与悲欢离合,非我等俗人所能参破。

"一剑横空星斗寒,甫随平房复征蛮。他年觅取封侯印,愿向君王换此山。"戚继光当年的吟哦用来形容当年罗谦端波涛汹涌的心境是否贴切,不得而知。观阳子也不能从时光深处走出来,给所有拜谒的人拾回一粒细小的历史尘埃,而只给世人留下一座别具一格的三山赤水宫,以及与修道门径高度契合的天台、地台和神台。

那天,尾随着导游小姐找到那大名鼎鼎的内丹台时,一个身着绿衣白裤、长相文静的女道士正在那里打坐、入定。我们的到来似乎撞破了她的清修。只见她神情慌乱,迅速起身,沿着宗阳顶的山道攀缘而去,留给我们一个飘逸而决绝的背影。听说,女道士来自湖北,来到丹炉山修炼已半年有余。不知道这半年的清修,是否已化解了她心中的郁结?

想当年,在内丹台上打坐的观阳仙子,心无旁骛,五蕴皆空。他终日盘坐在那里,将自己大半生的顿悟,浓缩在"心空率性先从有,面壁忘情后入无"这十几个汉字里,让后世之人费尽猜疑,长久思量。

> 终日看山不厌山,买山终待老山间。
> 山花落尽山长在,山水空流山自闲。

宋熙宁九年(1076),王安石罢相,回归江宁;次年请辞,在江宁城修筑一处隐居之所,起名叫"半山园",并自称"半山居士"。在归隐江宁的十年间,这位曾经的宰相,平日里经常骑着毛驴悠游钟山,与山为伴,以山为景。最后"买山终待老山间",钟山成了他人生的归宿。这与观阳子的境遇又何其相似。

> 烁烁丹炉别是天,白云咫尺有神仙。
> 人居厥内千千载,道隐其中万万年。

那个勘破世情的罗谦端，此刻已经摇身变成了观阳子，敛去旧日行藏，终老眼前山水。这是一种身的际遇，也是一种心的归隐。

三

在南丹白裤瑶村寨，是心有所系的寻访者也好，是行色匆匆的过路人也罢，都需要不停地按下"快进"和"暂停"键，这样你的触角才有可能伸入大山的皱褶，进入一个民族的内里，看到你最想看到的东西。

"南岭无山不有瑶。"白裤瑶结庐云端，隐身山林。千百年来，他们的身影就像那片片白云，在青山绿水间来回飘荡。就连他们"朵努"的自称，也带着一股山间的空灵与缥缈。

山，是白裤瑶永远的精神家园。山中岁月、林间生涯，一滴露水、一朵鲜花就可以滋养他们一生。

白裤瑶把内心的感恩绣在了坚韧的膝盖之上。那鲜红的五道红手印，像五条河流，千百年来不停地在他们的血管里汩汩流淌。每一个白裤瑶男人，当他们像祖先那样，用双手撑在膝盖之上时，耳畔便回响着鼓角争鸣，眼前便交错着刀光剑影。因此，白裤瑶的记忆，一律是鲜艳的红色。而那方被硝烟燎烤、被鲜血浸泡过的瑶王印，在岁月深处幻化为斑斓的花的图案，印在每一个白裤瑶女人的背后，刻在每一个白裤瑶男人的心上，长长久久，永不褪色。

白裤瑶女人，终日劳作，她们从容而优雅地穿过风，穿过雨，穿过阳光，穿过岁月。"马鞍衣"也好，"两片布"也罢，"绣花褂"也行，无论你怎么叫，都无法修改她们蝴蝶一般的身姿。蓝天白云下，她们步态娉婷，风姿绰约。那绰约来自天上的云彩，那娉婷来自山间的草木。

水声潺潺的溪流，突兀或光滑的青石，那是白裤瑶女人晾晒裙子、晾晒青春的所在。山风吹动她们的长发，掀动她们的绣花裙。长发甩一甩，便甩出一条炫目的弧线；裙子摆一摆，便摆出一山妖娆的风情。

阳光潜入她们的头发，潜入她们的衣衫，也潜入她们的心灵。她们身上有阳光的味道，还有青草和树木的味道。她们每一次转身，都让青山变得妩媚袅娜。

他们剪下在山谷中来回飘荡的云雾，盘在头顶，围在腰间，缠在腿上。于是，焕彩衣衫、如蝶身姿，构成了白裤瑶生命的日常。

在白裤瑶人的日常生活中，隆重的仪式感无处不在，人们时刻把这种隆重的仪式感裹在身上。有人结婚了，盛装出席是一种自信，也是一种尊重；贵客临门了，盛装是一份装扮，也是一份情意。盛装，可以徜徉在隆重的节日里，也可以穿梭在庸常的日子中。

每一个白裤瑶人的身上，都生长着一棵布满疤痕的黏膏树。树身的每一道疤痕都是一眼泉，汩汩地喷涌着足以让他们得意一生的琼浆。他们身上的每一道花纹，都散发着黏膏树的香味。

白裤瑶女孩儿生命中的那间小房子，是父母给她们搭建的另一个屋檐。在那个屋檐下，驻留着每一个白裤瑶女孩儿的青春和梦想。每一个夜晚，她们轻轻地唱着"细话歌"。那些歌，女孩儿听得见，男孩儿听得见，山神也听得见。她们期盼着有一天，自己能够笑意盈盈地向着自己的青春、爱情和幸福大步走去，像花蝴蝶那样，去寻找属于自己的花丛。

白裤瑶人的婚姻里都有一把刀和一把雨伞。刀用来捍卫生命的安全，伞用来遮挡人生的风雨。

白裤瑶人用牛牯送别亲人，用竹杖搭起天梯，用铜鼓上达天神。那个名叫拉所泽彩的男孩儿让白裤瑶懂得了"孝"的终极含义。砍牛是大孝，执杖是大爱。

酒，是上天给白裤瑶人预备的另一份"血液"，整日浇灌白裤瑶人的喜怒哀乐。男人喝醉了，以天为帐，以地为席。星星陪伴着他们，月亮陪伴着他们，山上的虫鸣也陪伴着他们。瑶乡的晚风，是暖的；瑶乡的美酒，是热的。

每个白裤瑶人都有一个火塘，那通红的塘火是他们生命中不落的太阳，在漫长的岁月里，帮助他们烘干山风，烘暖目光，烘顺心绪。

那个叫里湖的地方,盛下了白裤瑶人一生中不能承受之重。

那块叫南丹的土地,接纳了白裤瑶人生命中不能承受之轻。

一道道山岭拼成一块巨大的画板,白裤瑶用脚板在上面作画。画山,画水,画云,画雾,画自己,画他人,画前世,画今生,画胸中沟壑,画人间沧桑。从此,大山之上,金光闪烁;阡陌之间,稻花飘香。

四

南丹是上天搭建的舞台,群山是永不退场的观众,而白裤瑶则是一群本色出演的演员。他们用脚掌擂响大地,演一场永不落幕的人间大戏。

瑶王寨内,灯光与目光交错,歌声与鼓声相和。陀螺在飞旋,百褶裙在飞旋,旋出一个巨大的同心圆。同心圆内,鼓声阵阵,歌舞妙曼;同心圆外,风调雨顺,国泰民安。

南丹需要一次深情的回眸,需要一声虔诚的祝福,也需要一次零距离的眷顾与亲临。

再见,五色南丹;再见,五色白裤瑶。

软房子·硬房子

一

在父亲那里,这人世间的房子只有两种:一种是"软房子",另一种是"硬房子"。茅草屋骨架是茅草和竹木,这些东西禁不起风雨侵袭,一两年便腐朽散架,随风飘散,故父亲称之为"软房子"。而砖瓦房和砖混房子的材料为泥砖、瓦片、钢筋和水泥,结构坚硬方正,禁得起岁月磨蚀,在几十年甚至上百年的时光里依然傲然挺立,站成乡间一道美妙幽深的景致,自然也就成了父亲眼中的"硬房子"。

多年来,我一直揣摩父亲心中那"软"和"硬"的具体指向,借以参悟父亲的心理。父亲这一生,经历过太多的生死、太多的悲欢,对这人世间的很多事物,都有着他自己一套与旁人截然不同的看法。在我看来,父亲心中的"软"除了单薄、脆弱和不堪一击之外,没有安全感才是核心要义。而"硬"的指向则应当是结实、稳固，顶天立地，值得托付一生。

当下很多衣食无忧的人，面对一座茅草屋，总是盛赞其"冬暖夏凉"，说话间，满脸是艳羡和向往的神色。然而，并不是所有人在直面那些荒芜与苍凉时，都能够保持着那种让人羡慕的表情。比如我，一看到那些坍圮的围墙、破败的房屋、腐朽的草木，便会由此及彼，浮想联翩。茅草就是其中的一种。那些年，父辈们烧石灰，塞进窑堂的燃料就是这种漫山遍野的茅草。它们制造的蓝色火苗经过几天的力量积蓄后，潜入石头的纹理，更改石头的姓氏，让它们原本头角峥嵘的性情变得温和、柔软，低眉顺眼。

父亲这辈子造的第一座房子便是一座盖着柔软茅草的茅草屋，也就是他所说的"软房子"。那座"软房子"深不达三丈，宽不盈九尺，异常狭小逼仄。仓促之间，甚至地板也来不及平整，凹凸不平，到处都是两指宽的裂缝。因为空间狭小，屋内所有的摆布都显得极为局促：南面的两进是两个住人的房间，北面的两进则是堂屋和厨房。整座房子，底部砌了矮矮的一圈泥砖墙，上部则用一张张简易粗糙的竹席围裹，四面透风，光影闪烁。在寒冷的冬夜，屋里的人就是挨着旺旺的火塘也会缩成一团。整个房子完全依靠屋子中央和屋角的几根立柱勉强支撑着。在很多个白天和夜晚，它不停地发出类似于骨折的嘎嘎声，好像随时都可能轰然倒塌，让人不由得想起那一声"八月秋高风怒号，卷我屋上三重茅"的千古浩叹。在狂风呼啸大雨滂沱的夜晚,父亲和茅草屋就得接受一拨又一拨的考验。他总是在三更半夜追着煤油灯微弱的光亮,找来脸盆、水桶甚至鼎锅,来回移动,才能接住那些飘忽着的嘀嗒雨声。第二天早上起来一看,屋顶的茅草往往是被掀掉一大片,堂屋积水淋漓,低矮地方的积水甚至漫过脚面。于是,父亲必须找上一两个帮手上下忙活一两天,才能保证接下来的几个晚上能睡上安稳觉。

这样一座漏洞百出的"软房子",失窃是意料之中的事。人在食不果腹的时候,就是人品再好也难免心生歹念,做出一些令人百思不得其解的事情来。那时,人们要是想宰杀一头肥猪过年是件大费周章的事,先是将一头 120 斤以上的猪抬到公社的食品站,换回一张盖有血红公章的"派购证"之后,才能在第二年心安理得地杀猪过年,否则便会演绎出人猪都不得安生的剧情。那一年,荒芜已久的"软房子"的灶头上挂上了几挂猪肉。它们阵容齐整,像几面旗子一样悬挂在我的头顶,让我心神荡漾,蠢蠢欲动。经过一番火烟的熏烤,它们开始一天一天地变得透明起来,且不住地往火灶里滴油,"滋滋"地腾起一缕缕白烟。顷刻间,满屋子便飘满了诱人的肉香,强烈地刺激着人的神经,挑逗着人的味蕾,让人的舌头不停地在嘴里翻卷,进行着望梅止渴式的胡思乱想。每天烧火煮饭,我都坐在小方凳上,一边手握小木棍往灶门内扒拉着散落一地的干草木片,一边仰着脑袋盯着头顶上不停晃荡的那几挂腊肉。心想,要是今晚父亲能割下一两寸下来给我解解馋就好了。想着想着,那不争气的口水便偷偷地顺着嘴角滴落下来,迅疾洇入脚下那片浅浅的草木灰里,没了踪影。然而,每到这时,父亲总是说:"侬啊,这是留到'双抢'时'补力气'用的,现在还不能吃。"

在我做着梦都盼着"双抢"快点儿到来的时候,梁上君子在闪电和雷鸣的协助下,悄无声息地突破那片脆弱的竹篱笆,顺着烟火和猪肉的香味儿,将那些腊肉一挂不剩全部掳了去。从小患有严重耳疾的父亲,与这个世界发生关联的只有他的眼睛。当夜晚把光明收藏起来之后,父亲就无法感知身边的这个世界。因此,对于那个夜晚的声响,父亲是完全察觉不到的。当他第二天起来,发现腊肉不胫而走,才彻底慌了神,那张本来就愁苦不堪的脸,此刻更是像被人抽去了几根肋骨一般,不停地抽搐变形。所幸父亲平日里的察人体物还算细致入微,几乎不费什么周折就找到了躺在离家不远的米缸里的那几挂腊肉。尽管损失了令父亲心疼懊恼的一部分,但父子俩于饥荒岁月还算有一丁点儿的保障。

然而,"茅屋人看小,我居殊觉宽",在漫长的岁月里,茅草屋是我一生中第一个柔软而温馨的所在。

二

那场大火没有任何征兆,好像蓄谋已久。火苗是从覆盖着羊毛毡的伙房蹿起来的,随后迅速蔓延至紧邻的瓦房。那些干透的桁条和瓦角瞬间化为一股股猩红的火苗,在烈日下疯狂跳跃,像一条条毒蛇在不停地吞吐着火红的信子。堂伯挥舞着手中的脸盆、葫芦瓢和竹竿,与火进行着一场你死我活的搏斗。大团大团黏稠的羊毛毡火球纷纷跌落,黏在堂伯的脸上、手上、肩上,滋滋地冒着黑烟,空气中迅疾弥漫着一股人肉与黑胶混合的焦煳味。那场大火让堂伯变成了堂吉诃德,让瓦片变成了瓦砾,让水(泥)砖变成了火砖。这是我生命中遭遇的第一场大火,多年后忆起它,仍让我胆寒惊惧。

父亲建造的那座"软房子"没有后门,通风和采光仅靠一方小小的窗户,在光线不好的阴雨天,不点上煤油灯便挪不开步。每到生火做饭的时候,满屋净是烟,让人睁不开眼。因为烧的是柴草,灶台周围都是易燃物。在亲历了那场大火之后,每次生火做饭我都会牢记父亲反复的叮咛,把灶门周边的干草树枝扫进灶膛内燃完烧尽。就这样,我度过了一个没有自作自受乃至祸及四邻的火灾的童年。

"软房子"的边上保留着一块一分左右的菜园。那是老房子的一部分地基所在。父亲在造"软房子"时,没有多余的茅草为它遮风挡雨。于是,它变成了类似于"自留地"的菜园。对于那块周围扎着篱笆的菜园,父亲把它的潜能发挥到了极致,一年四季,轮番耕作,从不让它歇息。它就像是一个正值盛年的妇人,肚子从未空过,不停地孕育,不停地生产,直至筋疲力尽。在春种秋收的循环往复中,它那算不得开阔的腹地,总是心有灵犀地疯长着种类繁多的蔬菜,有南瓜、萝卜、红薯、豆角、西红柿、上海青、大白菜等等,显得生机勃勃,让人心生欢喜。尽管那时没有多少油水可以回味,但因为有了这个方寸菜园的慷慨施舍,我的童年并不缺乏绿色安全、尚可果腹的养料。

最为可喜的是,在菜园的一角居然直溜溜地挺立着一苑枇杷树。在那样的岁月里,人的躯体虽然缺少养分,但植物们却能在肥沃土地的滋润下长得肆无忌惮、枝繁叶茂。每到五六月间,枇杷树的枝头总是缀满金灿灿的果子,叫人垂涎欲滴,甚至在果子尚未成熟的时候,我都忍不住伸出饥渴的小手。是它让那清汤寡水的日子抹上了一层令人心动的暖暖色彩。

三

"软房子"见证了我的出生,也目睹了母亲和弟弟的死亡,它承载了我生命中第一次悲喜。我的出生尽管平淡无奇,却给父母带来了无尽的欢乐。然而弟弟的光临,却让母亲和他自己的生命在那个炎热的夏天戛然而止。母亲在生了弟弟后感染了严重的产褥热,这在缺医少药的二十世纪七十年代是不得了的病,更何况是在半个月见不到一个生人的偏僻乡村!母亲在经历了她生命中最后的痛楚之后,终于带着无尽的牵挂撒手人寰,留下了牙牙学语的我和人事懵懂的弟弟。母亲去世后,仍未断奶的弟弟在几个叔娘和姑妈手中几经辗转,尝遍了人间的冷暖,但最终也未能存活,匆匆地告别了青草、鲜花、蓝天、白云,成了众人口中一段反复咀嚼的饭后谈资和父亲脸上一行冰冷的眼泪。我虽然勉强地活着,但却体弱多病,随时都可能死去。父亲抱着我看遍了那一带所有的郎中,仍毫无起色,时刻处于一种奄奄一息的状态。我那可敬的三姑妈三天两头求神拜佛,并抱着为祖上延续香火的最后一丝希望,在一个阴雨连绵的早晨,毅然决然地背着我远赴融水三防看了一个很有名望的中医,期望在他花白的胡子里抓到一服神丹妙药,根治我身上的痼疾。

至今我都无法想象,平日里细声细气瘦弱得风一吹就倒的三姑妈,是如何跋涉几十公里的山路顺利抵达那深山老林中的老中医家里的。要知道,在此之前,三姑妈是从来没有出过远门的。此后唯一的一次出行是跟着我的两个表姐,探视因失手伤人在柳州沙塘监狱服刑的姑父,这还是多年以后的事。在我的记忆里,见不得血的三姑妈一辈子不敢杀生,胆子出奇的小,平日里见到别人杀鸡宰鸭总是躲得远远的,不忍直视。人或许在生死关头都有一种一往无前、无所畏惧的勇气,爆发出让人匪夷所思的磅礴力量。我想,在那个没有星光的早晨,三姑妈一定是用背过两个表姐的背带把我牢牢地绑在背上,手里拿着一根防狗的木棍,轻手轻脚地闪出那扇黑漆漆的柴门,消失在茫茫夜夜之中,步履艰难地行走在弯弯曲曲的山道上,开始一次吉凶未卜的远行。连绵不绝的毛毛细雨,一定早早地打湿了她的全身。她艰难地挪动着雾气蒸蒸的身子,穿越一道又一道山梁,涉过一条又一条小溪,渴了就喝一口山泉水,累了就靠在路旁的古树下小憩,然后又步履蹒跚地走向迷茫的远方……

然而,三姑妈的这次冒险举动并没有给我讨来保命的神药,却看到了死神日益猖獗地在我身边恐怖地游荡。在气喘吁吁的三姑妈到达的那个傍晚,戴着一副老花镜,翻着白白的眼球,目光越过镜框上方才能把人看清的老中医,经过了一番神神秘秘的望闻问切之后,望着蜷缩在三姑妈怀中气若游丝的我,摆了几下枯枝一般的大手,扔下了一句惊雷般的话:"这个孩子活不过半年!"

就这样,在那天漆黑的雨夜,孤身一人的三姑妈,怀揣一颗滴血的心,两眼空洞地辨认着细小弯曲的山道,避开频繁出没的猛兽,穿越茂密的山林,神情恍惚地返回遥远的家中。我不知道,在漫漫归程中,行走在漫漫丛林中的三姑妈是否遭遇了嗜血的饿狼或野狗;在饥肠辘辘的时候,是否有好心的山里人递来一碗冒着热气的稀粥;在狭窄湿滑的山道上,是否摔破了脆弱的膝盖；在潜入脊髓的恐怖中是否找到一个结伴壮胆的伙伴。我想，回到家时，三姑妈一定是披着湿漉漉的破烂衣衫，全身上下一定布满了一道道还在渗血的殷红伤痕。尽管在此后的漫长岁月里，三姑妈从未在我面前提起过那次惊心动魄的远行。与此关联的所有印象都是从父亲断续零星的话语中截取、拼接和复原的。但我知道，那是她一生中最为果敢、最为悲壮的经历。

在三姑妈回到家后的某一天，绝望的父亲便把我领了回来，无助地等待着我的死亡。在此后等待死神降临的日子里，我像一个幽灵在村子里徘徊游荡。只要我在村巷里一露面，所有的人都像躲瘟疫一样远远地避开，生怕我身上的晦气会玷污他们圣洁的身体，弄脏他们高贵的灵魂。然而，不知道是我的命大还是我受到老天的眷顾，被宣布死期不远的我，在死马当活马医的情况下，身体居然慢慢地恢复，侥幸地活了下来。在一个阳光灿烂的午后，当我骑在笑逐颜开的父亲肩膀上，出现在乡亲们面前时，整个村子都炸开了锅，这在当时无疑是一个匪夷所思的奇迹。时至今日，每到夜深人静的时候，我的脑海里依然不时闪现在我病中父亲绝望的眼神和我那慈爱的三姑妈抱着我走村串巷求医问药的背影。

在与父亲相依为命的日子里，很多好心人给父亲介绍了一个又一个对象。父亲总是一口回绝，理由是"怕她对孩子不好"。就是父亲这句话，使得"软房子"里始终再没有出现过一个女主人。从我记事时起,父亲的形象填满了我羸弱的生命,而"母亲"对我来说则是一个很奢侈的称谓。

四

"软房子"在某一个傍晚记录了一段我与父亲改变我命运的对话。

这天晚上,在昏黄的灯光下,劳作了一天的父亲一脸严肃地问我:"侬,愿不愿读书?"

"不读,帮你放牛!"我不假思索地说道。

那时生产队的牛,统一放,轮流看,每户大约半个月或一个月轮到一次。我的话音刚落,父亲的脸上闪过一丝失落和不快,用他的大手抚摸着我的脑袋说:"还是去学校读书吧,你看街上那些工人(父亲分不清谁是干部谁是工人,对在单位上班的人一律称之为'工人'),整天雨淋不到,太阳晒不着,月月领工资,天天吃鸡蛋!"父亲一口气说完一大串,似乎还意犹未尽,最后用不容置疑的坚定语气说:"你今后哪怕就是到门市部里卖盐都比我强!"说完这句话后,便独自坐到门外,用他瘦削的脊背对着我,对我的油盐不进似乎很生气。

或许是父亲"卖盐理论"起了作用,我用了整整一个晚上的时间,反复掂量着读书和放牛之间孰优孰劣,最后决定还是去学校读书,至于放牛,就当是课余活动。于是,第二天,我便到村里的小学开始了我识文断字的生涯……

多年之后,父亲如愿地实现了他的梦想:那个帮他看牛的小娃崽"意外"地考上了大学,成了村里通过全国高考考上大学的第一人,实现了他"到门市部卖盐"的夙愿。当时,在偏僻的乡村,考上大学的可以说是凤毛麟角,很多人一见面便向父亲道贺。父亲也因此每天都信心满满、神采奕奕,整整自豪了很多年。也许在他死水一潭的心里,终于泛起了不可多得的涟漪:陈年的晦气已经一扫而光,否极泰来了。

五

这是一个标本式的桂西北乡间农家大院,白墙黛瓦,高大巍峨,神气十足。这是父亲生命中的第一座"硬房子"。房子里面珍藏着他八岁以前的全部记忆。

圈在它周边的围墙,除了那粗大的札门栅杠外,其余的部件如门槛、门框,全都是人工錾刻过的石头,它们方正、黝黑,坚不可摧。在所有的房屋中间,有几座是山里常见的干栏式建筑。大门前用青石条砌成了一个稳固结实的台阶,常年的踩踏磨去了石条表面粗粝的条纹和棱角,显得异常的光滑锃亮,透着一股别样的温润和沁凉。夏日晚上,一家老小参差错落地坐在石阶上,摇着扇子,谈论着眼下的农事和乡间新鲜的话题,不时发出质朴而爽朗的笑声。间或仰望着满天的星斗,讲一些虚无缥缈、无根无据的传说，排遣一段睡前有些无聊的闲暇时光。房屋的地板是一层密实厚重的木板，人在上面走动，发出"吱呀吱呀"的声音，涓涓细流一般流淌在宁静幽深的岁月里。

在这些木板下方，主人安排了两个豢养家畜的栏，一个是牛栏，另一个是猪栏。每到天黑，家畜们听到人的脚步声，不是声嘶力竭地发出激越的声音，就是用嘴翻拱栏门的闩杠，弄出巨大的声响。主人在此起彼伏的声响中，手忙脚乱地操持着例行的活计，脸上却洋溢着心满意足的愉悦神情。最多的时候，栏里的牛马有几十头之多。每次开栏，牛马蜂拥而出，阵势浩大，踢踏之声震荡山谷。以致我的祖父在每天傍晚都会询问从牛坡上返回的人："你看到我家牛马是头朝南还是朝北？"以帮助他顺利地找到它们。祖辈们在牛哞马嘶的乡土气息和春夏秋冬的时光轮回中，重复着饥时有饭、寒时有衣的殷实日子，守候着简单祥和的人间烟火，描画着安然舒适的乡村图景。

小时候的父亲经常在大院里奔跑嬉戏，迎来朝阳，送走落日。白日追逐牛马，夜晚仰望星光。更多的时候，他总是坐在沁凉的石条台阶上，用手撑着下巴等待从地里劳动或赶墟归来的爷爷，期待在爷爷的手中拿到几枚时鲜水果或几粒硬糖。

六

我的祖辈们一直没有察觉，有一股涌动的暗流正在生成、萌动,一旦暴发,便会在瞬间摧毁他们所创造和拥有的一切,包括房子、田地、牲口,乃至自己的性命。他们依然像往常那样披星戴月,早出晚归,尽着一个农人问地吃饭的本分。他们每天眺望着村前碧绿的田畴、开阔的旷野、蓊郁的山林,含饴弄孙,尽享天伦之乐。他们至死也不相信,"六大门派围攻光明顶"这样的荒唐事,会在青天白日之下悍然重演。人最大的无助和悲哀就是无法预知生死祸福,更无法预知自己生和死的时间、地点和方式。所以,当那片巨大的乌云突然降临屋顶时,我的祖辈们依然在酣睡,做着"更待菊黄佳酿熟,共君一醉一陶然"的美梦。"轰隆"一声巨响,撕开了、捣碎了他们的梦境,把他们拖回现实。祖父耗尽心力,油尽灯枯,倒毙在那块收藏了自己的脚印,如今却已板结冰冷的土地上,化为一片细碎的瓦砾和一声悠长的叹息。在此后的日子里,祖母就变成了一只好斗的带崽母鸡,时刻张开翅膀,护住身后的几只小鸡。她拼尽全力把自己嘴里的话编织成一块块坚硬的盾牌,抵挡从四面八方射来的冰冷目光。有时候甚至还主动出击,用凌厉的语言不停地擦洗自己那身被沾了口水的羽毛。这无疑又煽活了那本已渐渐降温的火星。终于,那些火星在某一天突然燃起了熊熊大火,将她那透明的翅膀和羽毛烧焦燃尽,最终像一只折翼的蜻蜓坠落在那噼啪燃烧的火堆里,化为一缕青烟,飘逝在那道火红的晚霞中。

我那满腹经纶的大伯似乎未卜先知,他在一个没有星光的夜晚，避开所有人的目光，找来了一根细小而柔韧的牛绳，异常"聪明"地用最原始的方式，切断了自己与这个世界的所有关联。这种丝毫不假他人之手的举动，让一些人极为不爽，随后把那股气全撒到了其他与大伯有关的人和物上，以挽回他们脆弱的尊严。于是，那些"硬房子"在一片呐喊声中分崩离析，化整为零，成了另外一些公房的某个部件，湮没在岁月的深处，连一粒烟尘也没有扬起。

那棵挺立在天地间根深叶茂的大树，它深入地层深处的根已被人掘出，斩断，焚烧，土地所有的温热均已随风飘散。那枝头上的叶片——我父亲和他的弟兄们——在狂风中剧烈摇荡，随时都会脱离枝头回归尘土。但是他们没有勇气去寻找大伯用过的那根牛绳，自然也无法割断与这个世界盘根错节的联系。他们所能做的，就是在某个漆黑的夜晚，偷偷卷起细软，抛弃自己的祖坟，到邻村做了他们之前视为耻辱的"扛楼梯"女婿，潦潦草草地打发了自己的青春。而父亲从小患有耳疾，对外部信息的接收比常人减半，因真聋而能作哑，被人撇过一边，居然侥幸躲过蝗虫一般呼啸而来的石块，得以自保。

七

"茅屋年年破，春风岁岁来。"父亲的"硬房子"虽然已不复存在，但是日子还得继续。此后的日子便在上面提到的那座父亲口中的"软房子"中度过。看着我一天天长大,父亲心急如焚。在遥远的乡间,有条件的家庭,孩子早婚极为普遍。比我大一两岁的男孩子结婚当父亲的比比皆是。看着别人家的孩子一个个结婚生子,父亲就羡慕、嫉妒、焦虑。终于,在我十五岁那年,倔强的父亲猛地一咬牙,胸中升腾起一个连他自己都感到惊奇的想法:起一座像他小时候住过的那样的"硬房子"——牢固的砖瓦房。

在我们那一带的乡村,有一个古老的习俗,那就是男女双方结婚前,有一个重要的环节——"看房"。女孩儿会选择一个黄道吉日,在媒婆和一两个同伴的陪同下来到男方家看看她未来的家。这是父母赋予女孩儿的一个决定其命运的绝佳机会。名曰看房,其实是看家境,看公婆,看未来的夫婿。女孩儿来家的那天,男方家一大清早便洒扫庭院,备好一桌可口的饭菜,迎接未来媳妇的到来。经过一番仔细的实地考察,女孩儿在回到家时会给自己父母做一个点头或摇头的动作,行使自己的表决权。点头即中意,可嫁;摇头即不中意,不嫁。

父亲一定是很早就想到了这一点,这才决意倾其所有起一座硬铮铮的房子,好让自己的孩子在"看房"环节不落人后,顺利过关,兑现祖宗耳提面命的神圣叮咛。

为了起这座"硬房子",父亲卖掉了赖以耕田犁地的黄牛,购买别人拆旧房时废弃的桁条瓦角,向瓦匠预订了一整窑的瓦片。那年秋后,父亲找了一块自家的责任田,约上几个帮手,犁田、踩浆、打砖、晒砖、铲砖、码砖,然后又像蚂蚁搬家一样一块一块地挑回来,垒在菜园里、屋檐下。随后,又找来一个沾亲带故的石匠,开采和打制房子基脚所需的片石和七条门槛。一切准备就绪之后,选个良辰吉日,下定房子四角的基脚,放一封八分钱的鞭炮。就这样,父亲心目中的"硬房子"就算是开工了。房子砌好后,工匠师傅手提一只大红公鸡在砌好的山墙顶上绕行一圈,边走边哼唱一些吉语良言,并时不时向中堂撒一把白米,与主人进行一些"要富要贵"之类的简单问答。比如:"日吉时良,天地开张,大吉大利,万代荣昌……""一把白米撒新堂,荣华富贵建新房……""一要百子千孙,二要金玉满堂,三要万年荣华,四要高官厚禄,五要五子登科,六要六畜满栏,七要七男三女,八要八方吉祥,九要钱米广进,十要富贵久长。"当房子盖上最后一块瓦片时,看着四平八稳、方方正正的新房子,父亲终于了却了一桩心愿,那颗悬着的心回归原位,正常跳动。然而,父亲万万没想到,为了起这座房子,他的三姐——我的三姑妈,为着借肉还肉还是借肉还钱的问题,与一个锱铢必较的亲戚断了关系,老死不相往来。他更没想到,这座为未来儿媳妇"看房"而预备的"硬房子"并没有发挥它所应有的作用,因为他的儿媳妇在决定自己人生大事时毅然跨过了"看房"的环节,直奔他的儿子而去……

八

按照族规祖训,从农村走出去的人,无论人生际遇如何,无论是腰缠万贯、富甲一方,还是身无长物、一文不名,在祖宗留下的土地上都必须建有一座属于自己也属于祖宗的房子,用以安放祖宗的魂灵。否则,那些逝去的祖宗便无处栖身,成为孤魂野鬼;就会在村里留下骂名,成为不肖子孙。父亲亲手建造的那座"硬房子",因为时间仓促,造价低廉,做工粗糙,没过多久墙体便开裂倾斜,像一个劳苦一生的老农,摇摇晃晃地伫立冬风夏雨中,随时都会轰然倒塌,化为齑粉,消散在无形的风中。于是,尽管在寄居的小城已经有了栖身的"硬房子",我还是东挪西借,甚至不惜向银行伸手,在祖先遗留下来的那块土地上起了一座一层半的小楼房,完成了父亲方方正正硬硬铮铮的宏愿。

斗转星移,人非物亦不是。几十年间,父亲和我,两代人造了几座或"软"或"硬"的房子。这些房子分别伫立在父亲生命的不同段落,遮风挡雨,承载着不一样的人生况味。

现如今,步入暮年的父亲,怀揣着伴随自己一生的"软房子""硬房子",心无挂碍地融入人生的晚景。夕阳余晖中,那个蹒跚前行的背影,满足、宁静、平和。

山榜宏开待知音

"山榜宏开同雁塔,先儒姓氏列高低。"这两句诗写的是天河县八景之一——榜山题名。诗的作者是曾任民国天河县长的清末拔贡生吴寄生,也是终日仰望榜山题名的天河士子。

榜山在天河县衙(即现在的天河镇政府所在地)东南面。山上有一处崖壁。从县衙远远地望过去,它壁立千仞,"形如挂榜"。与周边的山相比,它略微显得矮小一些。榜山题名就在榜山的悬崖峭壁之上。

按清末探花商衍鎏先生的说法,雁塔题名,始于唐之雁塔。雁塔这个名称的由来,据说是当时有两只大雁在空中飞翔,其中的一只不知何故,突然殒坠于地。好心的人们便将大雁就地(即慈恩寺内)掩埋,并在上面建了一座塔。时人称之为雁塔。题名之说,有的说是韦肇及第,偶尔题名寺塔。也有的说是唐中宗神龙年间,进士张莒闲游慈恩寺,一时兴起,戏将同年之名题于大雁塔下。后人争相效仿,尤其是那些新科进士,在曲江宴饮后,集体来到大雁塔下,推举善书者将他们的姓名、籍贯和及第的时间用墨笔题在墙壁上,一时传为佳话。据说,白居易在二十七岁时便一举中第,喜不自胜,挥毫写下了"慈恩塔下题名处,十七人中最少年"的诗句。更有甚者,新科进士刘沧居然如此写道:"紫毫粉壁题仙籍。"已然将自己当作是天上的文曲星了。宋宣和年间,有个叫柳瑊的人把塔上的题名收集起来,镌刻在石头上,并编印了《慈恩雁塔唐贤题名》十卷刊行于世。可见当年那空前绝后的题名盛况。现在,这些题名都已烟消云散,但雁塔题名的遗风却保留了下来,成为各地效仿的母本。

到了明清时期,在每科会试和殿试确定进士名单及名次之后,一二三甲进士的名单便被刻在石碑上,莘莘学子金榜题名的荣光托付给了坚硬的石头,这就是所谓的进士题名碑。雁塔题名由此从民间自发的举动上升为官府的"规定动作"。

最为有趣的是,出于风水和人文方面的考虑,官府总会在县衙的东面、北面或东北面相对矮小的山顶上建一座塔,以补助风水上的缺憾。此风甚盛,举国上下争相仿效。

清代时,天河县的父母官就曾在榜山顶上建有一座九层的文峰塔,以壮山势,达文脉。时任天河知事刘宅俊还为此写了一篇《榜山建塔启》。在这篇记事性的官样公文里,他详细记录了这一盛举。文章开头,在说了一番"正确的废话"之后,他这样写道:"(天河)虽人杰地灵,原不泥阴阳之说。而天工人代,何难补造化之偏。"建塔的目的很明确,就是"补造化之偏",就是以人力代天工,补造化上的不足。接下来的事就是召集乡贤耆老,会聚一堂,共商大计。于是便有了"群登堂而相请,期解囊以为资"的喜人场景。在领导阶层和能人贤士们取得统一意见后,官府马上在全县范围内发出倡议,筹集善款:"合邑闻知,同心响应,多则输之百两,名冠当头;少亦捐以数金,心同乐善。"真是做到了一呼百应、群策群力。文峰塔建立起来后,"览石狮交椅之争雄,皆成笔阵;听九龙三潮之并汇,悉壮文澜。人和与地利偕收,秋榜共春闱竞捷。"一邑之文脉勃兴绵延,举县之士子频登鼎甲。这正是林光橡(清道光《天河县志》编纂者)所期待的动人景象。真是其情也殷殷,其望也切切。

文峰塔现今已杳无踪迹,但我们依然可以想见,当年它就像一座光芒四射的灯塔,在漆黑的夜晚导引着一方士子穿越重重迷雾,翻山越岭,豪情万丈地抵达生命的巅峰。

古代的科举考试采取的是分区定额、原籍应试的原则,士子不能跨区域参加考试,以保障每一个省、府、州、县都有士子入学、应考,达到教化遍行、甘霖普降的目的。但西南少数民族地区因为种种原因,教化迟缓,文风凝滞,造成很多地方的士子不具备应试的能力。明代广西进士共有 239 人,其中桂林府 108人,柳州府 34 人,梧州府 32 人,平乐府 16 人,廉州府 15 人,庆远府12人,南宁府11人,浔州府7人,思恩府3人,太平府1人。镇安、泗城和思明府干脆一个进士都没有。有清一代,广西进士人数为585名,亦大多集中在桂林府298人、郁林直隶州62人、梧州府50人、浔州府42人、南宁府38人、平乐府38人和柳州府27人等少数几个地方,其他州、府、县中式进士者寥寥无几,几乎可以说是凤毛麟角。无论是明代还是清代,进士的地理分布均呈现出一种东多西寡的格局。这种状况与桂东、桂西经济发展水平、交通状况和教育发展水平有着密不可分的联系。为了改变这种状况,清廷就默许西南地区省份"寄籍"参加科举考试。也就是说,那些人文教化发达地方的士子可以利用"寄籍"他处的方式入学和考试,以带动当地文化教育的发展。本来,寄籍应试只是一种临时的变通之计,清廷希望通过建立这样的考试制度,从长计议,达到振兴文脉、遍行教化的目的。用现在的话来说就是以先进带后进,最后实现共同进步的目的。但事实上却是,那些寄籍入学和考试的士子,在金榜题名之后纷纷返回原籍,并不在客居地继续生活下去。"寄籍入学"的考试制度,在实际操作中并没有收到通达一方文脉的预期效果,本地的学子并未从中受益,倒是让许多人钻了空子。有清一代,天河县(包括罗城县)金榜题名的大多是外籍士子,并没有当地的考生。譬如,康熙十二年癸丑科进士张汝贤,是寄籍天河的桂林府临桂县人。而早些时候的宋开宝五年壬申科进士,后来官至光禄大夫上柱国的覃光佃以及他的孙子——宋嘉祐辛丑科进士覃昌，都是融州（今融安县）人，而并非地道的罗城士子。尽管宋以前的罗城属融州地界，但硬要将祖孙二人"归化"为罗城人，未免有牵强附会之嫌。也就是说，明清两代广西八百多位进士中，没有一个是真正的天河人或罗城人。正如清道光《天河县志》的编纂者林光棣说的那样："国初人才奋兴，借地增荣。"

鉴于人才凋敝的情况，道光嘉庆时，官府才将明清历科乡会试进士（张汝贤即名列其中）和举人的姓氏、考中时间，一一镌刻，目的就是为了激励当地士子发愤读书，早日金榜题名。在类似"前言"的题句里，林光棣这样写道："自今以始，约我胶庠；笃学敦行，奋兴自强。乡会题名，勒之傍山。"并用"三元及第"的桂林的陈继昌和庆远的冯京作为榜样，激励天河学子在太平盛世发奋苦读，以期"蕊榜绝响"。"榜山石刻待知音"的美好期许，在这里得到了淋漓尽致的表达。每有士子考取功名，官府都在县衙悬挂灯笼，张榜告示，以期有更多的学子能像陈继昌和冯京一样"繄谁崛起鼎峙，而为邦家之光"。

现在提起榜山题名，除了少许上了年纪的人能零零碎碎地说出一二，再也没几个人知道它的存在了。正如文章开头那两句诗的作者吴寄生所慨叹的那样："自从废却科名后，峭壁空悬不再题！"每念及此，不禁感慨万分，唏嘘不已。

　　然而，只需花上一两分钟，在天河街头向东南方向眺望，你就会看见一个个先贤此刻正伫立在榜山之上，衣袂飘飘，频频地向你挥手致意。

　　"坐令夷俗变，髦士登蓬瀛。"古代官吏每到一个地方任职，首要的事务就是修文庙、兴学宫、振文脉。这似乎已经成了他们心中强大精神力量的来源和自觉行动，无需旁人提醒，更不需要长官的检查和督促。

　　在这一点上，今人的气魄未必胜得过古人。

圣堂山上的古风皓月

对于一个对得上眼合乎口味的地方,对其细细踏访和慢慢咀嚼是值得的。金秀的门头在我这里就是这样一个地方。

门头在花篮瑶语里是"龙门""龙头"的意思,也是自称为"穷咧"的花篮瑶的世居地之一。这个居住在山上的族群,从遥远的古陈国南迁而来。在花篮瑶少数上了年纪的前辈口中,至今依然完整保存着一部远古的宗族历史。每到隆重的场合,比如结婚生子、祭祀祖先等等,这些老人的口中就会流淌出一条人类生存繁衍的涓涓细流。他们从盘古开天地讲起,一直讲到穿越烽火的迁徙历程,最后在眼前清脆的鞭炮和锣鼓声中打上一个句号。这部口耳相传的史书,是花篮瑶的强心剂。这个深入骨髓的记忆激励着花篮瑶子弟时刻保持着乐观的心态和昂扬的斗志,使得他们能够在虎狼环伺的险恶环境里求得一丝民族的生机。当年的瑶民首领侯通仁、蓝受贰、侯大苟等人登高一呼,大藤峡两岸的千山万壑中便燃起瑶民的怒火。这些怒火噼啪燃烧了二百五十余年,烧烫了大明朝廷的神经。在我想来,当年王阳明在浇灭这场在南天熊熊燃烧的大火时,一定为瑶民的彪悍和坚韧所震撼。回头一望,倘若不是王阳明,倘若不是湘西土兵,又有谁能阻断这场烈火的持续蔓延?瑶民被朝廷猎杀之际,且战且退,最后进入瘴气弥漫、虎狼出没的深山老林。这里高耸入云的一架架山梁是一道道安全而又坚固的屏障,为他们挡住夺命的箭镞和炮火,让他们在历史的夹缝里得以休养生息。在飞鸟和野兽的领地里,这个有着顽强生命力的民族,以日月为伴,与山水为邻,在陡峭而薄瘦瘠的山岭之上,以一把把弯刀小心翼翼地开辟民族生存的通道,用微弱的火光照亮头顶狭小的天空。有了刀口逃生这样铭心刻骨的记忆,门头在大瑶山就无愧于"龙门""龙头"这样的称号了。

在大瑶山广为流传的民谣"有山有水,石头爬树",像是一道咒语,又像是一条密令。它不停不歇地敲打着一个民族敏感的神经,旷日持久地向世人描画着花篮瑶在崇山峻岭间的生存环境、生存智慧和生存意志。这无疑是一部无法忘却的史诗、一声铭心刻骨的训诫。征服险峻的山和湍急的水,不仅需要强劲的脚力,还需要坚定的信念。石头爬树就是告诫子孙务必拥有强健的身体和坚强的意志,只有这样才能在险恶的环境中迎来一缕生存的曙光。

　　身为文人，最佳的切入点理所当然是文字，借以打通时间和空间的阻隔和壁垒，在脚步未能抵达之前先从精神层面抵近它，触摸它，安抚它。感谢那场秋雨，是它给了我从容的时间。在动身前的一个月里，我翻遍了所有所能找到的与大瑶山有关的书籍。那本让费孝通、王同惠名垂青史的《花篮瑶社会组织》，自然是无法绕过的。它的原生态，它的干练和纯净，让人过目不忘。然后是《六上瑶山》《大瑶山七十年变迁》，最后才是《金秀县志》之类的史志。这种有着恶补嫌疑的阅读充斥着盲人摸象的意味，但却让我在迷蒙的云雾中辨识了"犹抱琵琶"的水色金秀。

　　一踏上金秀地界，便蓦然想起多年前在宁波天一阁的徜徉与流连。在那里，我闻到了一股来自山野的香味——灵香草的香味。正因为有了那段香远益清的过往记忆，才使得寻找那株让人痴迷沉醉的灵香草成为我金秀之行私底下的目标之一。作为一棵隐居高山幽谷的香草，它无法预知和把控自己的命运和际遇。这要感谢那个与它有知遇之恩的天一阁主人——范钦。就是这个嗜书如命、宦迹遍及大半个中国的朝廷官吏，一个平淡无奇的柔弱书生，一个未曾一鸣惊人的落魄文人，彻底改变了灵香草孤寂凄凉的命运，让它能够告别荒僻的大瑶山，千里迢迢奔赴东海之滨，奔赴一场风起云涌的文明盛宴，聆听人声、涛声和书声的混响，开启它华贵风雅的芳香旅程。

　　那个早上，顺着那股淡淡的灵香味道，我来到了瑶药一条街。天上尽管飘着冷冷的迷蒙的细雨，但它无法浇灭我的兴致。果然，在中草药味道弥漫的窄窄的街道，见到了让我惊叹了好些年的灵香草。此刻，它褪掉了自己身上披着的水色山光，不动声色地躺在一只透明的薄膜袋里，散发着千年如一的奇异香味。那位面目和善的阿姨耐心地给我讲解它的来历和功用，像是在向客人介绍自己待字闺中的千金。从她那里，我惊讶地得知，因为人为的掠夺，野生灵香草已几近绝迹，现在街面上出现的都是人工种植的灵香草。尽管芳香依旧，但似乎多了一份人工的匠气，少了一股山野的气息，与我在天一阁偶遇的灵香草不是一个来路，不禁让人唏嘘。

　　在大瑶山，"举头三尺有神明"得到了最为淋漓尽致的呈现。大约是生存环境使然，瑶民们将日月星辰、风雨雷电，甚至花草树木等自然现象，都视为神灵，把它们请入庙中，日夜供奉，祈愿天清地朗、国泰民安。同时，它也如一条律令，执着地训诫子孙，要敬畏自然，善待自然，融入自然。为了维持人与自然的和谐共生，在漫长的岁月里，他们甚至在那株灵香草的协助下控制人口规模，每一个家庭不多不少只生育两个孩子。在他们倒背如流的祖训里，有几句话让人印象深刻："我瑶门头，四十二家，大大小小，对天讲过……"门头瑶寨，四十二家，今古如一，从未增加，亦未减少，堪称奇观。他们把这种祖先血水浸泡过的生存智慧镌刻在石头上,立在村口,昭告子孙。那鲜红的字迹,像血液一样流淌在村民的血管里,子孙万代,生生不息。他们把自己一生所有的事务都对天讲,不敢有丝毫隐瞒或遗漏。门头有一座规模不大的光达基宫,它像是一个近切而直观的宣示。"光达基宫"在花篮瑶语里是"天地神灵宫殿"的意思。瑶民在自己的一生中,虔诚庄重地向天下跪、向地下跪,向山下跪、向水下跪,向一棵树、一块石头下跪,但他们从未向强权下跪。他们用自己的双膝叩醒大地,叩醒祖先,叩醒自己灵香草一般芳馥的灵魂。他们跪下来,不是求饶,而是寻找神灵的保佑。在他们眼里,神灵处处在。他们在山神水神树神的陪伴和护送下,出生,成长,结婚,生子,直至老去,最后循着火光指引的方向回归山林,回归母腹。

与别处不一样的是,门头村口那块篮球场大小的空地上只生长着大大小小的石头和青青浅浅的野草,并没有人们所熟知的钢筋和水泥。这似乎是花篮瑶一个古老的约定和坚守。这些大山的子民不想让坚硬的事物隐藏自己赖以生存的大地。在那一方土地上,灵异的石头不是以自己的坚硬承载着祖宗的教训,就是以昂扬的姿态爬到树上,不停地展示着一个民族渗入骨髓的金规铁律和坚韧磅礴的生命气象。空地边上的树脚下,两尊石像,男左女右,姿态安闲,栩栩如生。一看就知道,这就是花篮瑶的祖先了。他们并不居住在阴森冰冷的庙宇里,而是并肩站立在空旷的野外,吐纳清风朗气,沐浴雨露阳光,神态自若,宠辱不惊,与他们宗祠和门楼上"古风皓月"的匾额一道,共同营造一个"源自陈国""支分瑶山"的古老故事,给世人传达一种融入自然、头顶日月的强烈信息。"安定堂"三个字,或许并不是一个面无表情的符号,而是一个民族用鲜血和生命凝结而成的美好愿景。

门头村口那座门楼内墙上悬挂的犁耙,倔强地对世世代代的瑶族子民耳提面命,任何时候都不能忘记根本,都不能忘记来路,不能忘记肩头的责任。

那天,在海拔八百米之上,满眼都是高山耸峙,峡谷幽深,云雾缥缈,溪流飞溅,飞禽振翅,走兽奔突。突然间,一件别致的衣服闯了进来。那件不期而遇的衣服(准确地说是一件马甲),是六巷乡脱贫攻坚(乡村振兴)工作小分队的工作服。我在看到它的时候,它的主人并不在场,因此,我无法知道它的主人是男是女,姓甚名谁。它只是静静地悬挂在一张椅子的靠背上,像是给主人看家。黑色的底子镶着针织的黄边,两侧的衣袋则是色彩明艳的针织图案,看上去特色鲜明、简洁而又庄重,切合主人的身份。这是我所见到的最为赏心悦目的马甲。而马甲后背用黄线绣上的几个字则让人心生敬意:

海拔高,服务热情更高!

读着这样的文字,眼前立马闪现出花篮瑶在山道上健步如飞的挺拔身姿。他们在用自己独特的方式告诉世人,圣堂山上,有古风也有皓月,有天籁也有人声……

识见:我的鲁院时光

在不到五年的时间里,两次深入鲁迅文学院,对于一个深夜码字者而言,无疑是颇为幸运的。

初遇

在二〇一六年那个银杏叶黄、秋雨飘洒的季节里,我抬脚跨入了位于北京八里庄的鲁院大门,并在那里进行了长达四十余日的盘桓。四十余个日日夜夜,一如四十颗闪耀星空的星辰,点燃了我心中的文学圣火。

鲁院给我的第一印象是——小。

在没来北京之前,广西作协副主席红日先生对时在广电局任职的我说:"鲁院很小,就跟你们广电局差不多。"他的话音刚落,我的心里咯噔一下,有一种说不清道不明的感觉,似乎还有一丝隐隐约约的忧伤。

当我一路忐忑、一路"忧伤"地抵达学院时，一瞧，果然，鲁院的院子出奇的小，甚至比我所供职的那个小小的广电局还要小。

二〇一六年九月二十日，在晨曦初露、凉风习习的那个清晨，我急匆匆地从首都机场倒了两次地铁，来到鲁院，映入眼帘的是并不巍峨的大门和狭小逼仄的小院。如果不是墙上镶嵌着鲁迅先生的头像和门额上闪耀着的"鲁迅文学院"几个大字，我一定会怀疑自己走错了地方。

进得门来，除了衣冠肃整、和蔼可亲的年轻保安，在院子里我再也找不到另外的身影。我用眼睛疾速地扫了一下四周：除了两栋楼、几棵树、一片草地，似乎再也没有更多惹人注目的东西了。就在我万分失落的时候，院子里的一块石头吸引了我的目光。那是一块白色的石头，不动声色地伫立在苍翠的树丛中，毫不起眼，平淡无奇，就跟眼前这座院子一样。然而，它的上面却镌刻着三个鲜红的大字——风，雅，颂。

全天下的读书人都知道，这取自《诗经》的文字，宛如一股源自史前的和风，穿越千年的时空隧道，翻山越岭，吹拂着无数文人心中那片绿草如茵的荒野，让古老苍茫的大地终年飘荡着沁人心脾的书香。就是这三个字，像是三颗小小的石子，被人悄然扔进了我的心海，迅疾荡起了一阵细微的涟漪，让我心旌摇曳。刹那间，我的神情开始变得肃穆起来，慌乱的脚步开始变得轻缓而从容……

这是一个阳光明媚的午后，鲁院的录取通知书像一只飞鸟栖息在案头的时候，我正襟危坐，左看右看，上看下看，正着看，反着看，像一个好事将近的新郎仔细端详着未来的新娘一般，郑重其事，一丝不苟。通知书上要求收到通知的学员及时给程远图老师发个短信，明确能否按时参加学习。我当即毫不犹豫地给程老师说：能按时入学。其实，我发短信的时候，心中是一点儿底都没有的。按照规定，单位主要领导离开辖区，必须跟县里党政主要领导报告，并履行请假手续，获得批准后才可外出。在发短信的时候，我并未跟书记和县长报告。也就是说，"能按时入学"这样的庄重承诺，仅仅是我的一厢情愿，在个人情感上是不礼貌的，在工作程序上是违规的。短信发出去之后，我的心一直怦怦地跳，生怕在某个环节出现差错，与鲁院擦肩而过。幸运的是，我们的县委书记也是一个深夜码字者，深知"鲁迅文学院"这几个字在一个写作者心中的分量，自然也更明白文学在营建少数民族精神家园的大义。那份本来平展洁净的鲁院录取通知书，在我的日夜端详和反复折叠之后变得皱皱巴巴、污渍斑斑。那天，在去往会场的路上偶遇了县委书记，他当即催促我赶快把请假条交上去。那一刻，我除了万分激动之外，便是满脸的羞愧。

在很多人眼里，地处南部的罗城，除了山清水秀之外，文化根基硗薄。正如欧阳修《南獠》一诗中所说的那样："狼勇复轻脱,性若鹿与麋。男夫不耕凿,刀兵动相随。"然而,这样一个穷乡僻壤的地方,文学的种子却能借助温湿的水汽,生根,发芽,开花,结果。在我身边,有那么一群人,他们每天都要面对繁重的公务,或者为了生存劳心劳力。然而,他们在抬头拭去汗水的间隙,依然忘不了在夜深人静的时候,独守青灯黄卷,以深情的目光审视脚下这块热土。他们笔下流淌着山间清澈的溪水,绽放着寂寞的野花,跳动着滚烫的心脏,闪耀着生存的艰辛、苦痛和迷茫,散播着人性的慈爱、包容和温热。他们并不是作家,充其量只是文学爱好者。然而,他们的文字却始终流淌着对生命的敬畏和对人生的拷问。作为草根文学的倡导者和践行者,他们总是在月明星稀的晚上,赤着双脚独自行走在乡间偏僻的小道上。是文学让他们的一举一动变得神圣,是文学让他们的内心变得更加强大,是文学让他们的双眼变得如此清澈。每每想到他们,我就会心生感慨,热血沸腾,身上就流布着一股神秘而执着的力量。

我曾经是他们当中的一员,为了一日三餐日夜匆忙奔走。闲暇之时,不忘偷窥远方耸立的文学灯塔,做一次次孤独的心灵远足。尽管一年到头收获的仅仅是几颗干瘪的谷粒,但总是无怨无悔,乐此不疲。只是我似乎比他们更为幸运一些,能够在那个美丽的秋天来到文学的圣殿,亲耳聆听文学或清脆响亮,

138

或沉郁苍凉的声音。无数次,我独自站在车水马龙的北京街头,眺望南天那一抹绯红的云霞,我的目光总是能够翻山越岭,穿云破雾,真切地看到散落在彩云之下的家乡。在那片土地上,流传着一句话。这句话像一张鲜亮的名片,在人们头顶上飞来飞去,呼呼鸣响。这句话就是:"罗城有'三尖'——笔头尖,山头尖,筷头尖。山尖尖,筷尖尖,笔尖尖,尖山顶上吐莲花!"多年来,因为这句话的激励和鞭策,罗城文人总是活得昂首挺胸,信心满满,气宇轩昂。

二十多年前我就开始了文学书写。除去在乡下课读顽童的十年之外,我整天面对的,不是正襟危坐不苟言笑的红头文件,就是不按套路出牌的让人心惊胆战的繁忙公务。阅读和写作的时间完全被无情地榨掉,许多美好的时光就这样从我的指间偷偷溜走了。为此,我总是耿耿于怀,夙夜忧叹。

在这里,我听到了文坛巨匠渐行渐远的足音,看到了大师们衣袂飘飘的背影,收获了来自天南地北的友谊。在这里,故宫的深墙大院里游走着我们探寻的目光,长城古旧的墙砖、天坛宏伟的祈年殿,甚至地处远郊的潭柘寺和隐藏于闹市的雍和宫,岳阳楼狭小通道的吱呀声,洞庭湖浩渺的湖水,岳麓书院醇酽的书香,迷蒙的韶山烟雨,点燃了夜间的烛火,鼓满了船上的风帆,唤醒了沉睡的种子,校正了文字的航向。

从鲁院走出去的,不一定个个都成为名家,甚至像汇入浩瀚大海的一滴水那样,消失得无影无踪。但从这里走出去的人一定可以成为生活的审视者、人生的书写者、生命的歌唱者。因为文学拓展了他们的生存空间,改变了他们的人生走向,增加了他们生命的厚度!

很多年前,清华大学校长梅贻琦曾经说过一句著名的话:"所谓大学者,非有大楼之谓也,有大师之谓也。"这句话用在形容鲁院也是十分贴切的。鲁院没有高墙大院,但从来不缺乏大师。而这一切,就来自那块毫不起眼的石头,来自那几个色彩鲜艳的文字。那是鲁院的精神,是文学的精灵,更是先生的叮咛。

挺立在肃杀秋风里的银杏叶子黄了,它们撒遍北国深秋的清晨和夜晚,像片片黄金,闪烁着熠熠的光辉。走在鲁院黄叶遍地的甬道上,人们会惊奇地发现,她给了你一片树叶,你却看到了一片树林,收获了整个秋天。

重逢

第二次来到鲁院是三年之后的二〇一九年十一月,我参加《民族文学》创阅中心(创作基地)作者发改稿班。此番前来,我遭遇了鲁院的故人;更为难得的是,我还迎来了鲁院的雪。别后重逢的狂喜,真是难以言状。在二〇一九年十一月三十日返程的动车上,我用手机写下了如下的文字:

今天，今早，在北京，在鲁院，我看到了雪。

因为要赶车，我清晨 6 点即下楼，准备坐地铁 6 号线前往北京西站。下得楼来，因为时间尚早，本来狭小的大院，此刻显得异常空旷。地上湿漉漉、滑溜溜的。这雪，真是说来就来，悄无声息，没有任何征兆。

本来，我返程的交通工具是飞机，几天前就已经预定了三十号直飞柳州的航班。二十九号晚 21 时 47 分，吉民老师突然打来电话说，因为天气突变，飞往柳州的航班被取消！这真是一个"提神醒脑"的消息。叽叽嘎嘎在网上一查，所有飞往柳州的飞机都经停青岛等城市，时间也无缘无故多出一天，很不划算。万般无奈之下，我只能选择别的交通工具，由飞机换成了高铁。时空也因此发生了变幻，从天马行空到地面疾驰，时间也由三个小时延长到了十个小时。

昨天，校外活动归来时，已是华灯初上。在芍药居新鲁院上高研班的小老乡桐雨，突然在微信上说那边下雪了，还问老鲁院这边下没下。我不敢相信雪会来得这么快，来得这么突然，来得这么没有道理。湖北同学谭哥在群里有些遗憾地说："怎么他一离开，北京就下起了雪？"直到广西小老乡蓝柳节把在她鲁院门口逗雪的视频发到群里来，我这才确认，北京，鲁院，真的下雪了。这也难怪，过去几天，北京尽管有些冷，但天空万里无云，天地一片澄明，是难得的好天气。没想到这天说变就变，没有任何商量的余地。

　　小跑着赶到门卫室，交了房卡，换回 100 元押金。中途不忘停下脚步，掏出手机，借助昏黄的灯光拍下几张稀罕宁静的雪景。出得门来，抬头回望。因为积雪，每个字的边缘都环绕着洁白的雪影。鲁院门额上"鲁迅文学院"几个大字似乎比平日变得臃肿了些。在去往十里堡地铁口的途中，看到道路两侧的轿车和市政设施都覆盖着一层厚厚的白雪。一辆共享单车孤零零地歪在路肩上，被冰雪包裹着，瘦骨伶仃，让人心生怜悯。

　　在 6 号线上咣当了十一站，倒了一次车，改乘地铁 9 号线，又咣当了三站，便到北京西站。上到地面，发现西站南广场的地面干干净净，好像雪根本没有光顾过这里。放眼远处，发现环卫工人正在道路上清理积雪，一片忙碌。原来，早起的环卫工人已经把"战场"转移到了广场周边。此情此景，让人不免在心中涌起一份莫名的感激。

　　据说，这是北京二〇一九年的初雪，也是上天在北京馈赠给我的一场雪。作为南方人，遭遇雪是需要机缘的，包括北京的这场雪。三年前的秋天，我与其他十六个少数民族的兄弟姐妹，在鲁院度过了四十二个难忘的昼夜。那个深秋，阳光明媚，和风习习，冰雪没有机会给我们展示她美丽的容颜。

　　细算起来，这辈子遭遇了数场不一样的雪。那些下在我童年的雪，因为食难果腹，身上衣单，留下的记忆并不怎么美好，甚至有些讨厌。那些南方的雪来临时，往往伴随着冰冷的雨滴。它凝固了我的池塘，压塌了我的果树，冻裂了我的脚跟。所以，它的面目有点凶神恶煞，不怎么讨人喜欢。出现在我成年岁月里的雪，或许是时过境迁，似乎变得温和漂亮了些，没有小时候的冰冷。偶翻相册，看着女儿在雪地里堆雪人。隔着透明的相片护膜，能够真切感受到初为人父的喜悦和身体内部散发出来的无尽活力。

每次来到鲁院，都有不一样的感觉。上次来的时候，因为待的时间比较长，很多事物被我忽略掉了。此番重来，就用心观察起鲁院的细微变化来。原来的清真食堂变成了百草书屋。开放的时间从早上9点到晚上11点。在这个时间段，灯火通明，中间不关门，也无人看守。书架上整齐地摆放着各种中外文学书籍，品类齐全，更新及时，紧跟潮流。书架上悬挂着几幅装裱好的字画。"念念不忘"是李骏虎写的，墙上的画是高研班的学员赠送的。此外还有用钢笔写的稿子，还有油画，还有……整个布局温馨宁静，绝对是个阅读的好去处。遗憾的是，因为时间太短，我没能长时间细细品读那些或流畅优美或深邃睿智的文字。

抵达鲁院的那天下午，在大门口偶遇了上民族班时的班主任程老师。我当时正给两个同学照相，程老师大老远就认出我来，一声亲切的"韦大哥"勾起了无数的旧时光。

　　三年前在这里上民族班时，我住的是 203 号宿舍，这次住的是 403。两个房间的对门都是楼道阿姨的工作间，几乎每天都与阿姨打几个照面，彼此之间很熟悉。阿姨们对我们的生活很是关照，有什么大事小情，只要跟她们一说，都会在短时间内得到解决。当年 203 号房间对门的那个阿姨姓杨，山西人。多年以前，为了照顾在中央音乐学院附中读书的女儿，在银行提前退休来到北京，租了间房，打了份工，过起了陪读的生涯。像杨阿姨这样的母亲，在北京还有很多。她们放弃了体面的工作，告别了安逸的生活，过起了拮据的日子，目标只有一个，就是为了让自己的孩子拥有一个光明的未来！

　　那天，在食堂遇上了杨阿姨。一照面她就认出我来了："比以前胖了！"是的，人到中年，精力衰减，赘肉增多。闲聊中，阿姨说，她的女儿也大学即将毕业，目前正在参加实习。言语间透着一股心满意足的成就感。

　　在这里我还遇到了三个三年前的同学——侯波、谭成举、蔡国范。侯波上高研班，几个月前就到了北京。相对于我们三个而言，她是"地主"。谭哥今年元月参加了三十三期民族班学习，此番是第三次踏入鲁院大门了。小蔡则是分别之后第一次会面。同学见面，自然少不了找个地方坐坐，以表牵挂之情。

　　从程老师的口中我还得知：赵飞老师，我们的广西老乡，参加国考考到教育部去了。那个我们醉酒晚归依然笑脸相迎的保卫科小蔡,调到芍药居新鲁院上班去了。

当然,在鲁院,遭遇最多的故友还是文学,以及与文学有关的面孔。在这里,文学是人们共同呵护的植物。它这深植于人类精神沃土的植物,在众人的合力浇灌之下,枝繁叶茂,姹紫嫣红。

"铁打的学院,流水的人。深邃的天空,洁白的雪。"在很多人的眼中,鲁院永远是文学的殿堂,永远是魂牵梦绕的地方。

"拉住你的手,这样的夜晚才不会迷路。"借用一个作家的话,送给鲁院和所有远行的人们。

尽管一些故人已经离开,但鲁院还在,那飘荡着"风雅颂"和风的石头还在,那峻拔的银杏树还在,聚雅亭还在,草坪还在,先生还在。在那几段不长的时间里,文学再次成为一个拉近时空的理由。聆听不再是唯一的目标,咀嚼和品味才是此行的期盼。

回眸

两次进入鲁院,再次挥别鲁院,这是一种别样的经历。多年以后才明白,在鲁院,或许没人教会你如何写作。在鲁院,你有可能只是识见:识见文学,识见人生,识见与文学有关的一切。这些年,文字如溪流一般不停地在笔下流淌。在我看来,这是对鲁院时光反刍后的回响,是目光回归乡野后收获的馈赠,是文字与生命碰撞所发出的微光。

鲁院会让你积蓄一种力量,这种力量会让你走向旷野的脚步更加坚定,更加安稳,更加果决。没有什么力量可以驱散文学的热力,因为文学始终是人们围坐取暖的火塘。借助它的热力,在每一个清晨,人们不停地相聚,又不停地挥别。相聚的理由是文学,挥别的理由也是文学。每一次相聚都是值得期待一生的再见,每一次挥别都是依然动人的守望。因为,在鲁院,他们曾经用自己的双手触摸到了文学的温热与苍凉,他们曾经以书生的礼仪叩响了那段美好的时光。从此以后,他们便以文学的名义昂首天外!

书生的背影

在莽莽群山之中,平正街绝对是一个让人过目不忘的奇迹般的存在。就是这个坚挺而略显疲态的存在,让我在很长一段时间里欲罢不能,几次三番不辞僻远地驱车前往,与之亲近。

与平正街的遭遇,缘于一次身不由己的荒野行走。这次荒野行走,没有事前的约定和规划,缺少惯常的淡定和从容。

这天,由于熬夜,第二天起来的时候,满眼的阳光已如流泉飞瀑,肆无忌惮地忘情倾泻。无疑,这是一个可以让人彻底放松身心的周末。正在我思忖如何消费这透明得让人屏住呼吸的美妙时光的时候,手机却不合时宜地叫唤起来。王菲那山涧一般天然纯净的声音随着《传奇》那舒缓优雅的旋律在耳边回荡。这样的声音让人沉醉、痴迷,心无旁骛。

这是一个公务电话,电话那头的声音显得急切而坚定,大意是,一种备受质疑的果树突然挂果了,需要有图有真相。对于这样的消息,凭着职业敏感,我自然是格外关注的。手忙脚乱地向目的地进发时,沿途草木飞青,远山近水涂墨溅玉。遍地的野草莓一如兔子的明眸在草丛间闪闪烁烁,吸引人的眼球,勾起无限的野趣。这样的行走,与其说是执行公务,毋宁说是一次趣味横生的郊游。

抵达果园已是正午时分,阳光变得猛烈起来,周身像是环绕着熊熊的烈火,叫人无处逃遁。当我们一行人专业而娴熟地完成预定的拍摄任务后,太阳已经偏西,旷野开始吹拂着丝丝惬意的凉风,肠胃也开始急骤而不规则地蠕动起来。

收工后,果园的主人引着我们来到他在不远处的家里。村子规模出奇的大,道路四通八达,外来人一不小心就会迷路。村里除了为数众多的小洋楼外,四处散落着青砖黛瓦的古屋。

主人家的门外是一条宽阔整洁、赏心悦目的青石板路。沿着这条石板路,我缓缓地往村口踱去。一路上,我特别留意那些破旧的房子。这些旧房子看上去似乎都上了些年岁,砖块脱落,墙面斑驳,泛着一股幽古的蓝光。走在这样的青石板路上,像是行进在一段旧时光里,那种感觉玄幻而真切。走到村口,一座高大挺直的门楼阻断了我游走的目光。夕阳余晖笼罩中的门楼,身披晚霞,散发出一道金光闪闪的光芒,耀眼夺目,特立独行。于是,移步至它的正前方,驻足,凝视,仰望,顿时手足打战,两眼放光。原来我在不知不觉中走进了一段旧时光,一段被人们日渐忘却的旧时光。

因为天色渐晚,不能作长久的流连,我们一行人乘着暮色,挥别了这个在我眼里谜一样的名叫双降的村庄。

就这样,那座坚挺的门楼、那条笔直的青石板路、那些四处散落的古屋,像一帧帧久经岁月侵蚀的老照片,不停地在我眼前晃动,挥之不去。一次不经意的偶遇,竟然在我的身体里囤积,焙焙,发酵,以至于演化成一种恒久的牵挂和无法排遣的心疾,这在我略显扁平的经历中是颇为罕见的。

古人云:"虽不能至,心向往之。"在备受煎熬的日子里,我几度趁着日子的间隙驱车前往,试图读懂断壁残垣下那段古旧的时光。然而,盲目的奔走、无助的辗转、沮丧的徘徊,让我始终不得其门而入,枉费心力,徒耗光阴。几经失落几近绝望之余,不得不平复心绪,另辟蹊径,意欲打开一扇幽闭的大门。功夫不负有心人。经过旁人的指点,我费尽周折找到了朱玉光老人。今年已八十高龄的老人,身板硬挺,满头银发,眼不花、耳不聋,一张口便声若洪钟,中气十足。他早年上过几年学,能识文,可断字;年轻时参加过柳北游击队,经受过战火的洗礼和熏陶;退伍后站了八年讲台,日课顽童,晚读圣贤;平日里热衷公益,闲暇时搜罗掌故,对双降朱氏家族的来龙去脉了然于胸。老人声情并茂的述说,让久已蒙尘的家族血泪史和书生情怀渐次为我打开……

很久以前,两条神龙——一条石龙,一条土龙,分别驾着一朵祥云,在一个宁静祥和的夜晚,悄无声息地降落在桂西北一个叫作双降的地方,匍匐成两道嵯峨绵延的群山和蜿蜒起伏的土岭。它们一前一后,宛如两条巨人的臂膀,将一个小小的村落轻轻地揽入怀中。

"双龙齐降,故曰双降。"老人的话语简洁精致,铿锵激越。那不容置疑的语气,给他的述说平添了一股跨越时空的穿透力。

随后,老人和我,像一对多年音信隔绝的父子,熟悉而又陌生。他似乎急着让我这个离家已久的游子熟知家族的历史。他用粗糙的大手牵引着我,沿着那条笔直的石板路,去赴一场百年前的约会。约会从村外的小丘开始,一步一步抵近湮没在青砖黛瓦下的鲜活面目。一路上,田野的和风夹杂着丝丝古意扑面而来,醇香,古朴,绵长,令人无法抵御。驻足在村口那清澈的泉水边,那份暌违已久的沁凉,让人神清气爽,周身通泰。不远处那座突兀而起的门楼,在蓝天白云下显得格外惹眼。前行百余步,镶嵌在门楼上的"平正街"三个大字便在头顶上闪烁着别样的光辉。进入门楼,那条规整洁净的石板路笔直地伸向远方。一块块厚实方正、泛着幽蓝光芒的青石板,铺设得横平竖直,方正密合。街道两旁,一边是造型别致的小洋楼,一边是透着古味的两层木结构厢房,错落参差,顾盼自雄。石板街在向前伸展的途中,倏忽往右一拐,消失在一堵斑驳的泥墙后边,像是正在跟人玩一场充满悬念的游戏。踟蹰在这样一截不足百米的青石道上,给人的感觉像是穿越幽深的时空隧道,专注,好奇,惊喜,最后信马由缰,心如脱兔。

村街为何取名"平正",老人也语焉不详。在我看来,"平正"似乎有着意味深长的寓意。《后汉书·西域传》载:"其人民皆长大平正,有类中国,故谓之大秦 。"《百喻经》云:"昔有一人,往至他舍,见他屋舍墙壁涂治,其地平正清净,甚好。""平正"在这里应该是端正、平整之意。村街以此为名,似乎具有束勒后世子孙循规蹈矩、修身养性的劝导意味。

"最先在这里开基立业的是我们朱家!"言为心声,老人的话语透出一种纵横天下的豪气。

无数次,我与老人围坐在古屋烧得旺旺的火塘旁,倾听老人的诉说。老人时不时郑重其事地打开手里泛黄的族谱,逐一为我指认朱氏祖先渐行渐远的背影。一开始,老人的述说平和舒缓、不疾不徐,如一股幽古的和风迎面拂来,让人如沐春风。然而,说到紧要处,他手舞足蹈,声震屋瓦,一如疾风暴雨、电闪雷鸣。

在这本虫眼密布、斑驳残破的族谱里,双降朱氏不同寻常的血泪迁移史,如一根长长的丝线,让沧桑的历史与鲜活的现实完成了一次不同寻常的隐秘通话……

朱氏原籍南京宋州砀山五沟里朱氏巷,鼻祖为朱诚,自三世祖元逵始,朱氏家族便迁湖南宜章(原为义章,为避宋太宗赵光义讳,改称宜章),其子孔傅再迁湖南郴州永福乡六都里十二都六甲璜投坊。朱氏家族在这里安定生活了十几代,本以为可以世世代代终老于此,然而,这样平静的生活到二十一代孙朱朝安这里戛然而止。朱朝安有三个儿子,长子兴义,次子兴丹,三子兴魁。兴丹年少即殁,兴义、兴魁两兄弟向往着南面那片蔚蓝的天空。清初的时候,为避兵燹,他们再兴动迁之议,举家迁往广南西路柳州府罗城县武阳区龙岸墟高元一里陈高村。稳定一段时间后,其后裔开始分居双降和城厢,部分迁往罗城姚村,后又再迁至黄金湾洞。更有一支则远迁四川,另谋出路。朱氏家族在一次次的迁徙当中找到了最后的栖息地。就这样,双降朱氏便以朱朝安为始祖(其墓葬至今仍在湖南宜章璜投),在罗城开基立业,繁衍生息。

朱氏家族继圣人之烟火,涵天地之灵气,含英咀华,文脉悠长,满门书香。其十七世祖朱旺曾被县主赠以"甲第鸿图"牌匾。二十世祖朱廷松曾候任宛平县丞,虽未仕而殁,但其积德行善,闻名遐迩,被朝廷授予"致善堂"和"绍衍考亭"牌匾。

朱氏以"沛国"为堂号,堂号两旁悬挂着"湘水渊源流万世,琳州兰桂茂千秋"的对联。"湘水"是湖南的代称,"琳州"自然指的是罗城(罗城古称"琳州")。从这副悬挂在香火台上不起眼儿的对联,我们依稀可以捕捉到双降朱氏隐秘的家族讯息,窥探到人类筚路蓝缕和生死两茫茫的艰辛迁徙历程。

朱氏后裔中，最为出类拔萃的当数朱明善（照南）。朱照南，名赤诚，号镜湖，生于嘉庆九年（1804）十一月二十日。其父朱配珫，字静怀，郡庠生。平生正直无私，广行善事，造义渡，修桥梁，息争讼，和乡邻。嘉庆乙卯年大旱，出谷救济灾民，广有善声。晚年自订《省心编》，自陈功过。以贤名敕封修职郎（正八品文官），例赠文林郎（正七品散官）。叔父朱配琳，邑庠生，幼年失怙，由伯父朱正色（朱配珫父）教养成人。平日事伯父母以孝，一切遵听教训。每逢墟市，必于清晨到墟，视有新鲜饮食之物，均不惜价买回供养伯父母，以孝闻闾里。其兄朱明伦，字诏宽，号诚齐，由恩贡生遵武陟例，历任全州学正、陆川县学特授、博白县教谕兼理兴业县学正，后告假回籍。堂弟朱明远（朱配琳子），字朗山，号柑亭，拔贡生，历任平南训导、宁明州学正、岑溪教谕、南宁府教授。敕封修职郎，晋封文林郎。

受家学熏陶，朱照南少时即伶俐聪慧，饱读诗书，并迅速脱颖而出。其内侄韦立鸿在为其撰写的墓志铭中说，朱照南"幼而岐嶷，承鲤庭之家学，继鹿洞之遗规，年十六甫出县试，即冠童军，蜚声黉序。"成年后，朱照南由优廪生应道光乙未恩科乡试，中二十九名举人。先后"三赴礼闱"，未获任用。后拣选知县，借补永宁州学正，特授广东南海知县。后因兵燹，告假回籍，课读乡间。

朱照南一生仰慕先贤的嘉言懿行,他在与先贤的日夜晤对中找到了生命的支点,对一代廉吏于成龙这样的人中龙凤,更是倾心仰慕,视为自己人生的楷模和生命的知音,心向往之,行效仿之。于成龙"天理良心"的人生感悟,在他的身体里潜伏、发酵,并在他生命的关键节点迸发出无可抑制的人格力量。在他眼里,于成龙"天生将相有奇才",钦佩于成龙"不愁兵扰民未靖,人多裹足公独来"的勇气和壮举。而对于公"熙熙民如登春台"的治罗业绩,更是心怀感激,并以"感天地""真父母"颂之。朱照南不断在先贤那里汲取生命的养分,渐渐养成胸怀天下、坚韧不拔的可贵品格。咸丰年间,朱照南统带融(水)罗(城)两县团勇,大义凛然,临危不惧,剿拿寇盗,抚境安民,先后"接连七战",身先士卒,冲锋陷阵,于咸丰己未年(1859)九月二十四日血洒疆场,享年五十六岁。正像于公那样,"身不贪生何畏死",他用自己的鲜血和生命,以气壮山河的英雄气概,尽了那个年代一个书生的本分,实现了一个书生以身许国的人生夙愿。朱照南的一生,时时处处晃动着于成龙的身影。无怪乎他在品读于公传略的时候,会慨然发出"读到英雄读公传,一卷淋漓万古心"这样的浩然长叹。

朱氏子孙大多以文入世,通过科举获取功名。他们胸怀天下,心系桑梓,一旦有了足够的经济实力,便平街道,造义渡,修桥梁,兴文庙,创茶亭,广行善事,回馈乡里,一时声名远播,妇孺皆知。

　　或许是多年走南闯北见多识广的缘故，也或许是文人骨子里的禀性使然，看到自家院前和村里巷道臭气熏天、污水横流的不堪景象，深受儒学熏陶的朱照南心里极不是滋味。在他的心目中，乡村文人的理想家园，应该是阡陌交通、鸡犬相闻、庭院深幽、窗明几净的人间乐土，而不是整日泥水淋漓烟尘滚滚的龌龊面目。饱读诗书、出身望族的朱照南，萌生了一个改变家园面貌的想法。他胸中的蓝图是修建一条规整的村道，铺上石板，让乡邻免受烟尘和泥泞之苦。他会同自己的兄弟朱明伦、朱明远，借助各自的社会影响，广筹善款，雇请民夫，开山采石，平整道路。经年累月之后，双降村子内外蜿蜒着一条荫庇后世子孙的青石板路，僻远乡间从此凸现了一个温馨的人文家园。乡邻们从此告别了泥泞和烟尘，告别了蓬头垢面的狼狈模样。

　　双降西面不远处有一处关隘，民国以前叫分水隘，现在叫分水坳，是融水与罗城两地的分水岭。这里"层峦经连，岬岫纬达，巃嵸千尺，蜿蜒十里。"时人汪淳曾以"溪光纤曲遥分水，蹬道盘空半入云"的诗句状其陡峭。由于这里是罗城、融水两县人员来往和贩夫走卒的必经之地，日常人员过往频繁。当地老百姓修了一条简易的便道，尽管极为狭窄，但却为两地百姓打开了一条生存的通道。因平日少人料理，久而久之便"倚斜窄狭"，通行十分困难。"乡之前辈久有志重修之，咸以力有未逮为憾。"

由于关隘崎岖陡峭,路途遥远,两县民众为山道险峻所困,苦不堪言。道光年间,几个融水永乐的商贩途经隘道,因为天气炎热,口渴难耐,疲惫不堪,直接饮用隘顶的泉水中毒而亡。几个鲜活的生命就这样消失了,轻易,悲催,莫名。

老人对这些过往的述说,神情谦恭,语气悲怆,诉说未完,便已几度哽咽,眼里不知何时泛起了一层浅浅的薄雾。

老人说,就是这个叫人无比哀伤的意外,深深地刺痛了朱照南那颗柔软的心。这条隘道自古以来就是双降通往县外的唯一通道。幼年的朱照南,曾经无数次头顶烈日,汗流浃背,负笈跋涉。偶遇风雨,便"衣衫行李,著水淋漓"。一次次的艰难翻越、一次次的坎坷砥砺,对朱照南而言可谓刻骨铭心、没齿难忘。对过往行人攀登隘道的艰辛、无奈和悲壮,他感同身受。当文人那颗柔软的心被剧烈地刺痛之后,便激发出不可遏制的道德力量。在他的心里一直有一块人间乐土,他不想再看到那滚滚热浪和冰冷泉水夺人性命,制造悲怆。道光十六年(1836),朱照南在隘顶创建了一个茶亭,并雇请专人在隘道边上煮茶,免费供过往行人饮用和歇息。同时,他又从自家的田产里划出几块良田,作为煮茶人的报酬。同年,他又倡议重修隘道,减缓过往行人的跋涉之苦。为了募集修隘资金,朱照南亲率其侄子拔贡生朱家训走亲访友,穿郡过县,日夜奔波。或许是上天的眷顾和垂青,也或许是精诚所至、金石为开,对朱照南的义举,深明大义的众乡贤纷纷慷慨解囊,共襄盛事。更为难得的是,他的善举得到同为书生的增庠生莫善庆的鼎力相助。莫家是当地富甲一方的家道殷实人家,莫庠生又是一个乐善好施的大善人,早已有意为之,正苦于举善无门。经过一番志趣相投、推心置腹的商议,莫庠生捐出一笔巨款,以期成就美举。在隘道维修过程中,朱照南殚精竭虑,夙夜忧叹,并与民夫一道顶烈日、逆风雨,竹杖芒鞋,破帽遮颜,往来奔走,四处检视,生怕辱没了莫庠生的那颗善心和众乡贤的美意。他们一再叮嘱民夫,"险者平之,曲者直之""务以宽平为归"。隘道从道光十六年(1836)冬开建,整整花费了四年的时间,至道光二十年(1840)春才宣告竣工,共耗资七十余万元。经过朱照南叔侄的亲力亲为和众文人的同心同德,数百年之崎岖要隘,得以"平治之"。尽管峰峦依旧,但重修后的隘道,"宽俱五尺""负者担者牵者驱者乘者徒者",可"拾级而上""越级而升",亦可"掉臂而行""并肩而进",最终得以"履险如夷""循其麓而跻其巅"。看到过往行人终于能够"悦而忘劳"地由隘道翻越山地,朱照南终年忧戚的脸上绽开了久违的笑容……

要征服一条狭窄崎岖且异常陡峭的山道,对于一个八十高龄的老人而言,似乎比登天还难。老人好像猜透了我的心思,他给我叫来了一个名叫朱丽美的女孩儿。这个女孩儿是老人的侄女,也是当地一所完全小学的语文老师。人如其名,她一袭红衣,亭亭玉立,笑容可掬,像一朵旷野之中怒放的野菊,轻摇慢曳,顾盼流芳。当日,情状一如当年商贩们殒命的那个日子,烈日当空,热浪滔滔,空气中流布着一股令人焦躁和忧伤的气息。在这个红衣少女的引领下,踏着朱照南当年的足迹,我们一行人重走了那条洒着血泪的隘道。因为平日少人行走的缘故,隘道两旁草木繁盛,遮蔽了本就狭窄的隘道。一行人手脚并用,艰难攀缘。历尽艰辛之后,我们终于抵达山顶,看到了那眼夺人性命的泉水。泉水极细小,涓涓细流从岩缝里缓缓渗出,自然形成一个小小的水窝,清澈见底。透过白亮亮的水体,我们发现了几只体形微小的螃蟹,通体褐黑,憨态可掬,惹人怜爱。山顶之上耸立着一棵古榕,形如巨伞,为过往行人辟出一片异常珍贵的阴凉。继续前行百余步,我们在荆棘藤蔓中发现了一块残破的石碑。拨开重重的野藤和钩刺,我们开始逐个辨认那些风化脱离面目模糊的文字。碑文由重修隘道的倡导者和参与者朱家训撰写,简约明了地记录了当时朱氏子孙的懿行和壮举,读罢让人唏嘘。

当我们意欲继续前行寻找先贤的足迹时,前路已为荒烟蔓草所阻隔,挪不开半步。只能登临高处,向着苍茫邈远的山峦无望地远眺,而后怅然若失地原路返回。

下得山来,回首遥望苍茫暮色中伸向云天的古道和巍然屹立的古榕,不禁浮想联翩,意绪难平……

朱照南等人生于斯,长于斯,他们钟情故土,敬仰先贤。他们的足迹遍布这里的山山水水,并纵情讴歌,挥洒着他们对这片生养自己的土地的挚爱。"苔衣洗净云分幅,石发梳清玉喷烟"的黄坭瀑布,可以触发朱照南浪漫的思绪。"涧卧平桥深树抱,路通小市暮烟横"的西江晚照,一样能够拨动朱家训敏感的心弦。他们还时常借助对前辈英雄的歌颂,表达自己的人生夙愿。朱照南那首流传千古的《读于清端公传有感》,传递了一代书生仰慕先贤并身体力行的炽热情怀。在《题邑人明威将军温奇瑞随同温如珍等阵斩龙韬恢复柳庆复晋省迎知县苗尔荫来罗任事》一诗中,朱明远在热情赞颂温奇瑞、温如珍等人的军功之余,不忘以"功成切莫拂衣去,皇恩永把丹心报"这样的文字,表达自己对贤臣能吏的热切期盼和"文武用命"的社会理想。正因为对这片土地饱含深情,他们才会秉承前辈文人的道德文章和古道热肠,才会在这片土地上建义渡,修桥梁,筑道路,捐义田,兴文庙,试图让这片生养自己的土地终年飘荡着和煦的春风。同时,他们又时刻不忘自己的书生本色,秉持文人的道德操守,对写有文字的纸张格外珍惜,书写完毕即叠加齐整,既不用于裱糊包裹,更不随意践踏丢弃。他们尽己所能募建惜字炉,拾字纸,置学田,捐香油,赠灯烛,沐浴焚香,予以焚化,以自己的身体力行呵护书生的尊严和文脉的畅达。

平整村街,创建茶亭,重修隘道,剿灭寇盗,造义渡,修桥梁,拾字纸……书生们的嘉言懿行,让我不由得想起了比他们晚生许多年,生活在另一个时空的一群民国文人,他们灿若星辰,光照日月。譬如创立将学校教育、家庭教育和社会教育融于一体的香山慈幼院,"此君一出天下暖"的熊希龄;譬如毕生探索平民教育,点燃"黑暗处的明灯"的晏阳初;譬如以中兴民族出版业为己任,"座上客常满,樽中酒不空"的邵洵美;譬如创办震旦学院(今复旦大学),"一老南天身是史"的马相伯……

我一次次地造访平正街,一次次地与朱玉光老人促膝深谈,一次次地面对一座座破败坍圮的古屋。每一次造访,我都在遭遇一个个衣衫肃整不苟言笑的书生。他们时而三五相随、高谈阔论,时而形影相吊、踽踽独行,时而手捧书卷、且行且诵,时而放浪形骸、纵情山水。他们的背影是那么的相似,总是在行走的间隙掀动着泛黄的书卷味道和凛然的文人风范。跟随那一个个模糊的背影,我走进了岁月斑驳的八字门楼,虔诚品读那副"一门三进士,全族八举人"的豪气冲天的对联。徜徉在青石幽幽的乡间庭院,仔细鉴赏"年年有鱼""招财进宝""步步生莲"的精美石雕,侧耳聆听那时断时续、抑扬顿挫的诵读声。流连于古色古香的厢房檐下,用心摩挲那造型精美的"工"字木窗,窥探屋里穿越时空、忽明忽暗的微微灯火。我伫立于高大端正的主屋前,目光抚摸那造型别致的八卦门簪和丰腴圆润的双鱼图案,反复咀嚼山墙顶部美轮美奂的艳丽壁画。我甚至还潜行于一处处杂草丛生、摇摇欲坠的破败庭院,登堂入室,诚惶诚恐地推开一扇扇久已蒙尘的房门,细心探访那段早已烟消云散却又无比真实的温热与冰凉的过往。

坐落在九万大山苗岭山脉余脉南麓的这块土地,其地形宛如一只碗口朝天的巨型金碗,它盛着的是密布的河网、丰美的水草、肥沃的土地,随意撒下一粒种子,都会在温湿的水汽中生根,发芽,开花,结果。朱玉光老人多次饱含深情地对我说,当年深受兵燹之苦的沿海百姓,为了寻找一块能够安身立命、繁衍生息的土地,不惜千里迢迢向西长途跋涉。那年春天,几个先期到达的福建人,行色匆匆地踟蹰在龙岸泥泞的土路上。远处的农田里,几个农人正在耙田。稻田水面上漂浮着的萝卜,上下翻转,时隐时现。行走在路上的外乡人,匆忙之下来不及细看,以为是鸭蛋,不禁啧啧称奇。烟雨迷蒙中,农人在田间穿梭忙碌的安逸情景和远处农舍升腾而起的袅袅炊烟,让他们不由想起了自己颠沛流离的凄苦生涯,由衷地发出一声感慨之后潸然泪下。本来打算继续前行的他们,停下了匆忙的脚步,就地安顿下来。稍事歇息之后,他们给远方的家眷写信。在信中,他们无一例外地向远方的亲人转达了这样的见闻:广西龙岸是个好地方,稻田里到处是鸭蛋!

广西龙岸、黄金一带的富庶,引来了许多外乡人钦羡的目光,掀起了一股规模宏大的移民潮。不仅福建人,周边的广东人和湖南人也蜂拥而至。他们像一只只飞鸟，从四面八方振翅而来，栖息在桂西北惠风和畅、繁花似锦的枝头上。在众多的飞鸟中，朱氏家族仅仅是庞大队伍中微不足道的一只罢了。这些外乡人在这里安营扎寨，生儿育女，凭着他们的聪明才智，中兴了偏僻一隅的农商贸易，疏通了山水之间的涓涓文脉，成就了一段别样的文人传奇。

从朱玉光老人神采飞扬的述说中，我触摸到了千百年来不停涌动的文脉。这块文化多元共生的热土，不仅盛产诸如温圣章、温粟、温承宪、何鸣泰、李盘岳这样的文人，还盛产诸如温如珍、温奇瑞、温圣文、温圣诗这样的武将。他们或以文韬经世，或凭武略定边。当官府自顾不暇捉襟见肘的时候，书生们便挺身而出，管理社会事务，维护民间秩序，整饬乡间公约。当江河汹涌奔腾，乡邻望江兴叹，裹足不前时，他们即募建义渡桥梁，供人员、牛马及车辆通行，保乡里道路的通达，解百年病涉之苦。当隘道崎岖不平，乡邻为之所困时，他们即筹集善款予以平整，减缓行人的困难。当路途遥远，旅程艰辛时，他们即建凉亭置茶舍供旅人歇息，尽己所能呵护生命的尊严。当乡里文脉式微，字纸遭人践踏时，他们即兴文庙，拾字纸，以振学风。而当民风未靖，盗寇横行，生灵涂炭时，他们即像前辈先贤们那样，统率团勇，剿灭贼寇，抚境安民，哪怕身陷敌阵血洒沙场也在所不惜。他们既有文人的仁爱，又有武将的决绝。

还有一些文人，他们走的是一条生动别致的乡间贤达之路，赢得了民间的高度认可和赞誉。譬如前面提到的韦文鸿，字少渔，龙岸地栋人。为人诚实，言行规矩，聪明伶俐，清末入庠，治学严苛，为治学"足迹罕履市廛"。学成后终身以"课读乡间"为乐，"精神老而弥健"。民国罗城县长朱昌奎对其为人处世甚为感佩，在其晚年以"盛德高年"牌匾赠之，以彰其贤。

每当夜深人静的时候，独自面对这群宅心仁厚、忠勇决绝的前辈书生，作为晚生后学，除了汗颜之外，我实在没有足够的自信与他们并肩前行。

人事有代谢，往来成古今。先辈文人的肉身俱已归于尘土，成为过往云烟，然而他们的嘉言懿行却像一股山野和煦的春风，终年吹拂在那片温热的土地上，继续酝酿着一场又一场春雨，悄无声息地滋润着一代又一代的书生。

山风鼓荡，百鸟归巢。告别慈眉善目、古道热肠的朱玉光老人，茕茕孑立于林木葱茏的土丘之上，回望掩映在夕阳余晖和婆娑树影中的平正街，我仿佛看到了一群书生衣袂飘飘的背影，渐次消失在茫茫的山色中。

水宝·水保

　　因自感才疏学浅,愧为人师,于是便在那年秋天重整旗鼓,再次坐到大学中文系的教室里"回炉"。报到那天,班主任何砚华老师来到宿舍看望新生,顺便了解我们的思想动态。宿舍一共六个同学,大家七嘴八舌,说的都是"打好基础,充实自己,当一个优秀语文老师"之类冠冕堂皇的话。轮到我时,角色反转,提问的是学员,而不是老师:"学校有没有文学社?"这一问,搞得何老师一头雾水。猜想何老师心里一定在嘀咕:人家都怀着崇高的理想而来,唯有这家伙不干正事!尽管老师给了我"红杏文学社"的肯定答复,但从他脸上的表情来看,心里极为不爽。果然,在开学典礼上,何老师说了很多,其他的都记不住了,唯有这几句话依然记忆犹新:"大家今天来到这里,目的不尽相同,大多数同学来是想进一步提升自己,做一个优秀的语文老师,只有极个别的同学奔着文学社而来……"文学或文学社,在那一刻,让我如坐针毡。

多年来,文学社像一条醒目的尾巴,与我形影相随,任岁月这把杀猪刀如何锋利都无法彻底割除。

对文学社团最初的记忆应该是从高中时期开始并持续发酵的。当年,风华正茂、心思活泛的钟纪新老师创办了一个名叫"无名星"的文学社,吸引了众多做文学梦的学生,何述强、覃文和我便是其中的几个。正是有了这一段"激情燃烧的岁月",此后我便踏上了洒满月影星光和虫鸣蛙叫的文学小道。

后来上了大学,文学社情结依然未了,便与几个同学创办了一个文学社,名字叫作"越人歌"。这名字来源于先秦的民谣:"今夕何夕兮,搴洲中流。今日何日兮,得与王子同舟。蒙羞被好兮,不訾诟耻。心几烦而不绝兮,得知王子。山有木兮木有枝,心悦君兮君不知。"这首远古的《越人歌》民谣唱的是一种爱情或仰慕之情,让人心旌摇荡。以"越人歌"作为文学社的名字,足见当年的无知与无畏。

大学毕业后,回乡下中学教书,也沿袭了这种传统和做派,不知天高地厚地创办了一个文学社,名字叫什么已经忘得一干二净(作为创办人,汗颜不已)。文学社是一个新奇的事物,一下子吸引了许多精力过剩的同学前来捧场,那一招一式有模有样。其间激活了不少同学的文学基因,为他们后来从事的职业文学创作提供了文字操作上的强力支撑。这大大超乎我的意料。这也算是我教书生涯一个美好的记忆。

我在那样艰苦的条件下创办文学社,并在不停闪烁的灯光下写一些小文,大多发表在由龙殿宝老师主持的河池日报四版的文学副刊上,算是一种当时颇为流行的"下水作文"。或许自己身上有了那么一点文学的"种子",当年还在县文化馆的钟纪新老师创办水宝文学生产队时,便拉我入伙,让我成为最初的队员之一。文学生产队最初的名字叫"水宝文学生产队",后来考虑到"队员"的身份可能比较复杂,不一定都是搞文学的,也有可能是搞其他艺术门类的人员,比如绘画、摄影等等,于是更名为"水宝文艺生产队"。

当时的罗城,文学星火四下飞溅,稍微有点文字功底的年轻人都团团围坐在噼啪作响的文学火塘边,谈乡间异闻,聊文坛趣事,类似于后来的"文学沙龙"。当年的文学社团遍地开花,好像不成立一个文学社就显得自己没有文化一样。宝坛有颜庆梅主持的《青明山》,怀群有韦仁超主持的《剑江》,桥头有吴才宏主持的《火鸟》,兼爱有罗华主持的《奋飞》等等,大有群雄并起三分天下之势。

水宝文学生产队创队之初,队员来自四面八方,身份各异,修为不同,然而大家都有滚烫的心和火热的文学情怀。为了维持生产队的日常运转,众人推举钟纪新为生产队指导员、何述强为生产队队长。至于队员,则有吴怀民、覃筱克、覃力平、韦仁超、罗华、吴美群、罗星永、兰彩光、韦光勤等。在文学星火的指引下，在县政府后门经营眼镜店的老板陈红军、三田水泥厂的一个文友（一时想不起此君大名，再次汗颜）亦投身其中，可谓盛况空前。此外，生产队还设有会计、出纳等岗位，以便管理从牙缝里挤出来的运转资金，可以说是"麻雀虽小，五脏俱全"。生产队的刊物叫《文件》，为油印本，用于刊发队员的作品，内部交流，以期共同提高，携手冲出罗城乃至走向更广阔的天地。

在一份一九九一年七月三日发出的《关于成立水宝文学生产队及集结的通知》中，钟纪新老师给生产队队员韦仁超手写了这样一段话："组织这个社团，我想是如能集结十多个底子好的文学爱好者，互相交流提高，可能能更快地出东西，使我县寂寞文坛能繁荣一点，使我们的东西更容易向名家靠拢。"这几句话道出了水宝文学生产队的宗旨，这是生产队员的初心和梦想，也是队员最初的力量源泉和最终的精神皈依。

在这份油印的通知上，还有这样几句话："讨文学兮正源，淘黄沙兮金光。小荷千角带露，红杏一枝出墙。""个个能冲出罗城，成为真正的文学家！"这些话，以现在的眼光看，好像说得有点大，但在当时却让人心潮澎湃，斗志昂扬。而接下来的几句话彻底透露了生产队员的窘迫和尴尬："食与宿兮均自理，无钱搭车靠脚长。天生文人最不幸，半是潇洒半凄凉。"一些队员（包括我在内），均因此而无缘参加水宝文学生产队的首次聚会，这不能不说是人生的一大憾事。

水宝文学生产队断断续续运营了几年,凝聚了不少文学爱好者,创作了大量文学作品,分别在各个层次的报纸刊物上刊发,极大地鼓舞了罗城文人的士气。然而,二〇〇三年前后,钟纪新、何述强、吴怀民师徒先后调离罗城,生产队处于"无政府状态",经营举步维艰。再后来,钟纪新、何述强、吴怀民师徒回罗城公干,酒足饭饱之后,依然兴犹未尽,一干人马移步"静心茶庄"补火。酒酣耳热之际,由何述强提议,钟纪新命名,吴怀民题匾,在众人的欢呼声中宣告重新搭建水宝文学生产队班子,并推举覃筱克为队长,覃力平为副队长。后因覃筱克公务繁忙,无暇顾及生产队事务,故覃力平代理生产队队长之职,吴美群担任秘书长,黄兆俊为会计兼出纳,郑云为总厨兼御用司机。随后,覃学应、颜庆梅、银联健、韦卫、罗乔香、周辉昌、谢和安、廖文焕、韦光吉等文友欣然加入,水宝文学生产队阵营不断壮大,为罗城文艺事业的繁荣不断添砖加瓦。

其实,罗城文化馆素来注重文学新人的挖掘和培养,时任文化馆馆长的梁瑞光老师和文学辅导员刘冠兰老师都有一双识人慧眼,一旦发现略有文学细胞的年轻人,立马收至麾下,悉心培养,尽力呵护。梁瑞光老师有一天下乡宝坛,在返城途中特意停留,来到乔善中学探望我。那天晚上,我推掉了所有的工作,专门跑到街上采购,打算隆重招待一下我尊敬的梁老师。然而，天色已晚，肉摊上只剩下一些零零碎碎的"泡囊肉"，卖菜的村妇老早收摊回家，街上人迹寥寥。无奈之下，只好到宿舍后边的菜地里摘来几枚辣椒，就着几块"泡囊肉"打汤送饭。梁老师被辣得飙眼泪，还边擦泪水边打趣道："今晚我们爷儿俩喝的是正宗的辣椒汤！"他话音刚落，本来凝固的空气一下子清风徐来，尴尬的气氛一扫而空。

因为没有冲凉房，无处洗澡。好在是夏天，天气炎热。学校不远处就是乔善河，水体清澈，河面开阔，于是，饭后便带着梁老师来到河里洗澡。夕阳余晖中，我们一老一少（其实梁老师正当年，我也不小了）踩着鹅卵石，把玩绿水草，在透明的清水河中畅玩、谈笑、嬉戏，把人世间所有的烦恼抛诸脑后，度过了一个美妙的夜晚……

兴趣或许是一个让人捉摸不透的东西，常常让人做出令行外人匪夷所思的事情。那些年，在文学爱好者这个群体当中，各种行业、各个年龄层次的人都有，有好些甚至还是外号"泥腿子"的农民，这让我多多少少有些意外。当年的写作者当中，有些人一直在文学园地里挥汗如雨，不时有佳作问世。有些人因为种种原因，或为生活所迫，或激情衰退，纷纷扔掉手中的笔，另谋出路。

我或许属于后一种人中的一个。二〇〇〇年调到县直机关工作后，因为工作原因，无暇探视文学，甚至连偷窥都是一种奢望。自二〇〇五年在报纸上发表了一篇散文之后,文学便从我的生活甚至生命中彻底逃离。这种麻木不仁的生存状态,像尖锐的铁蒺藜一样把我本来活泛的心死死地困住,稍有动弹便鲜血淋漓。多年来,除了像血液一样奔腾在我身体里的阅读习惯没有丝毫更改之外,余下的只是对文学的仰望了。以至于我周围的人忘记了我曾经是一个对文学情有独钟的人,我就像一个邋遢的乞丐那样,被隔离在文学的大门之外,彻底成了一个游离于文学之外的多余的人,像旧日里的地下党员一样,拼了老命也找不到曾经的"组织"。

近些年,由于工作岗位变动,重新接触了一些与文学有关的人和事,我心中那条沉睡已久的文学小溪开始活泛起来,开始为自己这么多年来对文学的疏远和无视感到惭愧和不安。于是在善待工作的同时,我开始善待文学。而文学也给我开启了一道小小的隐秘的侧门,让我有机会尝试在文学的门洞里看到一缕曙光,得以窥探其中的晓风残月和绿水青山。然而,此时"水宝文学生产队"这个名字几乎再也无人提起,好像它从未在这世间存在过。

回归之路布满荆棘和沟坎,在众师友的提携呵护之下,经历几番左冲右突,文学之路开始变得不那么崎岖。在这个过程中,我有幸去了一趟鲁迅文学院,重新张开文学的翅膀,遨游在广袤的青山绿水间,做一次次毫无挂碍的文学探寻和回望。

岁月如梭，白云苍狗，很多前人旧事恍如云烟。雄关漫道，夕晖脉脉，从头迈步并不是一件容易的事情。那年，因何述强在大新县五山乡三合村担任第一书记，罗城众文友便驱车前往大新采风，并顺路探望他这个原水宝文学生产队队长。为了方便联系，我们建了一个微信群，名字叫"三天两夜"群，韦卫是群主。从大新回来后，韦卫把群主位置让给了我。问她为何？答曰："你德高望重！"那一刻，真是羞愧难当。就这样，我摇身一变，成了一个微信群的群主。当了群主后，我随即把群名改为"水宝文学生产队"，后来又改为"水保文学生产队"。之所以如此改名，一是对水宝文学生产队念念不忘，二是为了延续水宝残余的文脉，期盼她能够像山间的竹笋那样生机勃勃，有朝一日能够顶天立地。

中国文人素来有结社的传统，远的不说，近的如民国的四大文学社团（文学研究会、创造社、新月社和语丝社）。这些文学社团在中国文学史上都占据着重要的位置，为中国文学向纵深发展做出了重要贡献。更不用说我们罗城龙岸人周钢鸣所在的左翼作家联盟了，是它让《救亡进行曲》响彻长城内外、大江南北。从此，偏处一隅的罗城具备了与别人对话的底气和资本。

在我看来，钟纪新老师当年之所以给文学生产队起"水宝"这样的名字，他一定是想到了"水利是农业的命脉"这句话。水者，禾苗之宝也。没有水，禾苗必遭毁伤，年景必然歉收，农民的日子便过不下去。文学创作也一样，没了长江大河奔腾不息的激情，文坛便如一潭死水，泛不起任何波澜。而"水保"，乃保水田也。只要有了水的保障，农田便会越发肥沃，蕴藏生机，农人的日子便有奔头。尽管现在情形似乎发生了某种变化，但"保水田"依然是农人最大的期盼、最后的倚靠、最美的梦想。由"水宝"而"水保"，思想的纹路一点也没有发生变化，就像诗经楚辞原野上的雨水依然在浇灌着文人的心田一样，"水保"的水仍然是生产队员最后的生命守望和精神皈依。

现在的水保文学生产队虽不能说兵强马壮，却也生机盎然，延续了"水宝"固有的传统。道理很简单：抱团因共同志趣，文学乃不灭灯塔。

"水宝"也好，"水保"也罢，水是文学永恒的意象。汨罗的江水让国人拥有了一个不朽的诗魂，湘西的河水让大地记住了那个负笈远行的后生。同样，永久流淌的水保之水定然能够在文学的垄亩之间，孕育一茬又一茬文学幼苗。这些幼苗听得懂山的嘱咐，听得懂水的呢喃，听得懂那些发自地层深处的窃窃私语……

随君直到夜郎西

在一个偶然的场合，与一热衷于自驾游的旧日同事叙谈。他无意间提起贵州的隆里古城，说那里古风习习，是一个尚未附着过多人工匠气的所在。言语间，这旧日同事目光深邃，满脸钦羡之色。其话音刚落，我便心生疑窦：在这纷乱喧嚣的人世间，居然还留存着如此洁净幽美之所？这种条件反射似的强烈反应，直接的缘由是，近年来走的古城不算少，远的如丽江、大理、凤凰，近的如八步、黄姚、怀远等。那里的一砖一瓦、一椽一梁都散发着浓浓的孔方兄味道，叫人欲说还休。

俗话说得好：眼实耳虚，不能隔山买牛。为了求证同事的话，我便趁着三月三假日间隙，拾起行装，起脚北行，深入黔地，一探究竟。

"洛阳亲友如相问，一片冰心在玉壶。"多年前，吟诵着这唐人的诗句时，心里想着，写这诗的人，一定晶莹高洁，乃吾辈行之高标。没想到，一千多年后的今天，在一座六百三十余岁的古城街巷中，竟与这个踽踽独行的唐代书生结结实实地撞了个满怀。

这座占据着南国一小块天地的隆里古城，虽偏处一隅，却屋舍俨然，底蕴丰盈，民风淳朴。这里起初是明太祖朱元璋第六子朱桢始创的屯兵城堡。这里的居民，战时为兵，平时为农。这样的屯兵建制类似于现今的生产建设兵团。在清代之前，它叫作"井巫城""龙标寨""龙里"。到了清顺治年间，为图江山永固，便取"隆盛之理所"义，改称"隆里"。如今，隆里古城内依然保留着"隆里守御千户所"衙署和众多的陈年旧物。

隆里所于明洪武十八年（1385）创建，属五开卫所辖。五开卫一共辖 15 所，隆里所只是其中之一。隆里所规模不大，东西长仅 217 米，南北宽仅 222 米，占地四万八千多平方米，呈长方形布局。隆里所设四道城门，东曰青阳，南曰正阳，西曰迎恩，北曰安定。然而，北门虽设而常关，甚至终年紧闭。之所以如此，据说是为避兵家"败北"之忌。不光是军营，在古代，连县衙之类的行政机构，其城池也都不设北门或设而不启，这似乎是古人代代相因的传统。

与别处不同的是，隆里古城作为军事营垒，整座城没有一个十字路口，所有的街道均为"丁"字形布局。问当地居民，说是因为"十"与"失"谐音，此乃军事城堡之禁忌。而"丁"字，则有

"人丁兴旺,城池永固"的美好寓意。在这座古城里,那些看上去能走得通的道路,进去之后却找不到出口,这是"明通暗阻";而看着走不通的道路,里面却别有洞天,这是"明阻暗通"。这样"勒马回头"的设计,使得"关门打狗"这句俗语在军事上成为现实。

隆里古城穿过了六百多年的风雨,数历兵燹却依旧傲然挺立,让人叹为观止。古城现今的居民均为明清时从中原(涉及九省,以赣皖居多)一带南迁的屯军官兵后裔。在黔东南这苗瑶侗等少数民族聚居的地方,隆里古城就像一座遗世独立的汉文化孤岛,极富历史韵味和文化魅力。无怪乎名播海宇的文化学者余秋雨在饱览其古风古韵之后欣然命笔为之题名。

贵州有四大古镇(镇远、青岩、丙安、隆里),均古色古香,历史悠久。相较其他三个古镇而言,隆里显得比较低调,甚至有点"小家子气"。许多人包括我在内甚至都不知道这世上还有如此温柔敦厚的美妙去处。或许也正因如此,在它身上才流淌着弥足珍贵的小家碧玉气息,古朴,自然,持重,温婉。

对于这样一座别致得让人目眩的古城,长久流连于此是值得的,因为它让我想到了家乡龙岸那座神秘的土城。对于这座不知建于何时的军事城堡,因为年代久远,再加上史志无只言片语的记载,当地人均语焉不详或说东指西。邑中先贤何启谓先生每日在城外逶巡,思绪漫飞而百思不得其解,只能如此感慨:

何代何年建土城,筑之何用始何人?

千秋奇迹无从考,留付渔樵话古今。

罗城龙岸籍作家何述强,少年时在上学途中时常从土城旁边经过,耳濡目染之下,写了一篇名叫《土城童话》的散文。此文为时任河池师专(现河池学院)校长的韦启良先生所赏识,并极力向人推荐,成为文坛一段佳话。谁承想,人们心目中灰头土脸的土城,居然像一枚图章那样钤印在一个少年的心上,并成为他日后走上文学道路的策源地。对于土城和这个少年而言,这不能不说是一件幸事和奇事。

无独有偶,在隔壁的宜州德胜也有一处类似的城堡,名曰"河池守御千户所"。这个军事设施始建于明洪武二十八年(1395),隶属于庆远卫,比隆里守御千户所整整晚置十年。与隆里守御千户所一样,河池守御千户所"扼七十二峒之冲",呵护着一方百姓的安宁。它原来设在河池州(即现今的金城江区),因该地"风土硗薄,间岁多疫,人不宁处",而德胜"水甘土厚,草木丰畅,民居又安",于是,在永乐六年(1408),千户所迁至德胜。据《宜山县志》载,当年的迁建,盛况空前,成为后人津津乐道的一桩盛事。这个卫所的规模远比隆里守御千户所大,东西宽500米,南北长1000米。城内有衙署、武庙、观音堂、三界庙等大型建筑。清康熙年间宜山县丞署即驻于此。清雍正七年（1729）庆远府同知驻德胜时，衙署亦驻此地，并设兵防守。民国时，这里是机械化部队的训练场。卫所也设有东西南北四个城门和城楼，城楼基础均为细凿料石，城墙则为明代青砖，坚实牢固，蔚为壮观。现如今，除了东门和城楼遗址尚存外，其余均化为一片瓦砾，湮没在无边的荒烟蔓草中。在这一点上，隆里要比德胜幸运得多。

除了军事上的提防与固守，隆里古城的文脉同样绵延不绝。今天，隆里古城仍然保留着一座庄严肃穆的龙标书院。这座书院，据说是唐代"七绝圣手"王昌龄因《梨花赋》被贬为夜郎龙标尉时所创。饱读诗书的王昌龄，裹挟着一身中原文气划破夜郎上空，沿着平平仄仄的驿道逶迤而来，设帐授徒，释疑解惑，开隆里一代文风。他亲手所创的龙标书院，让地处蛮荒的隆里文风蔚然，人才辈出。远且不说，仅有清一代，龙标书院就培养出 18 名举人（含武举人二人），各类生员（秀才）更是数以百计。书院大门上的对联"龙跃鲲翔，沧溟浪跋；标新领异，文采风流"和青阳门楼上的对联"蔚起文人，骈肩虎榜无双鲤；宏开地脉，挈领龙标第一门"，大开大合，气韵酣畅，绝非虚言。

在隆里古城，随时随地都可以听到神奇而美丽的传说。比如那条古城最宽最富特色的蜈蚣街（南门大街），整条街由深浅不一的彩色鹅卵石铺成一条巨大的蜈蚣图案。"蜈蚣"的头朝北奔向观音堂,"蜈蚣"的脚则朝南甩到南门口,左右摇摆,动感十足。"蜈蚣"的背脊宽两米,脚向两旁延伸两米半,而那五十六只脚则向两旁不停舞动,像是要挣脱时光的束缚。赭红色的鹅卵石让整条街看上去显得色彩斑斓,赏心悦目。

据当地老人们说,这条"大蜈蚣"暗喻明朝逆臣吴三桂。蜈蚣者,吴公(吴三桂)也。隆里人本来是大明王朝的遗民,正因为吴三桂引清兵入关,才加速了大明王朝的灭亡。作为明朝子民,他们痛恨清兵,更痛恨吴三桂。为了泄愤,他们便用彩石在街面镶出一条巨大的蜈蚣,用脚踩"蜈蚣"这种隐秘的方式,让其永世不得翻身,以表达自己对吴三桂的憎恶。

同样,在隆里的造街巷里行走,发现这里的民居,其建筑形式和营造手法带有鲜明的徽派色彩,成为古城一道异于寻常的亮丽景致。那些徽派建筑均为三间两层封火墙式,上面青砖砌筑,灰瓦兽脊,正脊中央置金钱葫芦宝顶,飞檐则翘角凌空。鳞次栉比的山墙,镶嵌着彩色花纹边框,或花鸟虫鱼,或山水人物,均精细勾勒,栩栩如生。门前一律为青石台阶,寓意"平步青云"。大门上方的匾额则彰显着主人的郡望、名望和家风,譬如"科甲第""关西第""书香第""济阳第""会稽第""雁门第""将军第""弘农第""苏湖世第"等等。在漫长的岁月里,这些门第默默地向后人传递着家族的来源、家风和荣光。留存在隆里的"门第文化",其实是一种书写在隆里人心上的文化符号,涓涓细流一般汩汩流淌在他们的血管里。在这些文化符号的背后，是唐宋遗风，是明清风华，是军机号角。

在这些琳琅满目的门第中，"科甲第""书香第"算是抢眼的存在。顾名思义，"科甲第""书香第"就是诗书世家、文化巨族，世代以知书达礼为立家之本。这些豪宅的大门前，大多有一对石质门当，上面錾刻着"连中三元""连升三级"之类的文字，寄寓着求高升、谋富贵的美好期许。在"科甲第""书香第"的面街墙上，每一扇窗户都有一个雅致的名字，且都写着一幅楹联。窗名如"东阁""西园""翰墨林""图书府"等等，楹联如"架贮三都赋，室藏二酉书""月来花弄影，风动鹤传声""开窗闻鸟语，闭户听书声""庭栽兰桂树，室有汉唐书"等等。这些门第就像我们熟知的"京兆堂""渤海堂""豫章堂""陈留堂""彭城堂"一样，在香烟袅袅中，时刻标注着每一个家族的来路。这些窗名和对联不是散发着盎然的悠远诗意，就是充满着田园的清新气息，折射出隆里人尚武崇文、亦兵亦农的古训遗风。与朱元璋"屯田戍边永不返籍"的圣意高度契合，飘荡着一股"风萧萧兮易水寒，壮士一去兮不复还"的悲壮情怀。

隆里古城的周边是一片开阔的山间盆地，阡陌纵横，良田千顷，群山环抱，浓荫如盖。行在城中是穿行历史时空，走出城外，便徜徉于田园美景。如灵蛇舞动的龙溪河河畔，如长虹卧波的状元桥边，树木葱茏，鲜花烂漫，流水潺潺，宛如一幅不事雕饰的乡间世俗风景画。

"杨花落尽子归啼,闻道龙标过五溪。我寄愁心与明月,随君直到夜郎西。"李白当年的遥远吟哦,似乎还在山间回荡,让隆里古城活成一座文化的灯塔,撑起一方文明的星空。

一千二百七十三年前的唐天宝七载,东方古国发生了两件大事:一件是高僧鉴真第五次东渡日本;另一件是边塞诗人王昌龄贬谪龙标。东渡的鉴真弘扬佛法,成为日本佛教南山律宗的开山祖师;而南贬的诗人则成了唐朝苍穹闪耀千年的星星,那颗星星的名字就叫作"王龙标"。

脚踏千年古道,掌摩汉瓦秦砖。硝烟散尽,天地清明,山河壮美。曾经的孤独、寂寞、蛰伏与期待都已随风飘散,只留下一座城、一首诗、一个人。千百年来,每到月明之夜,隆里边上的高山之巅,总是站立着一个人,玉树临风,衣袂飘飞,凝眸注视着这片他曾经熟悉的土地、河流、草木和屋舍,久久不肯离去……

瓦窑·瓦瑶

"瓦窑"这两个汉字专属于我的村庄,应该有些年头了。在外人眼里,这个名字缺乏应有的美感,还透着些许傻相和土气。小时候,每当外人问起我的故乡,我的语言机能立刻被人一语封喉,坠入一种内外失语的恐怖状态,心里迅疾升起一种与生俱来的自卑感。长大后,当我的脚步踏上别人的故乡时,突然惊讶地发现,在我的村庄以外的很大一块地方,许许多多的人跟我一样,拥有一个名字傻里傻气的故乡。这或多或少稀释了我根深蒂固的自卑心理。在漫漫的时光长河中,地名就像一座座灯塔,牢固而长久地矗立在人们的心中。你要是到了一个人生地不熟的地方,在不辨方向、两眼迷茫的时候,那些篝火一般毕剥燃烧的地名就会照亮你前方的道路,牢牢地牵着你的手,让你能够尾随着那一束束亮光准确无误地走向远方。没有地名这一堆篝火,你的人生旅途或许就会迷失方向,灵魂就会在某个特定的时空飘游不定,甚至无所皈依。

凤凰城、公主岭、杏花村、桃花源,这些地名内涵丰富,充满诗情画意。"借问酒家何处有,牧童遥指杏花村""故人西辞黄鹤楼,烟花三月下扬州""天街小雨润如酥,草色遥看近却无",诗句中的地名,一个个鲜活灵动,一个地名就是一道亮丽的风景、一个动人的故事。这些地名让人心中有了一个浪漫而温馨的指向,让人心驰神往,过目不忘。志丹县、左权县,山谷路、德山路,这些以人的名字命名的地方和街道,传递出来的是人们对他们人格和功绩的景仰、纪念和表彰,具有浓厚的人文色彩。

然而,这些都是汉族地区的地名。壮族地区的地名,似乎没有那么多的诗情画意和文化内涵。在我孤陋寡闻的记忆里,壮族地区的地名,大多由方言翻译而来,且以直译居多。比如那坡、那楼、纳翁、板坡、板往等等,都是清一色的壮语直译。这些地名字面上是汉字,但它们却进不了汉语系统,在汉语的语汇系统里,它们没有任何实在意义。它们只有回归壮语语境才会向人传递出明确的地理信息。这些独特的地名,与村庄周围的崇山峻岭一样,是山地民族独有的语汇。中国人喜欢聚族而居,每一个村寨居住的基本都是自己的族人,极少有杂居的情况。即便偶尔有,也是本家女儿招婿或者其他偶然因素所致。我的村庄偏居桂西北绵延群山之一隅,山道崎岖,交通闭塞,自然条件恶劣。故乡及其周边一大片土地上的人们,日常沟通交流用的都是壮话,极少听到其他的语言。其他民族的人(包括汉族人)到当地生活一段时间即被同化,人人都会说一口流利的壮话。当然,同化是相互的,村里曾经有姑娘远嫁桂南地区,不到一两年工夫,便能用当地的方言与人顺畅地交流了。生活在一个地方久了,人们对与自己日常生活密切相关的自然山川和动植物,都有一个大体统一的用当地方言称呼的名称,经过一番约定俗成的转化之后,在当地的语言系统里凝固,在人们的脑海里结晶。历次的地名调查,也以当地人的称呼为准,于是便有了这些稀奇古怪的地名。

在很长一段时间里,岭南属于方外之地,中原的文明教化之风到达这里时已是精疲力竭,迟迟未能吹拂到当地人的心里。深处岭南腹地的故乡,经济文化相对落后,识字的人不多,人们给一个地方起名字都得搜肠刮肚。这就造成用在地名上的文字五花八门,没有一个统一的规范。尽管用词千差万别,但在壮语的大环境里,并不影响人们对一个地方的识别和记忆。壮族地区的地名,经过民族融合之风的长年吹拂,大抵经历了由纯壮语直译,到壮汉结合,直至纯汉语地名的漫长历程。

我的村庄现在的名字叫作瓦瑶,是桂西北莽莽群山里一个名不见经传的小村落。其实,它原本的名字应该叫瓦窑。其中的缘由还得从一个故事说起。据传,清朝乾隆年间,有三个异姓兄弟,一个姓韦,一个姓莫,一个姓覃,三兄弟结伴闯荡江湖。有一天,他们来到一个山谷,发现这里有山有水,林木葱茏,不禁心生艳羡,两眼放光。也许他们厌倦了那种杖行天涯朝不保夕的生活,丧失了前行的动力。经过一番仔细的勘察和商议,他们决定在此歇下长途跋涉的脚步,告别四海为家、漂泊不定的生活。莫姓兄弟到一个叫坡庙的地方安顿,起房造屋,娶妻生子,过着日出而作、日落而息的安定生活。而韦姓和覃姓兄弟二人则在一个方言叫作石油(地名)的坡岭上落脚,经过多年的繁衍生息,渐渐形成了一个庞大的家族,势力也日益强大,以致那个小小的坡岭再也容纳不下。不远的一处相对平缓的山脚下,居住着其他少数民族的几户人家。我的祖辈们经常在那些人面前炫耀着自己强大的实力,有意无意地透露自己的意图。比如:在族里选出个一身蛮力的大汉,每天用粗大的木杠挑二三百斤的重担,在田峒里晃来晃去。这是明里的招数。暗地里则在粗大的竹筒里灌满红薯和黄泥的混合物,做成人类的"粪便",三更半夜倒在对方早晚经过的路旁,其意图很明显:拉出这么一大堆物事的人肯定是"力拔山兮"的人物。用不了多长时间,那几户人家便识趣地搬到别的地方,把自己美好的家园拱手让给了这些势力强大的外来者。当然,这只是个笑谈,事实不可能是这个样子。但它至少说明一点:人类为了生存总是想尽办法获得位置相对优越的地块。当韦、覃两族人陆陆续续来到这块平地后,为了便于日常来往,韦氏兄弟集中在一个地方造屋结舍,覃氏家族在另一块地方安营扎寨,自然形成了两个独立的单元。为了明确各自的地界,两个单元之间有一片水汪汪的稻田。

我的祖辈初来乍到,人生地疏,并不知道这个地方叫什么名字。他们见到村前不远处的山坡上有一个烧瓦的土窑,受此启发,就以"瓦窑"作为村庄的名字,以便在与外界往来时有一个明确的身份标签。而"瓦瑶"这个名称是二十世纪七十年代人们一时兴起人为更改的。也许他们觉得原先的名称在字义上不够"雅",总让人想起一个黑乎乎的形象。思前想后,给村名做了局部的"整修",一厢情愿地给村庄换上一件"更为雅观的外衣"。但在通行的地图上,那个微小得几乎被人忽略的圆点旁边,标注的仍然是"瓦窑"。也就是说,"瓦瑶"只是村庄的别称,"瓦窑"才是它本来的名号。

这也难怪,过去人们给一个地方起名比较率性随意,有时甚至叫人莫名其妙。任何一个略有文化的人张一张嘴或挥一挥手,就可以让一个地方改名换姓。清道光六年的《天河县志》记载,我的村庄时叫作太平,隶属古波里(相当于今天的乡级组织,现名叫古城)。中华人民共和国成立前此地为太平村村部所在地,村里的学校叫太平小学。太平是一个富有诗意的名字,寄托了人们追求平静安宁生活的美好愿望。那些年,人们没日没夜地"斗资批修",大概是想表忠心,跟风似的将学校名称改为反修小学。一阵风过后,人们觉得还是原来的名字好,又改回太平小学,这名称一直沿用至今。

传说是可靠的。在我的记忆里,村庄前边的土岭上曾经搭建了两个草顶的瓦寮,每个瓦寮有两个瓦匠,终日打瓦。瓦寮旁边均砌有一个瓦窑,每隔一段时间就烧一窑瓦。一窑瓦大约能烧出两万片左右的瓦片,恰好能够满足盖一座房子的需要。烧好的瓦片整齐地码在一块平地上,等待它们的买主。那座陪伴我穿越风雨的泥砖房的瓦片,就来自村前的瓦窑。小时候,我们经常到瓦寮里玩耍,或向瓦匠讨要一团黄泥,捏小泥人儿打发时光;或照着瓦匠的样子,笨手笨脚地学习打瓦。尽管一片瓦也打不出,但我们从中体会到了打瓦劳动的艰辛。有了这一点记忆,村庄以瓦窑作为名字便有了实证。瓦窑不单单是让人想起黑乎乎的形象,更重要的是让人看到通红的炉火,亲历泥土在烈火中的涅槃重生,体味到人类与泥土的亲密关系。

人无法选择自己的父母,同样的,人也无法选择自己的故乡。许许多多的人,用语言表达都市的华彩,身体沐浴他乡的月色。然而,无论他们如何洗去尘埃,如何脱胎换骨,他们的身上都依稀泛着故土的荧光。于我而言,故乡由"太平"而"瓦窑",就像一枚胎记,赫然印在我的脑门儿上,黑乎乎的,抹不去,洗不掉。尽管这个胎记有时候会摇身一变,成了"瓦瑶"。

瓦窑边上是牛坡

一

多年以前,在那个名叫瓦窑的村庄,人要是得了头疼脑热之类的小毛病,从来不去医院,一律拔罐儿。拔罐儿用的罐儿是尖尖的牛角做成的,长约四五寸,罐口有鸡蛋大小,通体乌黑光亮,泛着一股幽光。村里大人小孩儿,但凡身体有恙,便寻来这种牛角罐儿,就火烤热,摁在脑门儿上,约莫一个时辰后取下,那光洁的脑门儿上便留下一个紫红紫红的圆印,像极了一枚鲜红艳丽的印章。在那幽深的时光里,人们一边在额上拔着罐儿,一边在村道上游来荡去,像极了直立行走的独角犀牛。要是与村人照面,拔罐儿的人也泰然处之,一点儿也不难为情。彼时情状,恍然如昨。

"父母在,家就在",这句老话传递出来的人伦规矩,今古一例,丝毫未曾更改。自从父亲到县城居住后,我回家的次数就变得少了,少得让人心生愧疚。这些年,村里的熟面孔日渐减少,替代他们的是一张张新鲜得我无法辨识的脸庞。他们当中,大多是从远方嫁过来的新媳妇。与其交谈,她们说的不是我惯熟的壮话,而是人们常说的"北京语""电影话"。每次回家,我都无法预知迎面走来的是邻家的女儿,还是远方嫁来的新妇。近乡情怯之下,往往久久都开不了口。

然而,家还是要回的,就像那春天南归的燕子,每年都会熟门熟路地找到旧日泥墙上的窝或屋檐下的巢。直接的缘由是,在我心中一直住着一头通身灰灰的牛。每每动了回乡的心思,我的眼前便立马闪现出那头牛的身影,因为那牛的头上长着与牛角罐儿一样乌黑锃亮的尖角。

二

这天下午,阳光很刺眼,也很霸道,有点儿不近人情。那个U形的沟槽里,光影斑驳,草木扶疏。那些无人看管的植物,因为少了人间烟火的燎烤,长得了无牵挂、志得意满。那绿意盈盈的样子,似乎无时无刻不在宣示:它们远比人长得好,长得开心。眼前的竹子就是这样,人站在它面前,阵营立马泾渭分明。一边是绿风荡漾,含荫吐翠;一边是衣衫褴褛,垂头丧气。

此刻,一大群人正兴致勃勃地站在沟槽边上。每个人都极力抻长自己的脖子,围观一头牛的死亡。他们脸上的表情没有一点波澜,让人猜不透他们是兴奋还是落寞,是期待还是怜惜。为了避嫌,他们一律背着双手,做出一副事不关己的样子。这是我们这一带的风俗。当一头为人劳心费力的牛被人宰杀时,所有旁观的人都是这样背着双手,然后转过身去,背对着牛,以示自己的仁慈和"清白"。人在很多时候就是这样,明知自己即将面对一个惊心动魄的场面,尽管于心不安,却又按捺不住那一份兔子一般奔突的好奇心。

"咚"的一声,像是什么东西砸在了一块布满青苔的木头上,很遥远,很沉闷,也很肉感。那个大汉手里的八磅锤,本来是用来开山取石的,现在却用来结束一头牛的性命。在锤子与牛额接触的那一瞬间,我猜想他一定是把阳光和空气一起捶进了牛的体内。因为那一刻,我感觉到了眼前的黑和心底的冷。

那沉闷瓷实的声音,裹挟着人群的惊呼,在空谷里回荡,掀动着竹叶唰唰作响。牛抽搐了几下,那样子显得很拘谨。作为生命最后的挣扎,牛仅仅是刨起了地上的几块草皮,四下飞溅,打在那些站在一旁看热闹的人的脸上和身上,激起一阵咻咻刮刮的咒骂声。在我的印象中,牛好像叫了一声,又好像没有叫,但我还是更愿意相信牛叫了。伴着牛的叫声,脚下的大地似乎在晃动,周围的大山似乎在晃动,人的身子似乎也在晃动。

"咚",那个肉肉的声音又沉闷地响了一下。其实,那个大汉就是不再给牛这一下子,牛也绝没有生还的可能了。第一锤下去的时候,牛就已感觉到自己的腿、自己的身子和自己的灵魂都不再属于自己,都离它远去了,再不听它的使唤。牛模糊的双眼看着自己的影子向远处飞去,拼命地呼喊着,但它的影子还是很决绝地飞走了。在第二锤响起的时候,牛已经没有多大的感觉了,它再也听不到自己额头传来的声音,也感觉不到身体内部的疼痛。尽管大人们不许我们这些"学生科"——我们这一带把还在上学的孩子叫"学生科"——靠近,但我还是清楚地看见了从牛眼角渗出来的那一滴混浊的泪水。在我看牛的同时,牛似乎也看了一眼不远处的我。那个眼神,隐约飘荡着对蓝天白云和无边芳草的依恋。牛的意识似乎变得模糊了,它的眼光开始变得黯淡起来,天地之间好像一下子颠倒了位置。牛感到它的身子变得像羽毛一样轻轻地在飘,飘向它头顶上弯曲而深邃的天空。

牛鲜红而温热的血,宛如盛夏一朵朵艳丽的野花,开满了眼前这个喧嚣的沟槽,装点了蓝天下无际的旷野,润湿了那午后的阳光、空气和人的目光。

我想,那一定是牛留给这人世间最后的一缕暖阳。

三

那个被人叫作"瓦窑"(汉语称呼)或"红窑"(壮语称呼)的村庄,有五六十户人家三百来人。村子的东面是直上直下的峭壁悬崖，西面是高低起伏的土坡土岭。它们或挺立或匍匐在苍茫的天地之间，高大，雄浑，坚硬，磅礴，不可撼动。山的那边有一条河流，叫古城河；坡的那边是牛坡，还有一条细细的溪流。溪流没有汉语名字，我们把它叫作"雨"。在我们当地的语言系统里，"雨"是比名叫"达"或者"拉"的河流要小许多的溪流。它娇小、澄澈、温婉，姿态婀娜，如豆蔻少女的发辫，终年在山林峡谷间摆动，飘荡。"雨"从北面遥远的高山峡谷间逶迤而来，淙淙奔流，沿途制造了数量众多的清幽碧绿的水潭。它们像红薯藤上的红薯，不规则地散落在垄上，大小不一，形态各异。

"雨"的两岸蓬勃着参天的古木，也泛滥着一丛一丛的草珠子。夏秋时节，草珠子由绿而褐而紫而白。它们外实中空，光洁圆润，质地坚硬，一如晶莹剔透、吉祥如意的佛珠。村里那些缺乏雪花膏化妆品的女孩子，一到夏秋时节就跑到溪边把它们成串摘下来，回家撒在簸箕里晒干，然后用花手帕包好，藏到床头或柜子里。晚上便拿来细细的丝线，就着煤油灯将它们穿起来，做成一只只手镯或一串串项链，戴在手腕上或挂在脖子上，能让她们美上大半年。或许是出于这个缘故，草珠子在乡间也就有了"菩提子""观音籽"这样禅意绵绵的雅称。

"雨"把巨大的山岭从中间剖开，东面是陡峭的石山，西面则是几架绵延起伏的土岭。这些土岭构成了一片宏阔的牛坡，它是瓦窑人世代放牛打柴烧炭讨生活的地方。对于放牛的场所,瓦窑人习惯叫它牛坡,而不叫牧场。我私底下想,还是叫牛坡显得更为贴切些。因为在牛坡这两个汉字的笔画间,有无边的芳草和成群的牛马。在过往漫长的岁月里,牛坡上奔跑着大群大群的牛马,也奔跑着瓦窑人最初的磅礴时光。

放牛是一件盛大而隆重的事情,动静很大,地动山摇,马虎不得。每天正午,放牛的竹梆声总是准时响起,从村头响到村尾,又从村尾响到村头。这竹梆声敲给牛听,更重要的是敲给人听。梆声如军号,一旦响起,栏里的牛便焦躁不安,不停地在栏里转圈,踩得粪水四溅,滋滋作响。栏门一打开,牛便争先恐后,狂泄而出。牛蹄与青石板撞击的踢踏声,牛奔跑拥挤的呼呼声和此起彼伏的哞哞声,响彻村庄上空。而此时正在田里与主人战天斗地的牛,开始变得狂躁不安,原本温顺如猫的它们不再温顺。它们狂躁地踩碎脚下的天光云影,剧烈跳跃,猛烈甩动自己的脖子,试图甩脱那沉重的牛轭和主人手中的麻绳,与同伴一同奔向那绿草如茵的牛坡。

小时候放牛,都要经过一座砌在土坡边上的瓦窑。瓦窑顶上常年冒着一股白烟,那是瓦匠在烧瓦。瓦匠是村里的一个本家叔叔,打得一手好瓦。从瓦窑这个村名的来源看,打瓦手艺当为他家祖传。那座瓦窑所生产的瓦片,让泥土长出了翅膀,飞到半空中,为瓦窑人和他们的牛营造了一个温馨宁静的家园。

放牛时两人一组,全天候看守,不得擅离岗位。他们把牛赶上牛坡后即守在路口,以防那些牙口好且不安分的牛在中途跑路,糟蹋那些被农人视为命根子的庄稼。通常情况下,两个人轮流看守,时不时还得爬到岭上观察牛群的动向,目测牛群散落距离的远近,好在傍晚时能够准确而快速地将它们归拢到一起。

在漫长的守候和等待中,放牛的人便轮流去砍柴,找竹笋,寻稔子,摘杨梅,为的是傍晚回家时不至于两手空空,被人耻笑。而最能消磨时间也最有乐趣的还是钓鱼。"雨"里生长着两种我叫不上名字的鱼,有鳞的个头儿大些,无鳞的个头儿小些。两种鱼都极精明,钓上一整天,运气好的可以钓上一小碗,也就是半斤左右,运气差的则两手空空。钓鱼的工具倒是简单,一把钓钩、一截胶丝、一根钓竿,再加上临时在野外或菜地里挖来的一小包蚯蚓,就足够了。而钓竿选择却有讲究,有一套严格的程序,比如砍钓竿时需从根部一刀斩断,不能拖泥带水。为图吉利,还得一个竹节一个字,反复念"猫鱼肉""鱼蛇蚂拐""得吃不得吃"之类的口诀。当然,这只是心理上的安慰,鱼钓得钓不得,除了有必要的技术,还得有些许的运气。

那棵樟树,很老了,看上去像一个巨大的蘑菇。它在村头站了好几百年,为瓦窑人遮风挡雨。它看山看水,看云看雾,看生看死,看离看合。瓦窑人许多隆重的仪式都在这里举行,比如孩子参军在这里出发,学子赶考在这里启程,外出谋生在这里起步。甚至一些与死亡有关的仪式也在这里操办。比如那些横死的人，按照习俗，他们的灵柩不能进村，只能停放在这老樟树脚下，接受亲人的眼泪和旁人的叹息。在上肩起步上山安葬之前，他们的棺材必须得在原地飞速转上一圈儿才能上路。在瓦窑人的观念里，这样的转圈儿让那些凶死的人，魂灵找不到自己生前家的方向，不会三更半夜跑回家翻碗柜揭锅盖找吃的，惊扰到阳间的亲人。更多的时候，樟树下是纳凉歇脚的所在。对于那些樟树旁南来北往的外村人，无论认识不认识，瓦窑人都会大声招呼："表，进家吃粥先啊！"

那一声亲切得让人骨头酥软的"表"，那碗照得见人影的稀粥，让砧板一样光滑坚硬的日子变得柔软蓬松，温暖无比。

小时候，我一直搞不懂，瓦窑人为何有那么多的"表"，而且那些"表"进得家来，吃的都是粥，而不是米饭或者别的东西。后来才明白，那不过是一句因为穷而没有多少实际内容的客套话，是人心与人心的交换。那些南来北往的"表"，真要进了家门，估计连粥都没的喝。然而，那一声声清脆的"表"，在很长一段时间内，为瓦窑人营造了一个温情脉脉的乡间世界。

樟树脚下平整开阔，是牛群的集散地。每当竹梆声远远地在暮色中响起，各家各户的老人或小孩——青壮年此刻还在田地里死扒苦做——便纷纷赶到这里守候，睁大双眼，抻长脖子，借助昏暗的光线，在牛群中辨识自家的牛，并把它赶回自家的牛栏。倘若牛群里没有自家的牛,处置的办法通常有两种:一是尽可能地寻回那任性贪玩的牛;二是顺其自然,等待某块玉米地或某个菜园主人的惊呼和诅咒。

四

在那些瘦瘦小小的日子里,一到农闲,瓦窑人就都到牛坡上烧木炭,除了供自家冬季取暖,剩余的便挑到街上去卖,以补贴家用。为何要舍近求远跑到牛坡来烧炭,而不是在村边就地取材?直接的缘由是牛坡之上生长了成片成片的杨梅树。用于烧炭的木材是很讲究的,质地坚硬的木材能烧出一窑上好的木炭,能卖个好价钱。最好的木炭是"杨梅炭"和"高山炭"。它们像黄金那样,"纯度"很高,禁得烧,热量足。用杨梅树和高山材烧出的炭,头角峥嵘,铁骨铮铮,相互敲击或用指节扣弹,会发出"叮叮"的金属之声,拿在手上也不会沾上黑灰。而用那些品质低劣的木材烧出的炭,猥猥琐琐,缩头缩脑,相互敲击时,发出的声音空洞、沉闷,拖泥带水,用手一摸更是满手黑灰。这也是那些买木炭的人反复敲击和用指尖来回摩擦木炭的原因。这些质量上乘的"杨梅炭"和"高山炭",通常都会在未及从肩膀上落下便在街头被人一抢而空。有那么一段时间,不知道什么原因,供销社大量收购杨梅皮。岭上的那些杨梅树,一夜之间被人剥得"片甲不留"。那白惨惨的模样,像极人体的骨架,叫人不寒而栗。

烧一窑炭是颇费工夫的,少则一两天,多则三四天,没有一个定数。烧制木炭的方式有两种,一种是烧窝炭,一种是烧窑炭。烧窝炭需要挖一个八号锅大小的深坑,而烧窑炭则是在一个土质结实的斜坡上掏一个差不多一人深的大洞,有点儿像陕北的窑洞。窝炭通常能烧出五六十斤的木炭,而窑炭则能烧出两三百斤。烧炭需要有足够的经验,没有经验的人不是烧不过(烧不透),就是烧过笼(烧过头)。烧不过的炭就会出现炭头,烧的时候会冒黑烟,品质自然就大打折扣,卖不出去。而烧过笼则只剩一堆白灰,空欢喜一场,得另起炉灶,重新来过。悲喜仅在一念之间,全凭经验。

小时候,轮到父亲放牛时,我便尾随而去。我负责看牛,父亲负责砍柴烧炭。父亲是"老炭民"了,烧的炭极少出现"烧不过"或"烧过笼"的尴尬情形。但在出炭时急着挑上街换钱,等不及木炭完全冷却即装进箩筐;挑到半途,经小风一吹,木炭"死灰复燃";因为急着赶路,一门心思紧盯脚下,通常是在箩筐被烧出一个大窟窿,冒起一股黑烟时,疾走如飞的父亲才有所察觉,并立刻停下脚步,动手灭火;而此时身处荒野,一时找不到扑火的水源。情急之下,父亲便攥着我的小手臂,扯到着了火的箩筐边上,飞速扒下我的裤子,让我对着通红的木炭撒一泡尿。随着"滋"的一声,眼前便迅疾腾起一团带着臊味的雾气,那通红的炭火瞬间就灭了。然而，童尿灭炭火，后果很严重。这种木炭挑到街上通常卖不出去，因为谁也不愿买一担散发着尿臊味的木炭，哪怕你的木炭再好、再坚硬、再响叮叮。

一到冬天，田地里的粮食已经颗粒归仓，村里的牛便无需集中放、轮流看。每家每户的牛一律赶到野外放养，一放就是一个冬天。那年开春，父亲在野外找到被放养一个冬天的母牛时，很意外地发现了站在一旁的灰灰的小牛。小牛刚刚出生，浑身打着战，连站都站不稳，是父亲凭着一身蛮力把它抱回来的。小牛不算轻，年轻气盛的父亲抱着它回到家时，已经累得气喘吁吁了。因为碰上倒春寒，那个春天特别的冷。为了不让小牛被冻坏，父亲除了在牛栏内垫了一层又一层厚厚的禾秆草外，还扯来一床破被套，把牛栏门牢牢封住，一直封了整整一个春天。之后，父亲每天一大早都到野外割回一担青翠细嫩的鲜草，犒劳那头母牛，好让它多下点儿奶。

小牛慢慢长大了，没有辜负父亲对它的好，长得高大结实，满身灰灰亮亮的毛，看上去像是一个亭亭玉立的少女，每天站在野地里，总是招来村里人钦羡的目光。多年以后，回头想想，那时的小牛心里肯定很美很得意吧？一定在没人没牛的时候偷偷地笑。尽管我每天都和小牛在一起，但小牛似乎很害羞，从没在我面前笑过。我一直在想，牛笑起来是什么样子呢？是少女一般羞涩的笑，还是大汉那样肆无忌惮的开怀大笑？那些年，小牛经常带着我撕开一道道风的口子,撒腿狂奔。刺骨的寒风一寸一寸地滑过小牛的额头、脖子、脊背和翘起的尾巴,到达我脸上时,已经变得有些暖意了。小牛和我就是在一场又一场的奔跑中,挥洒着狂野的"速度与激情",释放着无穷的活力,把那些苦涩的岁月冲撞得支离破碎,让生命变得野气横生。

后来,小牛长成了大牛,一年到头儿与父亲在土里刨食。尽管土地有些吝啬,但还勉强能把人喂得半饥半饱。在我上高中的那年,田地已经分到每家每户,日子正一天天好起来。而在这节骨眼儿上,父亲却突然莫名其妙地得了黄疸型肝炎,周身乏力,一脸蜡黄,整天拿着一张矮凳在门口枯坐,两眼空洞地对着坡底的田地张望。眼看着那几亩田地就要丢荒,父子俩的肚子就要挨饿。好在那头长大了的牛在父亲的调教下,已经是干农活儿的一把老手了,对田地里的活儿远比我老练。就是在那一年,我跟牛学会了耙田犁地。在那个炎热的夏天,牛陪我在阳光下风雨中摸爬滚打,把田地招呼得有模有样。然而牛却因为有我这个不称职的"队友"而遭了殃。牛的肩膀在我不规范的操作下被磨破了皮,流了很多的血。父亲很心疼,每天都给牛上"药"——在牛的伤口上涂抹生茶油,甚至还抱着病体到处给牛找好吃的。父亲对牛的好,让我感到嫉妒。

五

永远也忘不了那一年,在我拿回大学录取通知书时,父亲那不知道是欣喜还是愁苦的眼神。在他给我制定的人生规划里,我是他未来最忠实、最可靠的帮手。在他疲惫不堪的时候,能够替他抵挡一些或明或暗的人生风险。他在很早以前就郑重地告诉我,我只有一次走过人生独木桥的机会,挤不上或摔下去,就只能回归到我人生的原点,重复他和他父亲以及他父亲的父亲的古老日子。他料想我是没法儿顺利通过那道凶险的独木桥的,哪怕挤上去了也会摔得头破血流,铩羽而归。那个晚上,劳作了一天的父亲,在昏暗的煤油灯下,用颤抖的双手捧着那张在他看来异常沉重的纸,满脸愁容、异常艰难地辨认上面的文字,一丝不苟地合计着需要他劳心费力的各种费用。那一刻,我看到那一串串像蚯蚓一样弯弯曲曲的数字,刹那间都变成了一把把锋利无比的尖刀,狠狠地戳在他的身上,每一道刀痕都是难以治愈的内伤。外人可能不知道,那为数不多的几十块钱,是我从偏僻的乡间出发,跨越人生一道道障碍的垫脚石。为了能让我按时到学校报到,在那个炎热的夏天,父亲忍痛在口粮中挤出一部分,挑到离家七八里远的宝坛街卖掉了,但也仅仅筹到了40块钱。于是他又低着腰身四处奔走,花了近半个月的时间,逐一走访了跟我们一样穷苦的亲戚,这家3块那家5块地筹到了另外的40块钱。我就是拿着那带着父亲体温、亲友施舍的 80 块钱,踏上了那座陌生城市的土地,开启了一段羞涩无比而无限荣光的大学生涯。

多年以后,我跟父亲说,当年那 80 块钱我是这样花的:坐长途汽车花去了 16 块,报到时交给学校 45 块,路上吃粉花去了 3 块,最后还剩下 16 块。余下的这 16 块钱就是掰开来花也顶不了半个月。好在我们那时读书,学校每个月还发给我们每人 45 块的饭菜票,否则我就得饿肚子。

在随后的几年里,那牛一年下一头牛崽,连续下了三四头。我的学费和生活费也因此有了保障,让我顺利地完成了学业。每年一到寒暑假回到村里,在村里人对我一口一口"大学生"地叫时,我的眼前立马闪动那头母牛与我在春天旷野上飞奔的身影。在很长一段时间里,瓦窑人都说父亲了不起,"单手"(意即一个人)把我培养成了大学生。其实他们可能永远也不会知道,没有那头牛,父亲就是把全身的骨头砸碎捣烂也无法喂饱我的那段岁月。

六

那天被人宰杀的,就是我那灰色的牛。很多年了,我一直相信它还活着,只是活在一个我看不到的地方罢了。

这天,站在当年牛跌落的竹丛前,凝望着那些依然苍翠的竹叶,我心无旁骛,一言不发。当时是怎样一种情形呢?我想,在遍地枯黄的秋天旷野里,牛一定是作了长久的徘徊,左右找不到一丛能够入口的青草。在牛儿近绝望的时候,它闻到了飘散在空气中的淡淡青竹香味儿。顺着那股香味儿一路找寻,牛很快发现了那几丛竹子。饿坏了的牛凝聚起全身的力量向着香味儿的源头狂奔,用最为经济的方式缩短自己与一顿美餐之间的距离。当牛终于靠近那几片青幽幽的竹叶时,它最大限度地抻长自己的脖子。然而,那些竹叶总是在它的眼前飘来荡去,近在咫尺而又远在天边。牛恨不得长出长颈鹿的脖子,不费什么周折就能够到那些竹叶。但牛没有长颈鹿的脖子,始终未能如愿。于是,牛又向前迈了生命中的最后一小步,全然忘记了脚下夺命的陷阱。突然,"轰"的一声,牛听到了它生命中最后的绝响。那几片青翠的竹叶在牛的眼前划了过去,快如闪电。

在那个狭小的石头夹缝里,牛摔断了腿,摔折了几根肋骨,不能动弹分毫。牛也曾试图凭借自己的力量站起来,但除了感到钻心的疼痛外,牛什么也做不了。

父亲发现牛已是几天之后,牛已经奄奄一息,气若游丝。父亲想尽一切办法想救牛,但每次收获的都是沮丧和绝望。

父亲曾经对我说:"好牛十八春,好马二十年。"牛无疑是一头好牛,但牛却活不到十八春,甚至还没有走到半途就死掉了。牛的肉喂饱了瓦窑好些饥饿的胃,所有的人都吃得两眼放光,满嘴流油。那灰色的油光发亮的牛皮,被人钉在一座公房雪白的墙上。它很快就风干了,一点一点地从墙壁上剥离,向外拱起。在那段时间里,看到那张钉在墙上的牛皮,村里所有过往的牛都"嚯嚯"地嘶鸣,声音里充满了悲凉和绝望。在那风干的牛皮上,这些活着的牛看到了自己的明天。在众多悲鸣哭泣的牛中,那头全身金黄的公牛哭得最为持久,最为伤心,最为绝望。每次它从牛皮下方经过时,都会停留很长时间。每一次它都极力地向上伸出自己的鼻子,闻一闻那股熟悉的气息,用它混浊哀怨的目光,呆呆地盯着那张干枯的牛皮,然后就哗哗地流泪,哞哞地哭号。无论主人怎么用力鞭打它,它就是不挪动半步,甚至还用尖角顶开它的主人,弄得主人很是光火。我想,那头金黄色的公牛,一定是挂在墙上这头母牛生前的"朋友",它们之间一定好了很多年。怪不得母牛下的牛崽都是一身漂亮的金黄色,每一头都能卖出一个好价钱。

牛常年为人所驱使和禁锢。用时下流行的话语来说,它们不是在耙田犁地,就是在耙田犁地的路上。只有到了大地丰腴宁静,颗粒悉数归仓之后,牛才有片刻的清闲。人类手中那一根细而粗粝的绳子,牵引着牛走完自己谦卑的一生。我在很小的时候就知道,人应该对牛心怀感激:没有牛,人就得饿肚子。长大之后,上了学,才知道牛除了养活人,还给人制造了许许多多内涵丰富的好词。比如"牛鼻子""孺子牛""拓荒牛""老黄牛""牛脾气",让人在操持吟诗作文这类风雅之事时,能有一大堆的词语可供驱使。

我一直在祈祷牛能够活到老,活到走不动的那一天。在牛老死的时候,给牛选一块地,垒一座坟,竖一块碑,刻上我给牛起的名字,以及牛与我在春天的旷野中狂奔的身影。连文字我都想好了,比如"老牛亦解韶光贵,不待扬鞭自奋蹄""老牛粗了耕耘债,啮草坡头卧夕阳",让牛可以美美地风光一下。

多年来,每当独自与一头牛对视,我的脑子里经常冒出一些莫名其妙的想法:牛和人有什么本质上的区别吗?好像有,又好像没有。牛是人最贴心的伙伴,或者知己。牛心地善良,没有心机,不会耍心眼儿,更没有人那样的小肚鸡肠,且肯为与自己不同类的人出力、卖命。牛比我们身边的好多人都更善良、更纯粹、更可靠。有时候,我甚至脑洞大开,胡思乱想:这牛一定是我那早逝母亲的替身,终年守候在我经过的每一个路口。当我的面前横亘着波涛汹涌的河流时,她便从烟波浩渺的水面上划来一条轻巧的小舟,把我渡到阳光明媚的彼岸。

七

这是一个阴沉沉的周末,我本想美美地睡一个懒觉,却被窗外一阵激越的鸟鸣声吵醒了。这让我有些为难:起来吧,为时尚早;赖在床上吧,又无所事事。于是,我干脆打开卧室里所有的灯,让整个房间通透明亮,然后顺手抓起床头的一本书读了起来。这是韩少功的长篇散文《山南水北》。这本充满了山野情趣和奇思妙想的书，已经被我读得差不多了，仅剩下不到二三十页，正好利用这个时间把它读完。我努力让自己静下来，全力把心思凝聚到文字上来。突然，一篇《待宰的马冲着我流泪》闯了进来。除了醒目的标题之外，它通篇没有一个字。那空空荡荡的页面让我惊骇，让我手足无措，因为它完全超出了我以往的阅读经验。那一刻，我脑子里突然轰地一下，整个人呆在那里，一动不动。刚开始我以为是出版社或者印刷厂出了差错，漏掉了余下的文字。急忙回到书的封面，那里赫然印着"湖南文艺出版社"的字样。再打开版权页，上面也清晰地印着书号和图书在版编目数据。思忖片刻之后，我恍然大悟，如醍醐灌顶，脑子里突然冒出了一个诗人冷峻的诗句：

一群羊被吆喝着 / 走过县城 / 所有的车辆慢下来 / 甚至停下来 / 让它们走过 // 羊不时看看四周 / 再警惕地迈动步子 / 似乎在高楼大厦后面 / 隐藏着比狼更可怕的动物 // 它们在阳光照耀下 / 小心翼翼地走向屠场

顷刻间，竹梆声骤然响起，震耳欲聋……

文字追着石头走

　　仓颉、沮诵造字，天地泣，鬼神惊，闹出了很大的动静。基于这样的理由，人类最初的书写也不应该是静默的，而是带着某种动人心魄的声响。那是刻刀和某种坚硬的物质相互接触时发出的声响，有一种极不情愿又无计可施的成分。当单个的文字被连缀成行时，那种吱吱作响的声音便演化为天地间最为动听的旋律。

　　人类的这种书写方式延续了很长一段时间，直到那个叫作蔡伦的人出现，才让人类的书写变得柔软起来。再后来，人类似乎又发现了柔软书写的缺陷，那些绢和纸太过脆弱，无法抵御时光和风雨的侵袭。于是，人类又把目光投到了野外，急于寻找另外一些替代品。在众多坚硬的物质中，人与石头很快达成了一种默契，可以说是一拍即合，成就了一种能够与时间相抗衡的富有硬度的书写。

人类对于石头的依赖似乎与生俱来。那些花岗岩、青石板和石灰岩，质地坚硬，棱角分明，符合人类实用和审美的要求。因此，人生前和死后都少不了石头的身影。人活着时，造屋、铺路、垒园，甚至打架，都需要仰仗石头的帮助。大户人家甚至还延请一对石狮子为自己看家护院，为自己壮胆助威。人死了，则需要用石头给自己垒起一座牢固的坟墓，需要一块面目清冷的石头来承载自己在阳间行走的轨迹。石头就是这样一个坚硬而诚实的存在，它能够满足人追求流芳千古的意愿。好像没了石头的陪伴，人活着就少了一股硬朗的底气。

"广西山多"这句俗语耳熟能详。好像是说，广西别的东西都缺，就是不缺石头。对山，我素来是没有多少好感的，甚至有些厌恶和愤恨。因为它制造了太多的崎岖，束缚了我前行的脚步，切断了我远望的目光，挤压了我想象的空间。现如今，情形似乎发生了某些变化，我与石头似乎达成了某种和解。当年的厌恶与愤恨，变成了留恋、依赖和感激。唯一的理由是山上有一种穿越时空叮当作响的书写。

寻找这种富有硬度的书写，宜州算是个理想的去处。作为桂西北重镇，宜州历来是州府郡县的治所，也是历朝历代风流才俊、迁客骚人流连羁旅的地方。两千多年的置县历史，五湖四海的文脉汇聚，得天独厚的地理优势，使得它天赋异禀，魅力惊艳。而黄庭坚、徐霞客、郑献甫、石达开这些俊彦硕儒和英雄豪杰的身影,则给这块土地平添了一种余味悠长的韵致。

在宜州寻访碑刻,江左、短火、志国绝对是不错的搭档。作为同道中人,随便找到他们当中的任何一个,一天下来,你总有些意外的惊喜。

那天在北山,天下着蒙蒙细雨。我与江左、志国等一行六七人,每人手中撑着一把雨伞,努力地往上攀爬。蹬道的石块苔痕青青,遇雨之后异常湿滑。一行人走走停停,历尽艰辛才到达峰顶。顾不上歇息,我们登临高处,向下俯瞰。山下阡陌交通,田畴叠翠,红瓦白墙,若隐若现。云雾像一条条素色的丝带在山间来回飘荡,如临仙境。山风一吹,成团的白雾裹挟一股氤氲的乡野湿气扑面而来,把人团团裹住,久久不肯散去。在"骑云"石刻旁边的巨石上,我与志国仔细地察看那个方形的石窠和石窠底部清清浅浅的水,脑子里突然冒出"天圆地方"这几个充满着中国智慧的汉字来。

心思细密的江左带来了一本刚刚出版的《宜州历代石刻集》,每到一处,我们几个人头碰头地对其中的一些文字进行认真的校对,写写画画,修正其中的错漏之处。当无意间在一块残碑拓片上发现岳和声与"骑云"的密切关系时,众人脸上露出释然而满足的喜色。

在北山,我还体会到了一股飘飘的仙气。在我看来,能够"骑云"的一定是像陆禹臣这样的仙家,而非尘世中人。这个神仙,在唐朝的天河、宜山、思恩三地飞来飞去,传经布道。听说,为避黄巢之乱,还是凡夫俗子的他逃到了东岳,遇到道士轩辕弥明。道士把仙术教授给了他,并对他说:"你要想得道成仙,就必须到山穷水尽的地方去。"于是他便一路跋涉来到宜山的北山,开始漫长的修炼。他在山上种植永不凋谢的异桃灵药,给自己营造一个充斥着奇花异草的修仙环境,最后在思恩的修炼山上尸解,得道成仙,成就了从凡夫俗子到身跻仙班的宏愿。"世俗风波险,人情巧智长。要知安分事,修性本真常。"从他如此教训一个吴姓的天河县年轻人来看,他是真的得了道,成了仙的。有了陆禹臣这样的神仙,北山就有充足的理由叫作会仙山了。

而在南山,我遭遇了那个"花甲再周"的人瑞,以及与他有关的那个硕大的"寿"字。一个人活了很久,活到一百多岁,惊动了皇上,这绝对是件了不得的事。它让我想起家乡龙岸一座祠堂。在那里,我看到了这样一副对联:

十章衍圣言,凭方寸地侍九重天,万古讲观尊太学
一卷蓼莪诗,以八旬儿奉百岁母,几人羞寿养高堂

这是一副旨在弘扬崇文重孝的对联,写得纵贯古今,气势磅礴,读后令人感慨动容。它所表达的内容与南山那硕大的"寿"字有异曲同工之妙。面对这样的对联,我们需要平心静气,

需要举头仰望,需要双手合十。

在南山,我们还遭遇了这样一首诗:"边庭无事得游嬉,闲到南山小队随。六月洞前清侣水,桄榔风里自题诗。"诗的作者是张自明,就是"南楼丹霞"里的"丹霞"。与其有关的九龙山"丹霞遗蜕"石刻是宜州八景之一。诗中映射出来的那种散淡闲适一览无余,读之艳羡之情顿生。最为让人惊奇的是,诗自左往右书写,与通常的体例反着来,形制别致得有些调皮。

在宜州地面上找寻坚硬的书写也不都是顺风顺水,也曾出现一些"事故"。

那是个太阳如烈火燎烤一般的周末,我一个人驱车前往宜州,与事先约好的一群同好去野外寻访古碑。他们当中,有两鬓斑白的睿智长者,有风华正茂的学弟学妹,自然也有像我一样痴迷荒野文字的同道中人。一行人每人手里握着一瓶饮料或者矿泉水,打算冒着炎炎烈日,长距离徒步攀爬到一个半山腰上去寻找一块传说中的古碑。因为找不到上山的路,再加上脚力上的差别,一行人自然而然地分成了几个小组,一是便于寻找上山的路,二是为了相互间有个照应。我与短火一组,运气似乎比旁人更好一些,率先突破一个无人看守的园子篱笆,并顺利找到了上山的路。我们沿着弯曲狭窄而又陡峭的山路向上攀爬,沿途的荆棘和钩刺,仇人一般拉扯着我们的裤脚,划破我们的手臂,变着花样拦路。好不容易爬到了村民指示的洞口,找到了那块石碑。短火把手中仅剩一半的矿泉水全都泼到石碑上，并伸出手反复擦洗，试图从中读到一两个我们期待了大半天的文字。然而，遗憾的是，我们在石碑上一个字的影子也没找到。在我们唉声叹气的时候，后续的队伍也纷纷抵达，个个汗流浃背，气喘吁吁。他们以为我们有了什么新的发现，大呼小叫地围了过来。很快，他们的红扑扑的脸上便布满了沮丧、失望、愤懑的神色。好在山洞的宽敞和阴凉冲淡了众人的不快，他们纷纷摆着各种各样的姿势拍照，算是对刚才拼命攀登的一些补偿。

下山的时候，已是下午三时许，阳光依然很强烈，照得人东倒西歪。一行人垂头丧气，队形显得很松散，距离拉得很开。走到半道的时候，前方草丛里隐约出现一块黑黝黝的东西，看上去像是一块石碑。我急忙奔过去，拨开草丛一看，是一块电业部门竖在路边的水泥标志牌，上书两个字："有电！"众人见状，拊掌大笑，一路来的郁闷顿时一扫而光！

由于事前"定位"不准，类似这样冒着傻气的野外事故还接连发生了好几次，白白浪费了一整天的大好时光，叫人懊恼不已。有了这样几次无果的探寻经历，益发使人觉得，荒野行走，闲散地与那些流落荒野的文字对视，比在书斋里与外表光鲜的书本遭遇显得更为亲切，更为可靠。

对坚硬书写的探寻，作为本地人，罗城自然是一个绕不开的地方。而在罗城踏访，绝不能少了聋瞽兄。在很多走投无路的关键时刻,他能凭借其深厚的文史积淀和烂熟于胸的堪舆之学为你指条阳关道。

那天,为了帮助小楼兄寻找到那个叫徐衡绅的人,短火从宜州赶了过来。他甫一抵达即向哆啰岭进发。从上午九点开始,短火、小楼和我顶着炎炎烈日,围着一块石碑整整忙碌了几个小时,直到下午两点才宣告结束。按照事先的计划,吃完午饭,我们需要赶往乔善察看一下甘华义渡摩崖石刻。但由于为购置一把伸缩梯耗费了过多的时间,天色已晚,计划落空。商讨一番之后,我们决定第二天再重新会合,动身前往。

第二天,短火从宜州把容五带了过来,这样我们的队伍也壮大了一些。我们赶到乔善的时候,天已过午。甘华石刻在石壁的四五米高处,我们事先买来的伸缩梯还是太短。于是,我们向周边的村民求助。一个小兄弟用小货车拉来了更长的两架木梯,与原先的伸缩梯搭配使用,才勉强够着了石壁上的文字。但是由于在梯子上拓碑操作起来极不方便,危机四伏,再加上石壁上的文字实在太多,时间远远不够用。看着天色渐晚,我们只能极不情愿地收工。期待着下一次准备更为充足的行动。

尽管没有完成预期的工作,但"广行方便路,阴骘满乾坤""使闻者知为善之乐"这样一段文字,使我们依然体味到了古人的那一番良苦用心。这或多或少缓解了我们的失落情绪。

甘华义渡教人行善,而榜山题名则劝人向学。榜山在天河县衙东南面。山上有一处崖壁。古人说，从县衙望过去，它壁立千仞，"形如挂榜"。与周边的山相比，它略显矮小一些。清代时，官府曾在其顶上建有一座九层的文峰塔，以壮山势。时任天河知事刘宅俊，就是在上面甘华义渡石壁上题字的那个人，曾为此写了一篇《榜山建塔启》，详细记录了这一盛举。

那天，天气一如往常一样烈日炎炎。因为聋馨、宏韬和我三人均未到过。凭着志书中一句"榜山，县南三里"的点拨，聋馨兄拖着丰腴的身躯，爬上一个废弃的水箱顶上，利用堪舆之学，很快确定了方位。尽管如此，我们还是走偏了，跑到隔壁的一个村子。没办法，只能求助乡老。在村中老人的详细指点下，我们顺利地找到了大致的方位。来到村里，村民见来了客人，热情地邀请我们享用黄澄澄的枇杷。在交谈中，村民告知了我们确切的位置，并热情地为我们做向导。向上攀爬时，聋馨、荒唐两人都行进得极为缓慢。相较而言，我就"身轻如燕"了。不一会儿工夫，我就抵达了事先划定的区域。

石刻位于悬崖之上，崖壁前伸出一个仅容一人行走的狭长平台，活动起来险象环生。为了能够清楚地读到上面的文字，唯一的办法就是拍照。但因为距离太近，无法完整地拍到石壁上的文字。石壁前方没有任何可以凭借之物，所有的动作均无法施展。正在愁眉不展时，众人发现石刻下方有一个仅容得下双足的小小缝隙。于是，我把腿伸进缝隙里，身体仰卧，大半个身子向外悬空,仰着身子往上拍照,动作显得有些怪异。聋瞽在惊叹之余,把我拍照的古怪姿势拍了下来,发到微信群里,引来一片惊呼。

我们在这里看到了另一番人文景致。为了激励士子们发愤读书,道光年间,天河县令林光棣将明清历次科举乡会试进士举人的姓氏、考中时间,一一镌刻在榜山之上。在一旁类似于"前言"的题句里,他用"三元及第"的桂林陈继昌和庆远的冯京来作为榜样,激励天河学子发奋苦读,博取功名。"榜山石刻待知音"的美好期许,在这里得到了完美的表达。据当地上了年纪的村民说,每有士子考取功名,官府都要在县衙悬挂灯笼,张榜告示,以激励后人。

"山榜宏开同雁塔,先儒姓氏列高低。自从废却科名后,峭壁空悬不再题。"邑中先贤的诗句,让人读来不禁感慨唏嘘。

在野外踏访,一不小心就踏上了环江的土地。在那里,我看到了另外一种充满着张力的书写。在环江下南的凤腾山古墓群,那些精美的雕刻,那些重檐楼阁,那些美丽的传说,那些太阳、云朵、流水、神兽……无一不是对生命的一种不一样的阐释和呈现。石头在这里变得温顺和气,变得面目慈祥,变得生动活泼,变得虎虎有生气。它们合力驱散了死亡带来的抑郁和哀伤。在明伦的北宋牌坊,那嘚嘚的马蹄声和令人胆寒的刀光剑影,让人感受到的是人生的无常和世事的沧桑。甚至你还能感受到一种信仰、一份坚持、一种守望。自然的,在山高谷深的牛角寨,幽幽爽爽的风带动了迷蒙的水汽,也带动着你的思绪向天际飞翔。在那里,风的流动、水的跌落、树的摇曳,都是一种别样的虚空而缥缈的书写。流水潺潺中,你或许就是其中的一个字、一幅画、一首诗。

玉在山而草木润,渊生珠而崖不枯。大概是有了那些文字的滋养,一方山水才变得如此生动活泼,珠圆玉润。面对那些散居荒野的文字,我一直在想,那些野外的石刻或碑刻是不是上天为人类打开的另一本大书?是不是人类另一种松散而隐秘的书写?那些光滑的石质表面,是不是人类想象力自由滑翔的阔大空间?那些隐藏在树林草丛中的书写是不是人类一种无法卸载的特别表达?

古人有云:"世运之明晦,人才之盛衰,其表在政,其里在学。"古代官吏每到一个地方任职,首要的事务就是修文庙、兴学宫、振文脉。这似乎形成了一个定式,无需旁人提醒,更不需要长官的检查和督促。

行走在寄居荒野的汉字笔画间,你都能清晰地听到那穿越千年的金石之声,且不得不肃整衣冠,轻声细语,以免惊动它们脆弱的魂灵。

那天,在一处记录黉宫落成的石刻中,我读到了这样两句诗:"坐令夷俗变,髦士登蓬瀛。"顿时喜形于色,激动莫名。

五山走马

"有个男人贩卖叫卖声和话语,他的生意不错,尽管常常有人讨价还价……"述强兄那熟悉的龙岸腔桂柳话再次在耳畔响起。这次他读的是阿根廷的科塔萨尔。

近两年,述强兄新添了几样雅兴。操桂柳话诵读文学经典只是其中的一种,味道很是特别。每次夤夜诵读,他都用手机录下来,或隔空与人分享,或当面围坐品评。如此一来,一人诵读即变成了众人诵读,一份享用也就变成了多人共享。

他是什么都不愿一人独享的,有如佛的布施,无关风月,勿论贵贱。正因如此,他的身边总是环绕着几个远离尘嚣的雅人。

两年前的七月,我们一行九人,怀揣着一份好奇和向往,天一放亮即动身,驱车向南天更南处进发,奔赴一场边境的约会。八个小时的车程在阵阵欢声笑语中显得并不那么漫长。述强兄是一个称职的向导。一路上他以不容置疑的语音提示为滚烫的车轮精确制导。轿车行进的速度和效率,连那悬挂在头顶上的太阳都显得有些艳羡,不时在天空中排布一团团灰褐色的云朵,捎来一丝丝极为难得的阴凉。以至于下午三点抵达五山之时,尽管历经舟车劳顿,每个人的脸上却都洋溢着樱桃一般明艳的神色。

新茗是我们在三合寻访的第一站。去往村子的山道曲曲弯弯,有些地段的水泥路尚未修好,坑坑洼洼,一路颠簸,行进得并不顺畅。山道两旁都是枝叶繁茂、苍翠欲滴的乔木,颇为养眼。中间似乎还夹杂着为数不少的八角树,缀满了青涩的八角果子,让人隐约嗅到了它们为期不远的馥郁芬芳。

抵达山坳里那个小小的村子时,热情的村民已在村道两旁迎候。我们急不可耐地从车上卸下随同我们千里颠簸的液晶电视机,直奔事先约定好的农家。在那座低矮昏暗的砖瓦房里,我们遭遇了一双被岁月磨蚀得暗淡混浊的眼睛。与那样的眼睛对视,就是铁石心肠的人心底也会迅疾泛起一种把它刷明刷亮的冲动。尽管在出发之前,述强兄已经用一种因为动情而明显弹跳着的语气,对这母子凋敝的生活图景进行了层层叠叠的描述,但当众人真正面对这双眼睛时,每一颗脆弱的心脏依然在急剧地抽搐。

我们托人在集市购置了一套卫星电视信号地面接收机,现场进行安装调试。因为都是生手,我们鼓捣了很长时间。当电视屏幕上终于跳出清晰的画面时,低矮逼仄的泥瓦房里顿时爆发出震荡山谷的欢呼声。让人大感意外的是,在大伙儿手忙脚乱的时候,那位年迈的头发蓬乱的母亲一直远远地歪在墙角,深埋着头,一言不发,两眼空洞,满脸茫然。眼前的一切似乎都与她无关。见此情形,同行的文友三三两两地围坐在老妇身旁,试图与她进行简短的交流,给予其必要的慰藉。由于言语不通,老妇听不明白这些情谊浓浓的普通话,只是一味地用她那枯枝一般的双手抹着不停流淌的眼泪,表明她读懂了与己有关的某种关切。而当文友们往她手里塞着一张张百元钞票时,老妇一下子大放悲声,本来就很瘦小的身子蜷缩成了一只干瘪的布袋子,委顿在那墙灰四处剥落的泥墙根下……

安顿好老妇后,我们马不停蹄,赶往一个名叫凛屯的村子。那是我们堆满了粮草的驿站。或许是在新茗耽搁了太久,一行人到达凛屯的时候,已是夜幕四合、饥肠辘辘了。放眼望去,四周都是黑黑的一团,分不清哪里是古树、哪里是小山。

借助手机微弱的光亮,我们看清了前来迎接的主人。他们当中,有乡领导,也有村干部(这些人后来都成为我们远方的朋友)。他们把我们引到了一个地下室一般的厨房里,开始了我们在边境的晚餐。

或许是被新茗那股压抑的气氛围裹着的缘故,那顿饭我们吃得有点儿心不在焉,尽管主人是那么的热情,那么的周到。向来嗅觉敏锐的述强兄似乎从众人的虚与委蛇中窥见了些许端倪,他率先高高地举起了满满的酒杯,发了一通暖意融融的感言。之后,主客双方一饮而尽,算是晚宴意犹未尽的收尾。

从凛屯出来后,我们又驱车来到了一个叫念笃的村子。之所以要来这个偏僻的山村,是因为这里有一个名叫"三天两夜"的洞穴。众文友大多是从小在山里摸爬滚打过的,对洞穴之类的东西再也熟稔不过,对于一处山洞能幻化出"三天两夜"的奇景,多多少少是心存疑惑的。但从述强兄对那名扬四海的德天瀑布和新晋的名仕田园不置一词的情态看,想必又是有些许看头的。

"三天两夜"的得名,据说是缘于洞穴内明暗的变化。人走在曲曲折折的洞穴之中,明暗更迭,像是穿越了三个白天和两个夜晚,心中升腾起一种如行梦中的奇妙感觉。然而,遗憾的是,我们的到来是在夜晚,"三天两夜"生生地从中间断为两截,"三天"自然是无法体验了,"两夜"也只剩下黑魆魆的"一夜",连一丁点儿的星光也未能窥视到。

"三天两夜"没遇上,倒是那些习惯白天蛰伏、暗夜行动的小动物,成了我们手机招呼和关照的对象。每遭遇一只造型别致、颜色鲜艳的小动物,所有人即刻欢呼雀跃,争先恐后地为它们留下珍贵的影像。

述强兄在两年多驻村的日子里,渐渐学会了苦中寻乐。在五山的日子里，除了旷日持久的阅读和诚惶诚恐的帮扶之外，他另外一项"工作"就是为各种各样的小虫子拍照，且乐此不疲，似乎每一只小虫子都是他的故友新朋，非给它们拍照留影不可。我估算了一下，两年多来，他光是在五山大地上所拍到的飞蛾约莫就不下三四百种。这些身披天光水色的虫子成了他与大自然亲近的心灵通道。他不仅自己拍，还四处收罗散落天涯的文友们的"劳动成果"。一旦在微信上发现宝贝，便百般哀求文友们"忍痛割爱"，好让他收入自己囊中，大有少了这些虫子的陪伴，这日子就没法过下去的意思。

平心而论，述强兄所拍的飞蛾，绝对是大自然赠予人类的珍贵礼物，如珍珠玛瑙般色彩斑斓。似乎少了它们的存在，这世界便会黯然失色，了无一丁点儿生机和情趣。

时光飞逝，白云苍狗。很多人事都在急遽更迭变幻，唯有曾经许诺过的事让人日夜挂怀。于是在两年之后，便有了我们再一次义无反顾的五山之行。

在五人团队中，除了我之外，其余四位都是第一次踏上五山的土地，兴奋与忐忑溢于言表。

阳春三月，草色茵茵；漫山遍野，流光溢彩。进入南宁地界，公路两旁，一株株盛开的木棉犹如一把把火炬在热烈燃烧，映照着南面的天空。穿行在这样的季节里，如沐春风，周身舒泰。一路顺风顺水，一行人心情大好。江左兄戏言："我们选对了出门的时辰。"话音刚落，众人即刻为之倾倒。

我们这次远行，是要送一块碑——一块承载着太多歉意的石碑。

上一次的五山之行，在临别的那个清晨，我们告诉述强兄，希望能够在五山留下罗城文友行走的印记。述强兄心领神会，在最短的时间内为我们寻找到了一处溪流，极小，但清澈明亮，像极了孩子的眼睛。于是，众人议定为凛屯百姓建一个浣洗的码头。码头的规模并不大，但仅凭我们九个人的力量似乎有点儿捉襟见肘。抱着试一试的心态，我们在文学微信群里发了一个小小的倡议，希望文友们能够伸出援手，为多年来固守边疆的远方百姓做一件善事。本不期待有什么奇迹出现，没想到一呼百应，在短短的时间内就筹集到了足够的善款。接下来的事情水到渠成，码头在最短的时间内建成了。述强兄兴奋异常，发来了清流汩汩的码头图片和凛屯群众浣衣洗菜的动人场景，让我们着实兴奋了好几天。

兴许是当地群众的提议，述强兄让我们把参与筹款文友的名单发给他，说是要立一石碑，铭记罗城文友的善举与功德。为此他还写了两首诗交给我们评点，说是取得一致意见后一同刻在石碑上。记得其中的一首是："凛屯有古榕，风雨化青虹。罗邑文心系，清波涌不穷。"这首诗短小精悍，意蕴丰沛，得到众文友的一致认可。后来，这首诗镌刻在凛屯码头的碑记上，成为一段温暖如春的美谈。

让人万分懊恼的是,碑刻完成之后,众人用心一读,真切地感受到了什么叫作透心凉。原来在"捐资名单如下"六个字当中,居然错了一个字:"如"刻成了"加","如下"便成了"加下"!都说文人有一双火眼金睛,却在一个小小的"如"字面前败下阵来,叫人扼腕。后来有人安慰说,国家在印刷人民币的时候都还有错币,我们这些凡夫俗子也概莫能外。错就错了,就当它是镶嵌在五山大地上的一张"错币"吧!

那个小小的码头修好后,大新县民族事务局领导到过码头察看,很赞赏这样的义举,随后立马拨款四十万元,把码头两头的水沟都硬化靓化了,一条数百米长的凛屯水渠便蜿蜒在众人眼前。真是"种下芝麻,结出黄瓜"。这大概是五山给我们这些远道而来的客人送来的最为珍贵的礼物了。伫立在流水潺潺的码头边上,我在心里不停地默念:阿弥陀佛!善哉!善哉!

在五山的贴地行走,逗留时间之短,几可用"走马观花"来状述。在来去匆匆的行程中,这里山水明净,风物斑斓,像一块吸力强大的磁铁,紧紧地把人黏住,容不得你抗议和挣脱。

记得第一次挥别五山时,述强兄给我们吟了几首赠别诗,别的大多没有多少印象了,只记得其中的两句:"念笃夜行别有味,细斟泉水梦中甜。"与那块肩负使命的石碑一样,这两句诗可以道出我们的心声。

"拉住你的手,这样的夜晚才不会迷路!"在这篇短文行将收尾的时候,脑子里突然冒出述强兄一篇文章的名字。它好像说出了我们来不及说出的话。

倘若有机会再赴五山,我一定会拉上山神,举着火把,一同穿越那明明灭灭的"三天两夜",给那个空寂的夜晚缀上些许明亮的星光。

享誉文坛的"罗城三老表"

在广西罗城,有三个人的文名很响。一个是周钢鸣(1909—1981),一个是曾敏之(1917—2015),再有一个就是何启谞(1906—1978)。只不过,前两位早已名声在外,几十年前即进入了中国文坛的"名人堂",享誉海内外。而对于命运多舛、埋没乡间的何启谞,人们却知之甚少。三人之间的表兄弟关系更是鲜为人知。

五羊风月吟新句

周钢鸣祖籍福建,世居福建上杭县,宋时举家迁漳州平和县。祖上姓黄,后来不知是何原因改姓周。族谱给出的说法是黄家历代人丁凋敝,六代单传,改姓周后即发六房,从此"螽斯绳蛰",人丁兴旺。十五世祖周士堂于清嘉庆初年举家由福建迁到"粤西柳江",最后在罗城龙岸落脚。"年深月影由吾影,身见他乡即故乡。"周氏族谱上的这两句诗,透射出了周氏先祖在颠沛流离中乐观豁达的人生态度。

周家的房梁上至今仍然悬挂着一块"彤管扬辉"的牌匾,这是光绪二十二年(1896)广西提督学政奖给周家的"荣誉证书"。这块匾是奖给周士堂的嫡配夫人蒙氏的。"彤管"一词出自《诗经·邶风·静女》,指的是古代女史用以记事的杆身漆朱的笔,后用来指称女子的文墨之事。这块匾额明确告诉我们,周家祖上的女辈是有德的,且儿孙功名显赫。

周钢鸣就出生在这个家学渊源悠远的家庭。祖父周振洛,父亲周岱京(谱名家祥),叔父周家祯(即周华甫,后改名华武),都是当地名振一时的儒生。周家子弟除了通过科举入仕,还世代行医,悬壶济世。周华甫于民国十五年(1926)赴融安县广济堂行医。民国二十六年(1937)应县长林仰文之邀,回到罗城开办中医研究所(所址在东西街)并任所长,是名震当时的一代名医。

细说起来,改变周钢鸣一生命运的是音乐。据说,一九二五年北伐军北上经过龙岸时,一个师长(也有说是团长)颇通音律,听闻周岱京亦精于此道,便与之切磋,互为知音,有相见恨晚之慨。当时,周钢鸣十六岁,长得俊雅清逸。父亲与师长叙谈切磋时,周钢鸣陪侍于侧,举止大方得体,颇得师长赏识。部队开拔时,师长便带上了周钢鸣,从此开启了后者险象环生而又异彩纷呈的别样人生。

一九二九年蒋桂战争时周钢鸣脱离军队,赶赴上海,并于一九三二年加入左翼作家联盟外围文艺团体——中国文联,创办《社会生活》杂志;一九三三年正式加入左翼作家联盟;一九三四年加入中国共产党,同年任《大美晚报·文化街》周刊特约记者、《生活知识》编委,开始发表散文、速写和文艺评论等作品。一九三六年鲁迅逝世时,怀着对先生的景仰之情,周钢鸣给为鲁迅出殡的人们写了一首送葬歌词《哀悼鲁迅先生》。

二十世纪三十年代,上海的抗日救亡歌咏运动波澜壮阔。据《救亡进行曲》的曲作者孙慎回忆,当时的上海有很多的民间救亡歌咏团体,最为著名的是吕骥领导的业余合唱团。合唱团成员在吕骥的指导下学习创作群众歌曲,并经常到群众歌咏团体和工人夜校中教唱救亡歌曲。

一九三六年,吕骥和孙师毅发起组织了一个歌曲研究会,创作救亡歌曲。周钢鸣当时是《救亡日报》的记者,也是此歌曲研究会的成员。当时,全国各地抗日救亡运动如火如荼,人们急需一首能够在街头游行时表达抗日诉求,鼓舞人民大众的救亡歌曲,以期"用歌咏作为组织群众走向革命的武器"。《救亡进行曲》就是在这样的大背景下由"歌曲研究会"组织创作出来的。周钢鸣《救亡进行曲》的词作一经拿出,立即引起了年仅二十岁的孙慎的强烈共鸣,那昂扬激越的旋律瞬间一挥而就。

《救亡进行曲》与诞生于一九三五年的《义勇军进行曲》一

起成为抗战歌曲的姊妹篇。在这首《救亡进行曲》里,周钢鸣这样写道:"工农兵学商,一齐来救亡……"适时而准确地表达了"天下兴亡,匹夫有责"的责任担当和爱国情怀,一时间响彻大江南北,极大地鼓舞了中国人民的抗日士气。一九三六年四月,这首歌在《生活知识》的《国防音乐特辑》发表后,迅速流行全国,成为抗日救亡运动中最具代表性的歌曲之一,几乎成了抗日救亡的代名词。中华人民共和国成立后,这首歌又被用作电影《青春之歌》的插曲,再次传唱神州大地。时至今日,当《救亡进行曲》的歌声响起时,人们依然会热血沸腾,激情澎湃,仿佛回到那战火纷飞、豪情万丈的峥嵘岁月。

一九三八年周钢鸣随《救亡日报》迁到桂林,与田汉、郭沫若等名家参加一系列抗日救亡活动;一九四四年日军进攻湘桂时离桂赴港;在桂近六年间,先后任《救亡日报》记者兼采访主任、广西地方建设干部学校指导员、中华全国文艺界抗敌协会桂林分会理事、《人世间》杂志主编。其间,周钢鸣着手创作揭露封建婚姻制度罪恶的长篇小说《浮沉》,可惜由于时局动荡,没有完成最后的写作。

《救亡进行曲》奠定了周钢鸣辉煌人生的第一块基石,而在广州和香港,他完成了一次华丽的转身。在广州,他主编政治评论刊物《国民》。在香港,他编辑《文艺丛刊》。中华人民共和国成立后,他一度回到广西,担任当时的广西省文化局局长和第一届文联主席。不久之后,他被组织调到广东,担任广东省文联副主席和广东作家协会副主席、党组书记。其间,他创办了《作品》杂志并任主编。"文革"中,周钢鸣受到冲击,身心备受摧残,但他以"宝剑常磨更放光"的乐观态度,始终保持着坚定的信念和高洁的品质,直到一九八一年去世。

"年逾花甲劲犹雄,饱经骤雨与狂风。少年束发寻真理,皓首掏心铸大钟。红黑是非须辨别,忠奸邪正岂淆同?真钢喜得回炉炼,誓为红旗再建功。"从这首写在中华人民共和国成立三十周年的自勉诗,我们似乎能够触摸到周钢鸣那颗火红滚烫的心。

有一件往事不得不提。据说,周钢鸣的侄儿周颂诗(乳名冬元)在"文革"期间曾赴广州探望叔父。周钢鸣彼时已被划为右派,见侄儿不畏艰险,千里迢迢前来探视,感慨万分之余颇感羞愧。自己除了满屋的藏书之外,身无长物。听说侄儿好读诗书,于是便赠送侄儿一批书籍。这是他唯一拿得出手的东西了。然而,让人不解的是,周钢鸣还赠送给侄儿一套美国进口的理发用具!书籍和理发用具本来是两样不搭界的东西,却在那个特殊的年代不可思议地走到了一起,共同见证了一个耐人寻味的历史事件,不能不说是一桩奇闻。多年之后,人们才体会到了周钢鸣的良苦用心。原来,周钢鸣考虑到从广州至罗城路途遥远,为了不让侄儿在返乡路上倒毙,才以此谋生之物相赠,以备侄儿沿途糊口之需。果然,身无分文的周颂诗,靠着叔父赠送的这一套理发用具,一路替人理发,赚取每天的口粮,才得以顺利回到家乡。让人叹息的是,这个聪明伶俐、一心向学的周颂诗,在"文革"期间遭人陷害,被抛尸荒野,给那个荒唐的岁月留下一个悲怆的身影。

近日,笔者在龙岸街周钢鸣老家采访,遇到了一位七十三岁的贝姓老人。从这位老人口中,我们惊讶地得知,周钢鸣有一个曾姓初恋情人,从小与周青梅竹马。但曾家嫌周家贫寒,不同意姑娘与周钢鸣交往,并暗中将曾姑娘许配给融水县一个家道殷实的人家。那年,周钢鸣随军离开家乡后,曾姑娘誓死抗婚,非周不嫁,此后吃斋念佛,孤苦终老。人到中年的曾姑娘念念不忘周钢鸣,在赠给周钢鸣的一首题照诗中如此敞开心扉:"独坐寒闺信苦凄,枉遭挫折尽人知。飘零似我犹相对,恨海能填待何时?"清丽而幽怨的文字令人动容。

听说,一九八一年周钢鸣去世时,这位倔强的曾姑娘带着定情信物赶赴广州为周钢鸣送行,让世人共同见证二人的坚贞爱情。这一惊世骇俗的举动,令所有在场的人唏嘘哽咽不已。这段早年的感情波澜,与周钢鸣当年写作的小说《浮沉》是否有某种可能的联系,只能任人们揣测评说了。

周钢鸣老屋所在的这条街原来叫康泰街,二十世纪七十年代曾一度改为"红卫街"。中华人民共和国成立前,周钢鸣的祖上一直是贝家固定的房东。周家的老屋原来是一座进深很长的条形砖瓦结构房子,他就在这里出生和成长。周钢鸣父母去世后,老屋被无奈抛售。贝先生于一九八〇年将其购入,并予以拆除重建,新建房屋无复当年古朴敦厚的味道。

让人欣慰的是,在周钢鸣在金鸡屯的另一座祖屋里,我们在香火台上找到了两幅竹雕的壁联,一曰"夏云奇峰,春水回泽",一曰"学如不及,业精于勤"。此外,我们还发现了一方被墨汁濡染,显得有些破旧的砚台。壁联上的文字化自颜体,为书法上品。而那方砚台,则依然散发着幽古醇酽的缕缕墨香。

敢遣春温上笔端

与周钢鸣一样,曾敏之自小也聪明伶俐,气宇轩昂。他祖籍广东梅县,在广西罗城出生、成长。在十五岁的小小年纪就担任了三江县梅寨小学校长,算是当时地方上出类拔萃的人物。

一九三四年,曾敏之来到广州,半工半读。后来,他经香港辗转到广西,在桂林从事文艺工作,其间结识了巴金、茅盾等文学名家,并独家采访了桂系将领白崇禧。一九四一年到柳州任《柳州日报》采访主任兼《草原》副刊编辑,并出版了个人首部文集《拾荒集》。一九四二年经好友陈凡推荐,在柳州加入《大公报》。一九四六年于雾都重庆两度夜访周恩来,写成并发表长篇专访《十年谈判老了周恩来》,并被上海《文萃》全文转载,轰动一时。随后,西南联大发生闻一多被枪杀的惨案,他在《大公报》

上发表《闻一多的道路》，再次引起巨大反响。一九四七年五月，他被国民党当局逮捕下狱，后经《大公报》同仁以论评抗议和文化界人士营救才得以出狱。是年，他南下广州筹办香港《大公报》，不久即赴港主编《大公报》华南版；一九五〇年奉命调回广州，任香港《大公报》《文汇报》、中国新闻社驻广州联合办事处主任；一九五七年夏被划为"右派"，一九五九年调入广东作家协会，一九六〇年任暨南大学教授；"文革"爆发后被关进牛棚；一九七〇年暨南大学撤销后，入华南师范大学任教；一九七八年再次奉命调往香港，先后任《文汇报》副总编辑、代总编辑，兼任《文艺》周刊主编；一九八八年创办香港作家联合会，并任首任会长；二〇〇三年七月，获香港特别行政区政府荣誉勋章。

曾敏之身上环绕着无数的光环。然而，细心品味，穿越烽火硝烟，尝遍人生苦难的曾敏之，这一路走来，有荣光，也有沮丧；有欢乐，也有哀伤。

曾敏之留给世人最深刻的记忆是，他是中国记者报道周恩来的第一人。

抗日战争胜利后，国民党政府迁回首都南京。但是在如何建设国家这个问题上，国共两党产生了分歧。于是，一九四六年国共两党在雾都重庆召开政治协商会议，共商建国方略。民主人士梁漱溟、罗隆基也参加了此次会议。作为《大公报》特派记者的曾敏之参加了采访，并在会议期间认识了周恩来。

我们平常说一个人的本事大，能做常人看来根本做不了的事时，总是会说"如有神助"。曾敏之的身边就有这样的"神"，而且不止一个。他有两个朋友，一个是宋平，时任周恩来的政治秘书；一个是章文晋，时任周恩来的外事秘书。一天，曾敏之给宋平和章文晋打电话，表达了采访周恩来的意愿。

在两位铁杆哥们的全力斡旋下，曾敏之采访到了周恩来，成了中国记者采访周恩来的第一人。

曾敏之这样描述那天的周恩来："当年他五十岁，穿了套新的蓝色中山装，胡子刮得很光。他讲话，你记录下来就是一篇文章。他擅长辞令，分析问题逻辑性、条理性、远瞻性都具备……"几十年后，我们读到这样的文字依然可以感受到周恩来超凡脱俗的迷人风采。

曾敏之晚年回忆当年情景时说，当年的采访他并没有做笔记，而是靠着强悍的记忆力完成整个谈话的记录和写作。因为他觉得，采访过程做记录会自觉或不自觉地中途打岔，影响采访对象的情绪！采访一结束，他马上跑回住所，把谈话的内容记录下来。连续两晚上都是如此。

当年的《大公报》秉持"四不"（不党、不卖、不私、不盲）的办报理念，是当时全国最具权威性的报纸之一。主持报纸的两位"主心骨"之一的张季鸾，是"评论的天才"（曾敏之语），以秉笔直书、不畏权贵闻名士林。作为《大公报》的特派记者，曾敏之自然也继承了报纸的这一血统。他以一个第三者的立场和眼光，将人物的性格和命运置于广阔的社会大背景中，从宏大的叙事中攫取人性的光辉，让时代的滚滚洪流与个人命运融汇在一起，从而多层次、多侧面地展现人生沉浮，借以折射时代的雨雪风霜，具有历史的纵深感和岁月的沧桑感。

《十年谈判老了周恩来》这篇七千余字的长篇人物专访，从宏大的视角观照历史与现实，描绘了一代伟人在民族危急之时鞠躬尽瘁的光辉形象，突破了平常意义上人物专访的内涵，引起了广大读者的强烈共鸣。正因如此，这篇文章后来被收录于《中国现代报告文学大系》，在几十年后的今天依然散发着它特有的光芒。

据说，在第二个晚上访问结束的时候，周恩来拿来一张白纸为青年记者曾敏之题字，作为离渝去京前的临别赠言："人是应该有理想的，没有理想的生活会变成盲目。到人民中去生活，才能取得经验，学习到本事，这就是生活实践的意义。"

真是情也殷殷，其意也切切。

曾敏之自幼好读诗书，特别喜欢诵读唐诗，用唐人的诗句滋养自己的人生。据说，在他的身边一直放着一部砖头一样厚重的《全唐诗》，以便随时翻阅。具有诗人气质的曾敏之，所作的诗文，无论是叙事，还是怀人，都饱含着浓郁的抒情意味和深刻的人生体悟。

如其所言,他老屋所在的小镇郊外有一个平桥塘,幽碧的潭水之上横架一座小平桥。曾敏之曾在他的一篇名为《桥》的散文名篇中满怀深情地写道:"站在桥上,双臂高举,'扑通'一声,跳下深潭之中……"这些散发着乡野气息的文字,其间跳荡着的是浓浓的乡情和无尽的乡恋。

阔别四十余年后,曾敏之回到了家乡。面对宁静的田园、婉约的溪水和古朴的民风,浪游半生的曾敏之文思泉涌,抒发怀乡之情:

> 休问浮沉身外事,且衔哀乐手中杯。
>
> 多情自有平桥水,照得天涯浪子回。

之后,步入暮年的曾敏之每次回乡,都想方设法与家乡的文人做一次次久别之后的短聚,用那历经沧桑的双眸凝视故土的一草一木,用颤抖的双手轻扣老屋布满岁月痕迹的门扇、窗棂和青石。当然,他的脚步也会朝着东风街58号的方向而去。因为那里珍藏着他十七岁以前的生命记忆。在那里,他听到了熟悉的乡音,找到了童年的足迹,释放了喷涌的乡愁。此外,他对坚守这片热土的晚生后学耳提面命,期待他们能够追寻前辈们的足迹,薪火相传,上下求索,延续那股绵绵不绝的书香。

晚年的曾敏之,秉持着文人的古道热肠,把深邃的目光投向长空碧海，以耄耋高龄往返于香港与广州两地之间，竭尽全力推动香港文学及世界华文文学的繁荣和发展。二〇〇三年七月，香港特别行政区政府给他颁发了荣誉勋章，以表彰他在推介港台及海外华文文学作品和促进海峡两岸文化交流方面做出的积极贡献。

闲暇之时，曾敏之也会练练字、听听音乐、打打麻将、写写文章，并给自己起了一个让人浮想联翩的笔名"望云"，从容淡定地进入一种"难得旷怀观万物，最宜适趣览群书"的超然境界。

现如今，人们走过狭小逼仄的黄金街，稍加留意，便可在狮子山生态公园的大门上看到一幅曾敏之亲手撰写的对联：

狮山园艺葱茏最宜劳逸游憩
生态文物荟萃共珍乡国风光

曾先生对故土的那颗拳拳之心，伴随着古老文场的悠扬琴音，直抵人心，让人久久不能忘怀……

与子同唱大江东

与周钢鸣、曾敏之两位表弟"裘马轻肥"的人生际遇不同，何启谓的一生就显得沉寂许多。何启谓一生绝大部分时光都用在了地方的教育事业上，即使间或外出谋生，也是极为短暂的。但从他与两个表弟的交游唱和中依然能够窥视到他身上特有的人文情结和文学光芒。

现在熟知他们关系的乡人在谈到周钢鸣和曾敏之时，同样会自然而然地提到何启谓，并为他无处施展的惊世才华而扼腕叹息。在乡人眼中，何启谓的才华并不在周、何两位表弟之下，只是身怀璞玉人未识罢了。

细论起来，三个人的年纪相差无几，成长环境也差不多。然而造化弄人，个人的际遇在某个人生阶段发生了变化，呈现出迥异的人生景致。

一九三四年，何启谓怀着"与子同唱大江东"的豪情壮志，应周钢鸣之约前往十里洋场的大上海。行前，何启谓辗转反侧，激动万分，吟诗一首："隐隐春雷惊蛰梦，萧萧斑马去乡关。此行为脱樊笼苦，海阔天空出万山。"吐露了蛰居乡间的苦闷之情和对未来人生的美好遐想。然而，何启谓的运气实在太差，他在黄浦江边昼夜徘徊，苦苦寻觅，始终没能发现周钢鸣那无比熟悉的身影。此时的周钢鸣，因为身处险境，已隐匿别处，无奈爽约。只身前来的何启谓，只能慨叹自己时运不济。

古人云："失之东隅，收之桑榆。"一九三五年，无法在上海一展身手的何启谓，失落苦闷自不必说。然而，他的家乡并没有忘记这个郁郁不得志的乡间才子。双脚刚刚踏上故土，他便遭逢了百年不遇的良机——主笔编纂《罗城县志》。他殚精竭虑，夙夜在公，全身心投入家乡这一文化盛典的编修工作。在短短的十个月内完成了修志盛举，给自己扁平的人生添上了流光溢彩的一笔。

修志毕竟是一件令人诚惶诚恐、如履薄冰的事情，一不小心就会落下骂名。作为读书人的何启谞自然明白其中的道理。在县志编纂完成之后，他有感而发，写了一首题为《编余》的诗，道出了不能释怀的惶恐和不安：

> 昕夕相将事校雠，南天木落忽惊秋。
>
> 百年坠绪难为续，历劫残篇未易修。
>
> 旁采轶闻咨故老，广搜文献绍风流。
>
> 速成此亦同元史，生恐名山笑我俦。

今天，品读这本县志时，我们眼前仿佛依然晃动着何启谞伏案奋笔的瘦削身影。

富有诗才的三个表兄弟，在悠长的岁月里经常唱和，留下了一段耐人咀嚼的文坛佳话。据说，二十世纪三十年代曾敏之从广州回乡，何启谞曾延请表弟到家中叙谈。际遇的殊异，让兄弟俩感慨唏嘘。多年之后，曾敏之忆及此事："践约轻装此日欢，唏嘘重见鬓毛斑。春宵脉脉亲情暖，世路迢迢客梦寒。丁令昔曾嗟故国,刘郎今亦烂柯山。漫言后会知何期,且尽樽前少聚欢。"温暖与苦寒,欢娱和落寞,腾达与蹇滞,相伴相生,让人无语凝噎。

抗日战争时期,何启谓短期寓居桂林,曾与曾敏之敞开怀抱,契阔谈宴。随后曾敏之回乡省亲,何启谓以诗相赠:"同是客天涯。君归我未归。言多翻无语,漓水空依依。"状述了兄弟久别重逢、惺惺相惜和意绪难平的手足之情。

一九六四年,囊中羞涩、深居简出的何启谓应周钢鸣、曾敏之表弟二人之邀前往广州相聚。此前,何启谓曾辗转于广州、香港两地,此番重游羊城,心有所思,不禁感慨万千。抵达广州时,他诗兴勃发,赋诗一首:"荔子丹残蕉又黄,岭南重聚话沧桑。轻肥二弟皆裘马,我独萧然两鬓霜。"把兄弟居庙堂之高和自己处江湖之远的人生感慨表达得淋漓尽致。

而在另外一首即兴所作的诗中,何启谓写道:"愧我平生无一长,钓舟烟水老沧江。珠江幸遂重游愿,剪烛何期话异乡。欲罄离情惊夜短,感多借酒助诗狂。明朝又是归轮别,凉月从今两地光。"时代变迁、世事沧桑溢于笔端,令人哽咽。

最后来说一说何启谓那本历经磨难的《雪鸿诗稿》。

一九九〇年,笔者的高中同学何述强到龙岸街了解周钢鸣旧事,听街上老人讲,何启谓有一本《雪鸿诗稿》。他这才知道有这本书的存在。经过多方探访,他惊讶地得知,二十世纪六十年代，为了让更多的人欣赏到何启谓卓尔不群的诗才，周钢鸣和曾敏之将何启谓的诗结集，取名《雪鸿诗稿》，并在广州付印。然而，限于当时的条件，诗集为油印版且印数极少，听说只有区区 30 册，颇为珍贵。这也为诗集后来的坎坷命运埋下了伏笔。

这条信息如同一道闪电划过漆黑浩渺的夜空，照亮了一个文人敏感而又温热的心。从那以后，何述强就特别留意何启谓这个人，并四处访求其诗作，但收获甚微。有一天，罗城文化馆退休老馆长梁瑞光老师拄着拐杖到县教育局找何述强聊天，言谈中偶然谈及何启谓以及那本传说中的《雪鸿诗稿》。梁老师这才猛然想起，他在龙岸中学教书时，何启谓曾赠给他一本。但那本油印诗集现在哪里，是否还能顺利找到，梁老师心中也没有底。

何述强当即扶着"车灯已坏"（梁老师戏谑之语，意即目盲）的梁老师回到他在罗城文化馆的宿舍。双脚一踏进家门，梁老师立马摸摸索索地直奔他光线十分幽暗的房间，指着屋角一大堆散发着霉味儿的旧书废纸对何述强说："要在，就在这一堆里面！"何述强便蹲在地板上，一本书一本书、一张纸一张纸地检视，房间里迅速腾起一股股散发着霉味儿的白雾。终于，在旧书堆的最底层，一个最贴近土地的地方，何述强找到了那本深蓝色油墨印的《雪鸿诗稿》。轻轻翻开，一股沁人心脾的幽香扑鼻而来。

罗城诗坛耆宿陈庆华老先生在读完了何述强送来的《雪鸿诗稿》后,赞叹不已,当即赋诗二首。一曰:"才人蹇滞晦名山,剑气书香散九泉。诗海遗珠终不没,雪泥鸿爪印骚坛。"一曰:"为脱樊笼出万山,诗情豪气满乡关。《雪鸿》一卷堪名世,风雅合留天地间。"

就这样,几近湮没的《雪鸿诗稿》重见天日,何启谓和他的诗作再一次回归人们的视野。

《雪鸿诗稿》的完璧回归,小而言之是个人之幸,大而言之是文学之幸。

此番景象,倘若启谓先生地下有知,他那孤寂而落寞的诗魂能否得到些许慰藉?

在周、曾、何三老表身上,我们隐约地感受到了罗城这方土地上汩汩流动着的一股温热的文化源泉。

斯人已逝,来者可期。时至今日,当人们再次回望三老表的人生轨迹时,似乎可以从中感悟到某种潜伏着的文学力量。

想起几场遥远的雪

在南方，雪是稀罕之物。生为南方人，要想见到一场纷纷扬扬的雪，跟买彩票中奖的机率差不多。尽管如此，我童年的天空还是下了好几场雪，"中奖率"颇高，且每一场雪都下得铺天盖地，酣畅淋漓。大雪过后，大地莽莽苍苍，如无瑕白璧。屋顶白得斑驳淋漓，田野白得凹凸有致，远山白得大气磅礴。天地仿佛是一个巨大的冰柜，空气似乎凝固成一个透明的块状物质，明净空灵，肃穆庄严。然而，不是所有的雪都很诗意，很罗曼蒂克。在我的印象中，有一种雪就下得很不文静，很不优雅，很不够意思。大人嘴里的"米雪"就很讨人嫌。所谓"米雪"其实就是"雨夹雪"，雨中夹杂着细碎的小冰雹。因为颗粒小如米粒，农人即称之为"米雪"。这种雪一下，打在瓦片上噼啪作响，声如炒豆。不到一支烟的工夫，地上就积了厚厚一层。人在上面行走，发出吱吱的声响。大白菜的菜心坐着晶莹透亮的冰坨，小心翼翼地掏将出来，捧在手中，恣意把玩，一下子便寒气透掌。这样奇冷的天，再厚的棉衣也抵挡不住那股砭骨的寒风。大人小孩儿只能蜷缩着围坐在火炉边打发百无聊赖的时光。

有时候，随风潜入夜的，不仅仅是雨，还有那飘飘洒洒的"棉花雪"。它们总是趁着人们熟睡的时候来到人间。它们像棉絮一样漫天飞舞，轻盈盈地栖息在瓦楞间、树梢上、菜园里。人们还没来得及反应，屋外就已经"千树万树梨花开"了。它们总是下得那么雍容华贵，那么曼妙生姿，那么妖娆悦目。"棉花雪"的光临，并没有制造太多的寒意；只有在它融化时，"吸"走了天地的热气，天才变得格外寒冷起来。

在我们那一带流传着这样一句俗语："小孩儿是雪做的魂。"意思是小孩儿不惧怕寒冷。就是天寒地冻，孩子们总有"虽千万人吾往矣"的无畏气概。"棉花雪"一下，我们便在田垌里疯跑，追逐那些翅膀变得沉重无法起飞的小鸟，从它们绝望的哀鸣声中攫取我们短暂的欢乐。要是能够顺利地将一团冰冷的雪，沿着同伴的脖颈塞进去，激起一声声震彻山谷的锐叫，那将是一件让人咀嚼好几天的游戏。大人们远远地看着，像是温习着自己的童年。

这样的雪下了好几场，几乎是隔一两年便下一次。印象最深的是一九七五年的那场雪。那一年的雪下得一点儿都不客气，遮天蔽日的，有些肆无忌惮。我们当中，不知是谁发神经，说是要冒着大雪去林子里捡米椎。这个馊主意居然得到了众人的附和。要知道，一群孩子当中，最大的十一二岁，最小的如我，只有七岁。出发前，每个人的头上戴着一顶竹帽，身上都披着一片透明的薄膜，肩上挎上一个小小的背篓。"全副武装"之后，在"带头大哥"的带领下，我们浩浩荡荡地向六七里之外那片莽莽苍苍的原始森林进发。就这样，几个稚气未脱的孩子，摆脱大人犀利的目光，行进在前途未卜的茫茫山道上，与面目狰狞的天公进行一次毫无胜算的赌博。

那天，我们走到半道，天就下起了雨。本来轻飘飘的竹帽变得异常沉重起来，我们细细的脖子都快要承载不起它的重量了。凛冽的寒风鼓动着薄膜，不停地拍打我们的大腿，唰唰地响。不到一会儿工夫，薄膜就失去了遮风挡雨的功能，变成了一张累赘的透明外皮。衣裤里外全湿透了，手脚也变得僵硬，不听使唤，握不住东西。一行人歪歪斜斜地走了一个多小时，才来到那片我们认为米椎遍地的林子。天本来就很昏暗，林子里更是如此，只漏下些许微光。冷风一吹，树上的雪团纷纷往下掉，我们的头顶、身上尽是白花花的雪，看上去就像一个个白头翁。由于承载不住沉重的冰雪，四周的树枝发出"嘎嘎"的声响。隔一段时间就"唰"的一声响，粗大的树枝断了，砸到下方几棵可怜的小树，惊起一片湿漉漉的雪雾。

在这样让人心惊胆战的冰雪世界里，我们在最短的时间内捡到了让我们满意数量的米椎。当我们走出林子时,原本灰蒙蒙的天变得更加昏暗。我们的肚子发出咕噜咕噜的声响。这种声响让人沮丧,让人六神无主。"看,那里有个草房子!""带头大哥"突然兴奋地大叫。我们顺着他手指的方向一看,果然有一个茅草屋,而且房顶上还冒着淡淡的白烟。"带头大哥"说,那是护林员在生火做饭。那时的村不叫村,叫大队。大队里有集体的林场,护林员就是来巡山的。发现有火,又冷又饿的一群孩子便满怀希望地向炊烟处狂奔,期待从那里得到些许食物和慰藉。

护林员有两个,都是三四十岁的壮汉。我们到达的时候,看见简易的火灶上正架着一只小小的鼎锅,锅里正滚着清澈见底的稀粥。我们心里想,这下有吃的了。大概过了十来分钟,稀粥熟了,散发着威力巨大的诱惑力。然而,令人沮丧的是,那两个大人一点儿也没有招呼我们共享稀粥的意思,旁若无人地"埋头苦干"着。我们只能眼巴巴地看着他们把锅里的稀粥喝得一干二净,连一滴米汤也没剩下。投靠无着,慰藉无望,我们只能一面在心里诅咒着那两个"心毒"的护林员,一面冒着雨雪踏上了回家的路。

"行人日暮少,风雪乱山深。"几个小小的身影,如同几只离群的鸭子,东倒西歪地挪动在白茫茫的山道上。好不容易回到家,围着毕剥作响的火塘,几双冻得发紫的小手渐渐恢复了血色。血管里的血液开始顺畅地流淌起来,手掌开始变得柔软,手指可以自由活动了。这个过程大约需要持续半个小时,中间伴随着钻心的疼痛。一个孩子在烤火的中途,因为忍不住指尖传递过来的疼痛,放声大哭,引来同伴的讥讽和嘲笑。

那一年,几个饥肠辘辘的孩子,穿越荒野茫茫的雪雾,他们触摸到了岁月的饥馑和世态的凉薄。

我大学毕业后从教第二个年头的那场雪,依然下得很突然,叫人猝不及防。当年的住房异常狭小简陋。按惯例,有家属的职工才能住上套间。我们这些单身汉只能在狭小逼仄的单间里将就着。里间是卧室兼书房,外间是客厅和厨房。没有厕所,也没有洗澡房。全校师生共用的厕所建在校园偏僻的角落里,黑灯瞎火的。夏天驱毒蛇,冬日斗寒风;夜晚,每上一次厕所都得积攒足够的勇气。那些年的日子过得缩手缩脚,缺乏底气。有时为了一碗米粉的钱,几个人不得不翻箱倒柜才凑齐足够的钢镚。我曾在一篇短文里这样描述那些形销骨立的日子:

　　每月到手的工资仅为可怜兮兮的壹佰贰拾元伍角整。有时还如月经不调的女人月事一般,在我们望眼欲穿的煎熬等待中姗姗来迟。往往艰难地挨到月中便已告罄,我那清汤寡水的生活再也无以为继,刺耳的警报声总是在固定的时间准确地在耳畔响起,不得不凄凄惶惶、担惊受怕地渴望着第二个发工资的日子。一年四季,过日子不可或缺的电,电压也不够稳定,学校教室里的电灯都是特制的"低压灯泡",还得配上稳压器,否则就"一夜回到解放前",失去象征人类文明进步的明亮灯光。断电就像小孩子的尿一样频繁,电视更是可望而不可即的奢侈品。

学校不远处有一条河,一年四季河水哗哗地响,从不断流。那是我们单身汉天然的澡堂,春夏秋冬,概莫能外。

那天早晨一起来,校园里的天竺桂已经是"碧玉妆成一树高"了。我和从防城港来的黎姓同事已经有好些天没洗澡了,身子到处发痒,再不洗就与乞丐无异,愧对"为人师表"的光荣称号。于是,我们相约着下河洗一回澡。

我们每人提着一个哐当作响的锑桶,来到笼着白雾的河边。先是在河岸边上的竹林里找来干燥的竹枝,堆在一起点燃,盘算着先把身子烤暖了再下水。竹枝在火堆里像鞭炮一样噼啪爆响,给死寂的旷野增添了一丝生气。我们两个人佝偻着身子来到坝顶上,用手捧起一杯河水往额头和肚脐处拍几下,算是下水前的"热身"。当我们光着身子噼哩噗噜地往水里跳,便迅疾激起了下游不远处孔桥上过往行人的一片惊呼。人们就是想破脑袋也想不通,在这样白雪皑皑的天气里,居然还有人敢于如此作践自己。在这样恶劣的天气里下河洗澡,实属无奈之举,其实并没有达到清洁自己的目的。这样怪异的举动似乎是为了完成一项任务，像是学生在突击完成老师布置的作业。我们潦潦草草地搓洗一番后，便迅速上岸，瑟瑟缩缩地来到尚未完全熄灭的火堆旁，嘴唇绀紫，头发贴额，一副无家可归的流浪汉模样。

那场下在元旦的大雪，丝毫没有一元复始、万象更新的气象，倒是给了我几许心酸、几许寒意。

这样又过去了好多年，我离开了那所我付出了十年青春的学校，来到了机关，开始了"五加二，白加黑"的刀笔吏生涯，而且一待就是十个春秋。为了薄薄的两片嘴皮，我每天都行色匆匆，心惊胆战，生怕稍有差池，手中酥脆的饭钵便咣当一声碎裂一地。这样让人内分泌紊乱的生活，单调而乏味。久而久之，便让人心生厌倦，欲避之犹恐不及。于是我盼望一场雪，一场纷纷扬扬的雪，一场荡涤污泥浊水，能够净化心灵的雪。果然，那年，它来了，来得那么及时，那么潇洒，那么欢天喜地。一夜之间，窗外一片银装素裹，仿佛改天换地一般。同事们一大早便来到办公楼后边的空地，在一张石桌上堆起了一个矮矮胖胖、憨态可掬的雪人。经过一双双巧手的装扮，雪人的鼻子、眼睛、嘴巴，无不惟妙惟肖，生动可人。我那两岁多的女儿见状更是兴高采烈，稚声稚气地咿呀叫唤，不停地闹着与雪人合影。那一刻，多年来的抑郁和苦闷、委屈和怨怼，在与洁净的雪的嬉戏中，在晶莹的世界面前，一扫而光。

这一年的雪,每一朵雪花都喜气洋洋,似乎隐藏着一缕缕温暖的阳光,捎给我明媚的心境和无尽的欢愉。

人的一生是需要几场雪的。生命中要是缺少了几场冰寒透骨的雪,那绝对是一件引以为憾、无法弥补的事。雪大概是上天给予人类的最为圣洁的恩赐、最为贴心的抚慰。没有那一场场雪,人世间便少了几分情趣、几分企盼、几分凝望。

什么时候,能够再次遭遇一场纷纷扬扬的雪?

幸福的石头

"在这里，做一块石头是幸福的。"走在那平平仄仄的古旧巷道间，心里不由得发出这样的感慨。

那日凌晨，经过半天的长途奔袭，我和朋友驾车一路向北，然后再折返东南，最后穿过湖南的道县、江永和江华县境进入富川地界，中午时分终于抵达"古道三村"中的秀水状元村。下车伊始，耳畔便传来哗哗的水声，一条清澈见底的小溪流在秀水村前蜿蜒而去。溪边树影婆娑，人影浮动，如世外桃源一般。江郎桥旁的那棵枫杨，如一条苍龙跨溪斜卧，那磅礴的气象，好像随时都会腾空而去。一行人欢呼雀跃，尾随成群结队的游人进入文气蒸腾的秀水村。雄踞村口的是醒目的毛氏宗祠，建筑风格既有乡间特有的古朴，又有书香门第固有的庄严。"状元及第""文魁""进士"等文字，日月星辰一般，映照着一方山水。这也难怪，自唐以降，在富川一百三十三名历代科举进士名录中，秀水村就占了二十七名,其中就包括给秀水村带来无限荣光的宋开禧元年乙丑状元毛自知。"状元故里"由此声名远播。他的传奇故事,是秀水村的千古美谈和文化底气。而随后中式的二十六名进士,则昭示着"中国科举文化第一村"并非浪得虚名。状元楼前的浅水池塘里,荷叶田田,莲蓬摇曳,自带一股出淤泥而不染的清朗之气。让人不由想起早毛自知一百五十余年高中状元的宜州人冯京。这个与桂林陈继昌齐名的头名状元,让宜州山水变得鲜活灵动,妖娆多姿。"头戴平天帽,脚踏万年河,左手攀骆驼,右手攀龙角;前面九龙来戏水,后头龙尾通天河"的古老传说,耳熟能详,妇孺皆知。千百年来,宜州人为此心旌荡漾,浮想联翩。

在"古道三村"行走,抚摸秦砖汉瓦,仰望旧时明月,辨读过往云烟,别有一番滋味在心头。说心里话,状元楼里的袅袅香烟和秀水河畔俨然的屋舍,对我而言并没有多大的吸引力,因为它们附带了过多的人为因素。倒是福溪村的石头直抵人心,让人久久萦怀。这里山河宁静,树木宁静,石头宁静;这里人心庄严,规矩庄严,石头庄严。这种不容打破和僭越的宁静与庄严,在古老的福溪村随处可以感受得到。在这里,人与石头似乎达成了一种默契,携手在这片温厚的土地上构筑了一座巍巍的人文大厦和阔大的精神屋宇。

在来到潇贺古道"打卡"之前,我从未看到过如此之多、如此之怪、如此之幸的石头。在光洁锃亮的巷道上，在荒草侵袭的野径旁，在开阔平整的院落里，在曲直蜿蜒的沟渠边，甚至在色彩斑斓的墙体内，总有一些面目黧黑的石头在娴静安卧。这些石头，慈眉善目，温良恭顺，没有人们惯常认知里的张牙舞爪和汪洋恣肆。无论散落荒野，还是寄居院落，都与人和谐共处，相互守望。这些石头，有的三五成群、摩肩接踵，有的绝世独立、顾盼自怜。任铁蹄踢踏，任剑戟相驳，任商旅络绎，都惊扰不到它们沉静平和的灵魂。这些石头，堵门，堵路，堵人，乍看上去碍手碍脚，仔细寻思，却又颇为顺眼。在福溪村的巷道上行走，每隔一段就会遇上一块突兀而出的石头，堵住人的去路。人不得不停下脚步，驻足而立，仔细端详这有些调皮任性的石头，而后伸出双手抚摸或拍打它的顶部，以示激赏、怜爱，然后再小心翼翼地从它身旁绕过，继续前行。

在当地人眼里，石头并不是死的，而是富有灵性的。他们将这些蘑菇状、竹笋状和飞禽走兽状的石头叫作生根石。石头生根，寓意千秋万代。我打心底里喜欢"生根"这样的字眼儿。根是根本，是起始，也是归宿。只有生了根，才能身有所属，否则就如风中浮萍，来回飘荡。"树高千尺，落叶归根"并不完全是一种自然现象，也是人类生命终结时彻底的皈依。这些石头或许在人类未曾到达之前便在这里落地生根，是这一方水土最早的主人。钟灵风雨桥"毓秀"门前让人诧异惊奇的三块巨石，呈"品"

字形分列门的左中右,像三只昂首腾跃的海豚,温情脉脉地迎接着每一个由此进入的客人。它们似乎在无声地告诉你:这里有它们的根,它们根植于一块温暖包容的土地。

按照我庸常的经验,这些看起来"碍手碍脚"的石头,要是长在别处,早已在铁锤、钢钎乃至炸药的猛烈敲打、撬动和爆破下移位、变形乃至粉身碎骨了。因为在绝大多数人心里,房子就是房子,道路就是道路,石头就是石头,一码归一码,绝不能混为一谈。然而,这里的石头却安然无恙,拥有了神灵才会拥有的无与伦比的尊严。这里的人们怜惜石头,善待石头,珍爱石头,敬畏石头。这些石头,长在地上,活在心里。石头是家人,是朋友,是需日夜供奉的神灵。为了保护这些石头,人们起房修路时,总是心有灵犀地避开这些石头。倘若实在避不开,便让石头嵌入墙体,立在道上,宁愿裹石为墙或让道路拐弯,也要给石头预留一块地方,让石头有一个安身立命之所。

在我狭小的生命疆域里,石头一直是一个质地坚硬棱角锋利的意象。从幼年开始,石头便与我如影随形。石头在我这里似乎与生俱来,石头与我或者我与石头算是"世交"。对石头的熟稔程度,一如我的左手与右手。在我的生存环境里,石头太多了,多得让人跺脚憋气。特别是当它如蝗虫一般呼啸而过,撕开那个残阳如血的傍晚时,让我真正见识了石头的坚硬、锋利和无坚不摧的巨大能量。为此,每每面对一块石头,就算它长得再有个性,再玲珑多姿,也荡不起我心中的一丝涟漪。然而,多年以后,特别是见证了它们在与时间的耐力比拼中经久不衰的韧性后,石头重新赢得了我的信赖、敬重和膜拜。

后来,随着遭遇的石头越来越多,对石头秉性的体悟也越发富有情趣。在我看来,三山五岳,其实就是耸立在天地间的硕大无朋的石头,它们镇守一方,千年如一。"坚如磐石""稳如泰山"这样的成语,让人领略了石头的稳重、坚固和无敌。在这些坚固的石头面前,人类总是自以为是地舞动着手中的钎子和铁锤,在石头上造像,刻字,让石头协助自己保存世间的风霜与记忆,承载自己的激情与梦想。而那些无字的石头则像是耸立在天地间的巨大问号,不停地拷问着人类的信仰与良知。在那些平整光滑的石头表面,人类的思想不停地滑翔、栖息、起飞、降落。那些高大巍峨的无字碑,那些稀奇古怪的石兽与翁仲,它们的外表栩栩如生,内里却是默不作声的石头。有些石头在经历过无数次的击打和雕琢之后,丢失了原有的样貌。人类强加给了它们太多的内涵,附带了沉重的道德负荷和世俗取向,让人心生疑惧。

泰戈尔有一句话深得我心:"真正有品质的生活,不在你房子有多大,而在于你留下多少空地给草木们去自由生长。"在我想来,一个能够善待石头的民族,必定是个心地善良、胸怀宽广的民族。善待石头就是善待他们自己。潇贺古道上的这些石头,日夜接受瑶族村民的呵护、敬畏和膜拜,从而得以远离世间所有的尔虞我诈、钩心斗角。它们定然拥有了上天预留出来的那块"空地"。

"饥餐一粒伽陀药,心地调和倚石头。"看来,在一片宽容大度的土地上做一块石头,活成一尊未经雕琢的佛的模样,无疑是安妥的。

一个仫佬族诗人的家国情怀

兵燹余灰荒草漫寻干净土,

桃源绝境芳津再渡武陵人。

这是各贲寺大门上的对联。对联写于民国卅六年(1947),作者是龙谢兰——一个几十年前在庙宇边上行吟的仫佬族诗人。

一九四七年并不是一个太平的年份,兵燹未熄,离乱仍在。迷茫的人们需要一个可以安身立命的"桃源绝境",用以安置自己张皇的灵魂。这个乡间的小小庙宇便成了黎民百姓的最后一方"净土"。

对联是我在一次随意的踏访中发现的。在见到它的那一刻,我便反复吟咏,沉醉痴迷,几可用"一见倾心"来形容。荒郊野岭上,这样一段乡间文人顾念苍生的文字,让人心底不由流淌出几许悲悯、几分禅意。

　　龙谢兰到底是谁？为何在正值盛年之时辞别妻子和祖茔，作一次没有回程的远行？在其失踪多年后，乡人为何依然对他念念不忘？

　　经过多方探听和故纸堆中的翻拣，得知龙谢兰生于光绪壬寅年（1902），罗城横岸人，年少时曾在柳州、桂林求学。民国九年（1920）肄业于当时的广西省立第四中学（校址在柳州）。后因种种原因辍学居家。民国十五年（1926）再度负笈柳州，两年后卒业。学成后，他受校长唐永丰之邀，入罗城第三小学（今黄金小学）任教；其间，经同学兼同事陆禹均（广西环江人）推荐，读到环江诗人方滁山的诗。民国十八年（1929），龙谢兰到罗城县立第一小学任教员，翌年秋升任校长，时年二十七岁。其间，他与陈羽丰、朱心源等人交游论诗，并读到了苏曼殊和宜州诗人璩宣仁（字湘帆）的诗集。掌校间隙，他常与友人相互切磋酬唱，诗艺大进。民国二十四年（1935），怀揣建功立业梦想，龙谢兰辞别故土，先后在柳州、融安、镇边（今那坡）、敬德（今德保）等地政府部门任职或执教。因"不矜流俗"，再加上世道艰难，尽管其志"未可以窗窥盆量"，龙谢兰在政学两界奔走多年，始终未能施展抱负，郁郁不得志。一九五一年，因种种原因，龙谢兰离家"外游"，不知所终。

　　寻找龙谢兰并不是一件容易的事。直接的缘由是他离开人们的视野实在太久了，久得连他的后人也无法讲清他的样貌和行踪。

　　这天上午，天地间飘着迷蒙细雨，远山云雾缥缈。约上一个文友，我们驱车到那个叫横岸的村子，寻访龙谢兰旧事。进得村来，家家关门闭户，看不到一个行人。待我们在一块水泥地上泊好车后，一回头，看到不远处的门楼内站着一个老人，便上前打招呼。随即相互寒暄，互道早安，进屋，落座，三言两语说明来意，顿见老人两眼放光，一脸喜色："龙谢兰是我爸啊！"他的回答让我颇感意外又欣喜若狂，真是"踏破铁鞋无觅处，得来全不费功夫"啊。

　　接下来，在龙谢兰的儿子龙谢耀断断续续的话语中，我们得知：龙谢兰幼年时聪颖异常，"学识优裕，志气不凡"（邑中先贤潘宝篆语），在学堂里为父母挣足了面子。正如其题为《三十年回忆》的诗中所说的那样："三年小学磨头角，校榜初开幸有名。一日县来两报子，驰书报贺一家喜。"这是一个让父母放心、邻里夸赞的标本式的少年读书郎。随后，龙谢兰一鼓作气，"一朝榜上把名题"，考入了当时的广西省立第四中学。经历了辍学复学的漫长过程，他最后于一九二八年学成回归故里。随后，龙谢兰利用课读邑中子弟和在政府机关任事的间隙，凭着一腔古道热肠，为穷苦乡邻写诉状，打官司，主持公道，匡扶正义，维持乡间的公序良俗。

　　在无数次行走和寻访中得知，横岸龙氏原籍湖南，明朝时先是迁到柳城,后由柳城迁来罗城定居。龙氏在当地算是大族,书香门第,人才辈出。龙氏后人中,设帐授徒、从军抗日、维持地方者不乏其人。而龙谢兰是一个心思缜密、触觉灵敏的诗人,对身边的人和事有着与旁人截然不同的感觉和体悟。他于"文学特著",一生创作了大量的诗歌。其所创作的诗,或慷慨悲歌,或低吟浅唱,个人际遇与家国情怀相融交错,读罢让人感慨动容。

龙谢兰胸怀大志,不流世俗。时人曾对龙谢兰的前程作了乐观的预测:"现当抗战建国,正豪杰效用时期,以龙君既通于学,又富于政治经验,加之年力强盛,怀抱超群,果遇曹邱必能本其诗中所寄托以施诸建树,为国宣猷,前程当未可限量。"然而,在那个纷乱的年代,龙谢兰终其一生,其担任的最大官职相当于现在县政府的科长,心怀的"英雄"抱负始终未能得以施展。为此,他失落、苦闷、迷茫。"十年空自负英雄,自负英雄感慨中。感慨中原何似梦,原何似梦十年空。"从其《英雄感慨》这样的诗句中,可以窥见一二。

尽管身处逆境、时运不济,龙谢兰却依然保持着一身傲骨、不媚世俗的圣洁心性,从未随波逐流。"飘零雪后苦犹甘,绝似遗民郑所南。千古相传留傲骨,生非薄命亦何惭。"在这首题为《次韵雅村咏菊》的诗里,那一丛白菊在诗人笔下经霜傲雪,绝世独立,给人留下深刻的印象。而诗中提到的郑所南即郑思肖(1241—1318),福建连江人,是南宋诗人、画家,原名"之因",南宋灭亡后,因"肖"是宋朝国姓"赵"的字形的一个组成部分,故改名"思肖"。"思肖"就是"思赵"。因为南边有南宋的国都——临安府(今杭州),而北面则是元朝的国都——大都(今北京),所以,他给自己起了"所南"的号,告诫自己:日常坐卧,务必向南背北,以示不忘故国。他所画的兰花,根下无土,众皆不解。他说:"土地已经被人拿去了。"他死后,墓碑上写着这样一行字:"大宋不忠不孝臣郑思肖。"龙谢兰以南宋亡国旧事入诗,就是警醒自己:在国家危难之际,要时刻秉持文人的一身傲骨,奋起抗争,绝不做亡国奴。

身经离乱的龙谢兰,自知个人前途与国家命运之间的联系。在他心中一直深藏着一个"补天事业"——为国建功,为民请命,尽一个文人"为国宣猷"的使命。在龙谢兰所有存世的诗歌中,抒写共赴时艰、同忧国难的文字俯拾即是,也最为珍贵亮眼。诗人在其题为《旅邑感怀》的诗中写道:"一腔孤愤凭谁诉,满纸牢骚带泪书。投笔人传班定远,吹箫谁识伍君胥。"诗人以班超、伍子胥自喻,期待有朝一日能以笔为枪,救黎民于水火,解百姓于倒悬,创造一个安宁太平的清朗世界。

然而,诗人所处的年代,政治腐败,军阀混战,民不聊生,自己空怀一腔热血,却处处遭人掣肘,报国无门。失意、无助和愤懑如影随形,诗人不禁喟然长叹"荆山美玉谁能识"。

这种孤愤与迷茫的情绪,在夜深人静仰望星空时表现得更为强烈。万方多难,民生多艰,而自己却是一个百无一用的书生。于是,诗人便如此自责:"读书毕竟成呆子,悔把聪明误一生。"

国势蜩螗,民生痛苦。诗人凭借手中的一支秃笔,创作了大量的抗日诗篇,以诗明志,为国鼓呼:"欲将热血和肝胆,写作文章檄救兵。""吾将旧曲翻新调,不许吹弹国破音。"

戎马倥偬,豺狼未去。诗人深知自己作为一介书生,不能亲自奔赴战场杀敌,但他还是以强烈的文人自觉,以心血凝成的文字鼓舞前线战士:"劝君更下一番力,杀尽胡儿好洗尘。""诸君都是男儿汉,谁谓东亚无少年。"诗人还费尽苦心告诫国人,无论身在何处,能力几何,都要戮力同心,共赴国难:"还我河山资众力,运筹帷幄仗群英。""莫言杯水与车薪……况有同胞亿万人。"

抗日战争胜利后,在一片欢呼声中,本以为老百姓从此可以休养生息,过上安宁祥和的日子,未曾想,不久之后内战爆发。为此,诗人忧心如焚,日夜北望中原,渴望早日息兵罢战。为此,诗人赋诗一首:"陈情不尽泪纵横,欲对苍天哭一声。社鼠原来能作祟,城狐毕竟是妖精。奸雄误国人同愤,壮士含冤气未平。安得悟空如意棒,当头一击鬼神惊。"诗人痛感"社鼠"和"城狐"祸国殃民,为自己无法为国效力而羞愧。义愤之余,诗人恨不得举起孙大圣的如意金箍棒,为国锄奸,为民除害。

在龙谢兰存世的二百四十余首诗中,抒写共赴国难、忧国忧民的诗歌占了很大的比重。诗人时刻将自己的命运与国运紧密联系在一起,而不是自怨自艾、无病呻吟。我想这也是在他失踪多年后,人们依然对其念念不忘的原因之一。

龙谢兰心怀家国、感慨时势,也深爱和眷恋自己脚下的这片热土。他那些书写边地见闻的诗,风情摇曳,旖旎多姿。比如《汪洞墟》:"每逢十日一成墟,热闹相传信不虚。更有奇珍山味好,冬菰冬笋并香猪。"苗族地区喧嚣热闹的墟场和丰美的物产,让人身临其境。又比如《潘宅夜饮》:"豆蔻放开二八春,不妆不抹自轻匀。天然姿色真康美,说到读书情备亲。"苗族少女健美的体魄和天真的笑容叫人心生欢喜。

龙谢兰心思缜密,眼光独到,善于在稀松平常的生活中捕捉风物之美和人生之趣。《咏白菊》是他所作诗中的名篇,其中有"洁身敢许白如雪,傲骨何曾软似棉"之句。白菊那种清新淡雅、傲立风霜的形象,在诗人笔下呼之欲出。时任罗城县长的朱星垣对龙谢兰极为赏识。民国二十年(1931),龙谢兰任县立第一小学校长。朱县长一日宴请宾客,特邀龙谢兰赴宴。在给龙敬酒时,朱星垣专门提到这首诗:"龙校长尚记得《咏白菊》诗乎?"并赞许说,"佳作也,宜饮一杯。"可见其对龙之才华的嘉许之情。

在诗歌创作中,诗人还大胆以方言入诗,给诗歌注入了强烈的地域色彩,读来让人备感亲切。在《贺陆宜民新婚一首》中,"闻君俩俩已团圞"中的"圞"字,在桂柳方言中是"圆"的意思,

"团圞"就是"团圆"。而一句"今夜西风应不寒",读罢让人不禁莞尔。

在日常交游中,诗人还经常与当地文人相互酬唱。潘宝篆是清宣统拔贡生,品行高洁,风姿卓拔,且胸怀苍生,服务乡梓。其担任总纂的民国二十四版《罗城县志》,因为体例完备、质量上乘,被当时的广西省政府作为典范通报全省。龙谢兰对其异常倾慕,视之为良师益友,故在与潘宝篆唱和诗中有"三代书香芳县志"之句。在潘氏失意时,他也不忘抚慰:"沧海横流休叹息,龙门砥柱自安全。"为了奖掖后学,在龙谢兰的诗集《十年吟咏集》出版时,潘宝篆还亲自写了序,向世人推介这位青年才俊。两个人惺惺相惜、雅风高谊,由此可见一斑。

"采菊东篱下,悠然见南山"的宁静家园,固然让人魂牵梦萦。而"四百万人同一哭,去年今日割台湾"的千古一叹,更让人铭心刻骨。尽管仫佬族聚居地罗城,在中国版图上偏处一隅,但在这片土地上一直深埋着革命的种子,一旦时机成熟便破土而出,迎风招展。特别是在国难当头之际,深晓民族大义的仫佬族人从未置身事外,他们积极投身其中,表现出强烈的家国意识。黄花岗七十二烈士之一的李德山,积极投身反清阵营,并为此献出了自己年轻的生命,成为一名民主革命的先行者。抗日烽火映照祖国星空时,周钢鸣创作了荡气回肠的《救亡进行曲》,表达了中华民族"天下兴亡,匹夫有责"的共同心声。那慷慨激昂的歌声响彻长城内外、大江南北,极大地鼓舞了中国人民的抗日士气。作为《大公报》的特派记者,曾敏之以《十年谈判老了周恩来》的长篇人物专访,从宏大的叙事中攫取人性的光辉,描绘了一代伟人在民族危急时刻鞠躬尽瘁的光辉形象,突破了寻常意义上人物专访的内涵,让读者领略了作者观照时代风雨的锐利眼光,引起了广大读者的强烈共鸣。而偏僻小山村的放牛娃韦一平,自幼聪明好学,主动接受革命思想,积极投身抗战洪流,经过血与火的洗礼后,成长为一名杰出的抗日将领。抗日战争期间,无数仫佬族有志青年从这里奔赴抗日战场,共御外侮,保家卫国,立下了赫赫战功,书写了可歌可泣的英雄篇章。而作为一个有情怀的文人,龙谢兰与祖国同呼吸、共命运,运笔如刀,积极为抗战鼓与呼,向世人展示了仫佬族文人以天下为己任的责任担当意识和家国情怀。

令人惋惜的是,一腔热血的龙谢兰,在纷乱的时势中四处奔走,却始终报国无门。在七十年前某个清晨,带着一身的疲惫和不甘,龙谢兰辞别妻子和故乡,开启了没有回程的"外游"生涯,消失在无边的晨雾中,给身后的故乡留下了一本薄薄的诗集、一声悠长的叹息、一片永远无法填补的生命空白……

一座亭子的表情

　　从那个名叫瓦窑的村子来到县城上学之前，我一直无法在脑子里勾勒出一座亭子的完整模样。寄居在我脑子里的亭子，大多伫立于林间溪畔，飞檐翘角，超拔俊逸，风姿绰约，绝世独立。多年前，在方言喧嚣、蛙声弥漫的语境里，我的识见显得极为狭窄和小众，对身边的很多事物都无法用精确的语言进行表达。老家与县城之间有一百里左右的路程，用现在的眼光看，似乎算不得遥远。而用脚步丈量时光和生计的父辈们经常对我说，当年他们抄小路去一趟县城，得花上一整天的时间。对他们而言，这个世界实在太大了，大得踮起脚尖手搭凉棚也望不到它的尽头。

　　这种"不知有汉，无论魏晋"的生存环境，掐断了我远望的目光，限制了我生命最初的想象力。在十六岁之前，我目力所及，看到的都是大山、老林、古树、沟渠、岩洞。至于房子，都是些泥砖砌墙、瓦片或茅草覆顶的建筑。它们或是用来住人,或是用于圈养猪牛之类的家畜。除此之外,我实在想不出它们还有什么别的用途。直到多年以后遇到了一座真正的风雨亭,我才知道这人世间的房子,还可以长成别的模样:除了栖人圈畜,还可以作为泥途停靠乃至教化一方之用。

当初在荒草弥漫的郊野上看到那座亭子时,它并不俊美,甚至有些黝黑和猥琐。但它还是一下子就把我给吸引住了,没有一丝违和感,像是前世就有了一个隐秘的约定。很多东西就是这样,朝夕相处并不见得熟稔,有时候甚至不知道如何面对,比如我们的故乡。而有些东西一旦遭遇即如老友故知,相见恨晚,比如一通古碑。很多时候,古人不再说话,也不再申辩。该说的话,他们生前都已经说完了。对于一些费尽口舌也说不清、道不明的事,他们就托付给某个物件,安置在山上、沟边、路旁,让后人费尽心思去查找、猜测和揣摩,用一种间接而隐秘的方式来表明他们曾经来过,而且一直隐伏在我们身旁。

大凡从乡村走出来的人,他生命的旷野上总是起伏着一座又一座陡峭的山峰。那些山峰占据了这个世界的绝大多数地盘,留给人们的只是一小块天空。

"前面就是凉亭坳了!"

当年这样一句不咸不淡的话,似乎是在善意地提醒你:不远处有一座凉亭在山坳等着你。抵达它,沿途地势并不平坦。有时候可能是"层峦经连，岬岫纬达，巃嵸千尺，蜿蜒十里"，你得做好与一座陡峭的山坡比拼体力和耐力的准备。在你精疲力竭几近绝望的时候，那座凉亭就突然从草丛林莽中跳了出来，带给你一个继续前行的理由和动力。当年，邑中先贤朱照南亲力亲为，重修隘道，为的是让"负者担者牵者驱者乘者徒者"，能够"拾级而上""越级而升"，甚至"掉臂而行""并肩而进"，得以"履险如夷""循其麓而跻其巅"，最终"悦而忘劳"，顺利翻越一座座陡峭的山峰，去往一个你需要抵达的地方。

从我所在的那个小山村去往县城，必须经过一个山坳。山坳的名字就叫凉亭坳。可以想见，在另外一个时空里，这坳上曾经耸立过一座散发着善意和温情的亭子。它曾经安抚过无数南来北往或疲惫或哀伤的心灵。现在亭子荒废了，但它却以一个地名的方式，植入大地，融入人心，成为一个无法抹去的记忆。每次经过凉亭坳，我都有一种去凭吊它的欲望和冲动。

自古以来，亭子似乎是一种耐人寻味的文化意象。那些"殚土木之工，穷造型之巧"的亭子，时刻给人一种诗与远方的怀想。在历代文人笔下，亭子总是与一些美好的事物并排伫立在一起，让人思绪漫飞。"暮春之初，会于会稽山阴之兰亭，修禊事也。"当年，文人一次偶然的曲水流觞、赋诗赏景、宴饮酬唱，便让那座本来寂寂无闻的兰亭名垂青史。"环滁皆山也，其西南诸峰，林壑尤美……""醉翁之意不在酒，在乎山水之间也。"当年背诵这些浏亮的文字时，只知道"江山无限景，都聚一亭中"，并未想到，多年以后，我会为一座亭子而长久徘徊流连。

所有伫立在我身边的亭子，并不是书本上亭亭玉立、八面临风的模样，而是隐伏在荒草树丛中类似于旧圩亭的破败房子。至于名字，雅一点儿的叫风雨亭，俗一点儿的叫凉亭。不知道什么原因，一有空闲，我便到那些青藤攀附、凋残破败的亭子里翻翻拣拣，像是打发时间，又像是寻找某种已经或正在消失的东西。尽管每次遭遇的都是荆棘、瓦砾和各种惊奇诧异的目光，但仍乐此不疲。

眼前这座南北走向的建筑，似乎有点儿年份了。当年从旁人的嘴里听说它的名字时，便念兹在兹，心生向往。待见到颓废的实物后，却又为它的未来担心。以多年来积累的经验，对于这样古旧而有说法的建筑，我向来是不会轻易错过的，于是便回到家查资料，得知它建在清初，宣统三年（1911）重修。现在看到的就是重修后的模样，格局与形制并没有发生什么变化。一九一一年，那个名叫"清"的王朝被它一群血气方刚的臣民掀翻，"家天下"从此灭绝，一个叫"中华民国"的庞大政体走向前台，"民主共和"了。亭子在这一年重修，似乎也暗合了当时的时势：革故鼎新，改天换地。

亭子并不大，满打满算也就占两分地的样子。它周边都是疯长的野草和藤蔓，黑幽幽的狗牙石，牛羊一般在草丛中时隐时现。从县城过来大约有十里路,在现在看来并不算远。但在以脚力奔于泥途的年代,这是一个不短的距离,得花上一个小时才能抵达。它的南北两面各开一个大小一致的拱门,拱门的顶端分别镶嵌着一块石匾,上书"风雨亭"三个字,楷书,中规中矩,遒劲有力,也不知道是出自哪位地方官吏或乡间贤达之手。亭子的主体是从未在我生命里出现过的青砖。它们面目冷峻,神色苍古,散发着一种威严得有些凛冽的气息。在我的老家,人们起房子用的是水砖(泥砖),用田里的泥巴打制的,没有这种看上去坚硬且泛着幽幽青光的火砖。这也是我对它好奇心急剧膨胀的缘由之一。那天,我在它狭小的空间里逡巡半日,东摸摸,西瞧瞧,搜寻着它的每一个细节,像是寻找时间镌刻在它身上的纹路。当看到它山墙内侧顶端艳丽的壁画时,我的目光便停滞不动了。那红蓝相间的壁画,花鸟虫鱼,各呈姿态;呦呦鹿鸣,食野之苹,泛着一片祥和的灵光。好像人世间所有的美好事物都汇聚在这堵墙壁顶上了,让人心生欢喜。我不知道它是否经历过烈火,但那山墙之上突起的防火山墙,依然闪烁着先人睿智的光芒。亭内西侧的石条,大概是供行人歇息之用,青苔攀附,面目沧桑。亭子中央有一个高出地面的长方形平台,先前摆卖茶水和各种食品,现在则是野草和蕨类植物的家园。

这是一座有点儿来头的亭子,在它的身上附着了一个虚无缥缈查无实据的传说。这传说大意是说,原先有一对孤苦的老夫妇,上无片瓦,下无寸土,只能住到这亭子里来。他们平日煮茶熬粥,卖与过往行人,赚取活命的口粮钱。这天,风雨亭来了一个形容清瘦、一脸菜色的游方道人。道人一落座便向夫妇俩说自己已经三天粒米未进,实在走不动了,向老两口讨碗茶水喝。妇人心善,先是给道人倒了一碗茶水,尔后又端来一碗热气腾腾的白米粥。道人喝完白米粥后,还是觉得肚子空空如也,咕咕作响,便央求老妇再给他煮点儿米饭。老妇见他实在可怜,照办了。吃饱喝足后,道人感激不尽。道人起身前行前对老妇说,自己身无长物,无以为报,刚才他已对亭子后边的那口杏水(方言,音如"闷",意即泉水)施了法术,水变成了酒,让妇人每天舀来卖,说这是自己的一点心意。道人走后,老妇将信将疑,立马拿来葫芦瓢直奔杏边,舀了瓢水,一尝,果然是醇香的米酒!接下来的日子,老夫妇一边卖茶水米粥,一边卖酒,日子渐渐有了起色,吃饱穿暖,样样不愁。

这样过了很久,有一天,那个道人又来到风雨亭,问他们日子过得如何。老夫妇自然据实以告,好言好语,感激不尽。所谓人心不足蛇吞象,老头儿却心生贪念,让道人再给他们变一池酒糟,用来养猪。道人说自己没有变酒糟的法术,无法满足他的要求。老头儿一听,心里很是不爽,不给道人安排饭食。道人叹了口气,摇了摇头,向着远方飘然而去。翌日,老头儿来到杏边,打算舀酒来卖,结果发现,自己舀上来的水寡淡异常,再也没了

酒味儿。抬头一看,只见杏边的石头上赫然写着四句诗:

> 天高不为高,人心比天高。
>
> 杏水变成酒,还嫌酒无糟。

念罢诗句,老头儿不禁拍腿惊呼,后悔不迭……

如此说来,这亭子不仅供人歇脚,还能叫人歇心。这是一座表情比较复杂的亭子,让人心绪难平。

在这块地面上,类似的亭子还有几座,大小不一,但功用大抵相似。每一座亭子都有着自己的来路,有着不一样的表情。它们大多在人们注视之下荒废坍圮了。比如那个名叫"地理凉亭"的亭子,当地人几乎每天都与它擦肩而过,在空间距离上与人相当接近;而在时间距离上,它离人很远。在我接近它的时候,它那之前五脊四坡的庑殿式样还在,但已经为密密层层的草丛所淹没。二十世纪七八十年代,还有人在亭子里摆卖茶水、白糍粑、油馍等,而现在,稻草、玉米秆之类的杂物成了它的主人。前几年修二级公路,拓宽路基时,亭子听到了自己骨折的嘎嘎声。后来,每一次驱车经过它的身旁,心里便泛着一股别样的滋味。这样的亭子,表情显得无奈、苦涩、茫然。

让人心生念想的还有一座当地人叫作"大埔凉亭"的亭子。

这亭子也是南北走向,为三开间形式,南北两面各有一面山墙,山墙的下部各开有一个大小一致的拱门,拱门的弧顶各镶嵌有一块石匾,匾上自右往左刻有行书写就的三个字——陶然亭。字体浑厚圆润,一看便知是行家里手所书。这样富有诗意的名字,让人不由想起白居易"更待菊黄家酿熟,与君一醉一陶然"的温热诗句。

当年在京逗留期间,抽空儿去了一趟位于南二环的陶然亭公园,并在那里作了整日的盘桓。在那里,我遇到了全中国所有著名的亭子:醉翁亭、沧浪亭、独醒亭、浸月亭、鹅池碑亭、少陵草堂碑亭,一应俱全;看上去让人眼花缭乱,顾此失彼。在一个类似于亭子博物馆的展厅里,我读到了一部完整的古代造亭史,眼前不停地出现衣袂飘飘的古人,折柳挥泪,奔向漫漫长路。

对亭子而言,人们似乎迟到了,迟到了很多年,再也无法看到那热气腾腾的稀粥,再也无法闻到沁人心脾的茶香,再也无法遭遇那个慈眉善目的游方道人,遇到的只是满目的枯藤野草、碎瓦残砖和无边的凄冷孤独。不断累积的岁月尘埃,让亭子灰头土脸。亭子曾经是长途跋涉者的温情港湾,是游方道人的教化之所,是岭南大地的田园牧歌。那碗热气腾腾的白米粥、那枚洁白的圆圆的糍粑、那杯香气四溢的九节茶,排列在烟尘弥漫的土台之上,让人舌底生津,满眼春色。

人的一生是需要几座亭子的,亭子也需要人的加持。没有亭子，人会倒毙于泥途。亭子无人，会淹没于尘埃。

"亭，停也，亦人所停集也"。亭子出现之初，古人便给它做了一个审美和实用上的定位。冶园点景是审美之需，遮风避雨是实用之便。"停车坐爱枫林晚"，那是文人的雅趣。"暧暧远人村，依依墟里烟"才是人生的日常。在数不清的庸常日子里，亭子的这头是鸡鸣犬吠、明月家山，而那头则是孤身长路，征途漫漫。伫立在我身边的这些亭子，同样在建造伊始便秉承了古人的遗风，在"风雨"上立意，予人以"停集"和"迎谒"之便，其实用取向远胜于审美价值。它是一盏明灯，标识着家的方向。

"长亭外，古道边，芳草碧连天。"这一聚一散便成歌谣，低吟浅唱，千古流传。

"何处是归程？长亭更短亭。"蓦然回首，山河依旧，只是多了一份额外的喧嚣。亭子还在路旁伫立着，面目平和，不悲不喜。

它们像是在等待——等待一个开始，又等待一个结局。

义渡横江了无痕

在野外行走,总有某些东西在某个瞬间让你怦然心动。细数起来,那面目模糊的古旧渡口,庶几可以算是其中的一个。

南方多山,一出门便是翻山,气喘吁吁;南方亦多河,行不到三五里便要涉水,险象环生。

山易翻——山再陡,憋一口气便可逾越;水难渡——河再窄,无船则望水兴叹。莽莽群山是横在眼前的一道道门槛,需要人们高高地抬脚跨越;渺渺河水是拦住去路的一缕缕蛛丝,需要人们挥臂拨开。

山没有路,人便用双脚踏碎一块块石头,开了一寸寸的路;河没有渡,人用刀斧伐倒一竿竿竹,造了一条条船。

小时候随大人赶墟,需过一条不深亦不浅的河。大人体重稳当,能轻松涉水。我等人小体轻,水一推便双脚漂浮,无法站立,需要借助大人的手提肩扛方可抵达彼岸。从那以后,那些阻拦去路的水,在我幼小的心里留下了挥之不去的深深烙印。

在离家不远处的一处河岸上,有一个小小的村子。几百年前,这里还是一片了无人迹的荒烟蔓草。那一年,在天灾人祸之中,一群衣衫褴褛的人或一路逃难或沿途乞讨至此。机缘巧合之中,他们谋到了一份摆渡的活计,从此聚族成村,渐成规模。他们的后人无从得知他们的祖先是从何时从何人的手中接过了这份让他们得以休养生息和延续生命的摆渡活计。他们只知道,祖先们在很久以前便在这喜怒无常的河流边上留了下来,摆了百年的渡,扎了百年的根。

这些最早的渡夫为人摆渡是不能收费的,乡亲们若有需要,一声招呼,他们便尽自己摆渡的职责。对于这个严苛而情意绵绵的清规戒律,当地许许多多的人混沌懵懂,人云亦云,有时甚至以讹传讹,以至于辱没了先人悲天悯人的襟怀,不禁叫人扼腕。

倘若你有缘由乔善往宝坛方向驱车行进,只需稍加留意,便可在距离古金大桥大约五百米处的石壁上看到"飞瀑悬崖,甘华义渡,乡闾表帅"的摩崖石刻。这十二个大字镌刻在距路面约五米的石壁高处,字径三十余厘米;字为阳刻,字体古朴浑厚,色彩鲜艳,吸人眼球。由于巨大高耸的崖壁上布满了漫天飞舞的尘土,字迹显得模糊不清,不仔细端详无法辨识。这是一个朝廷命官留下来的墨宝,在古迹稀疏的少数民族聚居地显得极为珍贵，说是奇迹似也无妨。据摩崖文字记载，道光丙午年（1846），一个叫刘悌堂的朝廷官员巡察乔善、古罗（现古金）、思合、古波（现古城）。过渡时，听闻有人为方便过往行人，砍竹造船，并将房子、耕田和牛马作为报酬赠予渡夫，命渡夫长年为人摆渡，并约束渡夫不可收取行人钱财，否则禀官罢职，另选他人取而代之。规矩一立，历任渡夫谨听教训，无人敢于违拗。渡口也由此成了造福乡梓的义渡，延续百年，经久不衰。

刘宅俊，字恺生，一字春海，悌堂是他的号，安徽省枞阳县人，自幼家贫，却聪颖异常。道光丁酉年（1837）以廪膳生中丁酉科乡魁（举人第一名），道光甲辰年（1844）中甲辰科第二甲进士，历任广西来宾县、修仁县（今荔浦县修仁镇）、天河县、怀远县知县，署新宁州（今扶绥县）知州。他为官清廉，所到之处皆布以仁政，闲时好走访民间，工诗文，善书法。他一生清贫自守，不屑于晚清官场的时俗，后辞官回乡，至今在安徽枞阳仍广有嘉名。

我在无数次的踏访探寻中得知，赠田地、造义渡、立规矩的那个人叫韦代昌，是个邑庠生，出身于当地富户，幼年时读先辈诗书、听圣贤教训，成年后亦耕亦读、亦农亦商。在拥有了一定的经济实力之后，他便心怀苍生，搭桥铺路，与人方便。作为朝廷命官的刘悌堂（时任天河县知事）想不到这荒山僻野之中居然有如此深明大义之人，不禁大为感动。为褒扬这一善举，"使闻者知为善之乐"，遂于对岸岩壁之上凿石题词："飞瀑悬崖，甘华义渡,乡间表帅。"并意犹未尽,在一旁挥毫写下诗句"忠孝传家国,诗书教子孙。广行方便路,阴骘满乾坤",以彰其贤。(需要厘清的是,有人把诗中"诗书教子孙"句解读为"诗云教子孙",在细心考究和多方求证之后,发现这是一种误读)"甘华"为壮语音译的地名,类似于宁明的花山,不同的是"花山"为意译,而"甘华"则是直译,意为"布满花纹图案的崖壁"。

在诗的右侧,还有清同治年间留下的"永远免派竹木砖瓦碑",经仔细辨认,依稀可见"钦加同知衔特授天河县正堂加五级记录五次高为禁……"之类的文字。可惜的是,因年代久远,字迹漫漶,已经难以完整而清晰地逐一辨认,留下了永远无法补救的种种遗憾和挥之不去的缕缕不安。

尽管如此,我们依然可以想见,曾经有那么一段岁月,方圆数十里的人们但凡遇到过日子的大事小情,譬如到墟亭上赶墟、赴外地求学或谋生以及婚丧嫁娶等等。不论青天白日,还是半夜三更,也不论大雨滂沱还是月朗星稀,只要来人冲着河对岸一喊:"过河喽——"河对岸便传来一声亲人般的回应:"来了——"一呼一应之间,一只竹筏便从碧波荡漾的水面上翩然而至。刹那间,山间、水上和人心中充盈着一种体恤、亲切和慈爱的回响……

人的尚古之心一旦为外物所激活,便萌发出无尽的加持力。作为一介布衣的韦代昌们自有他们的行世规则。他们不仅建义渡平道路修桥梁,还在闾里事务中尽心尽力。譬如为了维持自然生态,保护秀美家园,韦代昌还与自己的兄弟韦代明携手倡议,立禁护山,呵护文脉,拓开一片不一样的天空。现今,在乔善乡古金村拉若屯狮子山脚下,还立有一块高 1.2 米、宽 0.6 米的石碑,碑文的大致内容是禁止采伐、严禁放火、保护龙脉、以安先灵,要求村民互相约束,互相监督,共同遵守,若有违禁,公议惩处。

记得小时候,村里有一个老人,每天都背着双手固执地在布满狗屎牛粪的村道上走来走去,风雨无阻。他时不时返回家中,扛来锄头、铁铲和钢钎,这里敲敲、那里打打,这里撬撬、那里拍拍,把突出的石头敲掉,把凹下去的地方填平。好像他每敲掉一块尖锐的石头就是一份功德,每填平一个凹坑就是一次加持。

大人们说,老人是在给村里人"平路",路"平"了,人心就"平"。有一次,老人对我说:"等你长大了也要像大人们种庄稼一样,在地里种下'善因',这样才会在秋天收到'善果'。"就这样,积德行善、惠泽乡梓的"善因"经过老辈人的耳提面命而深植于一代又一代的血液之中。于是,辟学田、兴义学、建义渡、建茶亭、修道路、筑凉亭,便如冬日高悬的暖阳,给无边的旷野注入了一拨又一拨的热力,温暖着一颗又一颗远行而疲惫的心。于是我们才会有幸读到无数有关铺路搭桥之类的春意盎然的乡野文字。于是，我们才有幸在一条条古道旁看到一座座为人遮风挡雨的面目慈祥的凉亭。

在我的印象中，"潮落夜江斜月里，两三星火是瓜州"这样宁静淡雅、清新可人的江月图景是极少见的，更多的则是"白浪如山那可渡，狂风愁杀峭帆人"的白浪滔天、咫尺天涯的骇人景象。

眼前这个经过百年接力的古渡口，岸上那步履匆匆的身影和嘚嘚的马蹄声业已飘然远去，同时远去的还有那份充满乡音的一呼一应、一问一答、一颦一笑。婆娑竹影下，荡漾碧波上，咿呀乡韵中，唯有那桨橹的欸乃声和竹篙的拍水声仿佛还在青山绿水间经久回荡，像是在执着地演绎着早已不复存在的幽幽岁月……

古人有言："高者为台，深者为室；虚者为亭，曲者为廊；横者为渡，竖者为石。"能在江上"横"着的，便是我们魂牵梦绕的"渡"。这不是"野渡无人舟自横"的渡，也不是"青衣渡口山如画"的渡，而是渡危难、渡亲情、渡乡愁和渡人世间林林总总的渡。

真想在古渡边的青石板上枯坐，一坐便是千年：听那滔滔江水，不息奔流；看那横江义渡，往来无痕。

遇见真武阁

那天上午驱车离开时，我便在心里不停地嘀咕：倘若没有这座几百年来屹立不倒的真武阁，我的脚步会不会踏上容县地界？估计会，也估计不会。不论会与不会，昨天还是来了。这是第一次，是不是还会有第二次、第三次，不得而知。

不做滴水不漏的形而上的规划，这似乎是多年来养成的习惯。脚随心走，常有收获。没有约定，也是一种约定。这种随性的行走，有时候更容易抵近某种遥远的真相。多年来，无论是去丽江还是去昆明，也无论是去湖南还是去湖北，中间都没有固定的方向、线路和行程。心里老是想：这些年，那种戴着脚镣跳舞或者说在床铺底下劈柴火的憋屈日子还少吗？诗和远方似乎太过遥远，纵情山水倒是近在眼前。

据说，绣江北岸的这座真武阁，人称"天南杰构"，万分荣幸地与湖南的岳阳楼、湖北的黄鹤楼、江西的滕王阁，并称中国古代江南四大名楼(阁)。然而,它如面目清奇的老僧一样,终年在幽暗沉寂的禅房里打坐,不显山,不露水,直到二十世纪八十年代初才真正进入人们的视野,才得到像模像样的关注和呵护,直让人为之叫屈。

让人不安的是,湖南的岳阳楼我去过两次,湖北的黄鹤楼去过两次,最远的南昌滕王阁也去过一次,而近在眼前的真武阁,在此之前从未光顾。罪过,罪过。

容县自古以来就是祖国南疆州府郡县所在地,因其独特的地理位置和优越的自然禀赋,一度成为桂东南的政治文化中心。清代杨梅何家的"五子登科"(一进士、四举人)和"珊萃黄"父子公孙"三代进士五举人"的科举盛况,让容州声名远播。无怪乎那个写过诗句"可怜无定河边骨,犹是春闺梦里人"的唐朝诗人陈陶曾如此赞叹容县:"普宁都护军威重,九驿梯航压要津。"(容县古称容州、普宁)可见容州古地在诗人眼中的分量。于是,宋代名相李纲来了,一代文豪苏东坡来了,怀抱"朝碧海而暮苍梧"宏愿的徐霞客来了,点地名师赖布衣、张九仪也来了。这些人或漫游题咏,或踏勘寻穴,或行色匆匆,或长久流连,在古容州大地上留下了一行行深深浅浅的足印,任由后人追思和凭吊。而到了近代,这片古老的土地更是人才辈出,"五省长""将军县"的名号响彻天南地北。

就是基于这点理由,今生若不深入这片容州故地,做一次细微的探寻,是无论如何都说不过去,也没办法向先辈文人交代的。

借助那块油光可鉴的木板上的文字,得以快速地梳理出这方古经略台和真武阁的前世今生。这种快餐式的阅读,对于一个读书人而言,有时候让人极为沮丧和羞愧——太过省事的阅读,类似于投机取巧。但是这样的阅读,读书人却时常出现,逃也逃不掉。这或许就是读书人的无助和悲哀之处。"识遍天下字,读尽人间书。"这样的读书人早已绝迹。就是苏东坡这样的人中龙凤也只是"发愤""立志"一下,何况我等俗人。倘若读书人一律鄙视甚至彻底摒弃这种浅薄的阅读,那么,古往今来的每一个读书人,即便上天垂怜,"再借五百年",估计也会死不瞑目。

唐朝乾元二年(759)肇建的经略台,年岁有些大了。唐朝的太阳照过它,宋朝的月亮照过它。元朝的风吹过它,明清的雨打过它。然而,那块夯得结结实实的沙土地收留了它们,包容了它们,并让它们在夜色下闪闪发光,照亮了南天一方星空。

《容县志》云:"南山耸峙,实为火宿。"在道家看来,南方属丙丁火,容城的茅草房为此经常化为烛天火炬。明万历年间知县伍可受"以城中屡遭回禄(火灾),集乡宦杨际熙等增改层楼以压南方火星"。于是,古经略台上便建起了一座真武庙,里面供奉踏着龟蛇的北方水神玄武大帝(真武大帝)像,其目的是

"祀北帝所以镇离火也"。明万历元年(1573),人们又将真武庙扩建(用现在的话来说就是升级改造)为三层的楼阁,即现在的真武阁。

四百四十多年来,真武阁经历了5次地震,4次大台风,仍安然无恙,稳如泰山。据说是四大名楼(阁)中唯一一座没有进行重修且完整保留至今的楼阁。何以能够如此?据说是杠杆式纯木结构使然。梁思成说真武阁以杠杆结构原理串联吻合,彼此扶持,互相制约,从而合理协调,组成一个优雅而稳固的统一整体。这样的结构,就算地动山摇也分毫撼动不了它,让人惊奇万分。

"天南杰构"这样的隆誉或许只有真武阁能当得起、受得了。换成别的楼阁,早就被这四个字压垮了,根本用不着地震和台风。人世间,各种楼宇何其多,能够穿风破雨,筋骨完整屹立在今人眼前的,又何其少也。

"真武阁"这三个字是一个名叫张濂的容县知县的手笔。阁名题于乾隆五十四年,字体苍劲有力,一如它边上历经风雨而巍然不倒的楼阁。

岳阳楼有忧乐千年的范仲淹,有烟波浩渺的千里洞庭,有淫雨霏霏,有春和景明。滕王阁有思接千载的才子王勃,有流传千年的壮美序文,有满天的落霞,有翻飞的孤鹜。黄鹤楼有"眼前有景道不得"的李白,有历历晴川,有萋萋芳草,有江汉无尽的涛声。然而,在真武阁,它只给你短短二十分钟合影、审视和抚摸的时间。这对于一座与岳阳楼一样没有斑斑铁器锈迹的楼阁而言,显然是远远不够的。于是便到处寻找与它有关的人事和文字。然而,遗憾的是少得可怜,几近于无。那一刻,心中突然泛起一股莫名的凄怆与悲凉。

让人快慰的是,在准备离开真武阁的时候,回首一望,看到一个身着洁白连衣裙的小女孩儿,在喷洒着水雾的音乐喷泉边上飞奔嬉戏,那笑容,那神态,白璧无瑕,天真烂漫,让人瞬间触摸到了生命中那股蓬勃的力量。

真武阁坐北朝南,面前的绣江,日夜奔腾,载走多少怒涛与明月?那个名叫元结的经略使,那个名叫张漪的知县,今在何处?真是夫差旧国,徒有荒丘。

二〇〇八年,容县作家陈锦绵写了一篇文章《古经略台真武阁赋》,在首届滕王阁杯文学艺术大奖赛上斩获一等奖。文中有言:"沙盘为台,敢问天下几许?四柱悬空,信是独有容州。"算是结结实实地给真武阁打了一个优雅的广告,真是阁坚文美,相得益彰。

透过真武阁顶楼的窗户,眺望不远处静静流淌的绣江水,不禁心潮澎湃,思绪万千。"窗含西岭千秋雪,门泊东吴万里船。"杜甫当年真是一吟便成千古句。

蓝天白云下,真武阁飞檐翘角,红脊绿瓦,遗世独立,像极了一个看破红尘的隐士,穿着破旧的衣衫,戴着见天的斗笠,行走在偏僻的乡间,无人识得其真面目和他心中汹涌的波涛。

倘若不是梁思成,有谁能识得这藏在深闺的真武阁?"天南杰构""岭表巨观"这样美好的文字会不会旁落他处?

那神奇的杠杆原理让真武阁坚如磐石,任岁月冲刷,屹立不倒。然而,这人世间之林林总总,怎一个杠杆了得!

栏杆拍遍,无人会,登临意。站在阁楼之上,俯视沧桑的古经略台上那两个六边形的防火水池,感觉那是一双透视古今的大地之眼。此刻,它们正仰望着浩渺的星空,回望着消逝的过去,似乎也在注视着遥远的未来……

远走他乡的那一缕草香

在世人眼里,天一阁是一个这样的存在:绵软而坚挺,奇异而悲怆。天一阁就像你的一位故人,几百年来,于东海之滨翘首以待,期盼着你的到来。

面对天一阁,崇敬、仰慕、惊叹、好奇、向往、期待、欣慰、失落、沮丧、愤懑、悲悯……各种感慨油然而生,倒海翻江,五味杂陈。

二十世纪八十年代,神州大地,文学星火四下飞溅,每一块年轻的星空都燃烧着文学的彤云。也就是在那个时候,我第一次听闻了"天一阁"这三个古色古香的汉字,并为它匪夷所思的韧性和耐力所震撼和折服。从那时起,天一阁便成为盘踞在我心中的一种近乎固执的向往和期待。

然而,这样的向往和期待只是空中楼阁,可望而不可及,徒自耗费心神,全无些许实现的可能,心中不免有一丝难以言状的失落和悲伤。没想到,多年以后,幽闭的天空突然裂开一条缝隙——我有了一个赴宁波公干的机会,有了与心仪已久的天一阁亲近的可能,这不能不说是冥冥之中的一种奇巧安排。

抵达的那天,因是旅游淡季,天一阁游人稀疏,显得有些寂寥和清冷。于我而言,却省去了与人摩肩接踵的不适与烦恼,可以优哉游哉地在古旧的庭院、曲折的回廊、斑驳的碑林、拙朴的假山和晶莹的水池间漫步徜徉,独自品味芳馥的墨香,摩挲淋漓的苔痕,阅读苍古的文字,聆听圣哲的教训,倒也其乐融融。

天一阁与别处的亭台楼阁一样,楹联及题额宛如星辰闪烁,耀眼夺目。这些楹联和题额,或镌于木,或刻于石。唯一有别于他处的是,这里的楹联题额多为白底黑字格局,这似乎很切合时下人们对文字的认知和阅读的习惯。

走在天一阁幽深的屋宇间和曲折的廊道里,这样白底黑字的对联题额比比皆是,给人一股平和、沉静和舒缓的惠风暖流,让人在波澜不惊之中,体悟到一缕缕盈屋绕梁的幽幽书香和延绵千年的涓涓文脉。

在众多楹联题额之中,悬挂于天一阁楼下前壁柱上的"杰阁三百年老屋荒园足魁海宇,赐书一万卷抱残守阙犹傲公候",最为让人心波荡漾。此对联由清光绪七年(1881)宁波知府宗源瀚所撰,甬上硕儒沙孟海先生所书。短短二十六个字,点破了天一阁的荣光、梦想和宿命。

天一阁建于明嘉靖四十年至四十五年(1561—1566),宗源瀚撰此联是在光绪七年(1881),之间正好相隔正好三百年。书屋已老,园子久荒。"老屋荒园""抱残守缺"像一双在暗夜里闪烁的深邃执着的眼睛,几百年来散发着幽怨而奇异的光芒。天一阁的破旧和老态让人心生悲悯,而天一阁的绵软和坚韧则让人触摸到了文脉的涓涓细流。

"老"而"荒"者,诉说的是文明的浮沉与起落,"抱"而"守"之,凸现的是书生的孤寂与坚持。天一阁也因此而散发出一道流光溢彩的神奇光芒,人世间也因此多了一份荡涤心灵的雅致去处,读书人也因此而多了一份绵延数百年的文化守望。

"尝叹读书难,藏书尤难,藏之久而不散,则难之难矣!"黄宗羲当年的感慨言犹在耳,振聋发聩。

范钦时代的天一阁藏书七万余卷,大多是宋明时期的木刻本和手抄本,有许多还是世间稀有的珍本和孤本。这些珍贵的书籍,倘若没有那棵生长在南方深山里的奇异香草的伴随和呵护,今天我们看到的将是一堆散发着幽古墨香的纸屑或零落成泥的粉末。

这种草名叫芸香草,也叫灵香草。它生长在南方一处名叫金秀的高山深谷里。在漫长的岁月里,它与世无争地与寂寞相拥,与孤独作伴,与芳香为伍。任凭花开花落、云卷云舒,它只顾自生自灭、自吟自唱、自娱自乐,空有一身异能与奇香,却只能

"养在深闺人未识"。只有大地能够感觉到它的呼吸,只有山岚欣赏过它的妖娆,只有日月见证了它的荣枯。

作为一棵隐居高山幽谷的香草,它无法预知它的际遇,直到一个书生的到来。

这个人叫范钦,一个平淡无奇的柔弱书生,一个未曾一鸣惊人的落魄文人,一个嗜书如命的朝廷官吏。这个人的到来,彻底改变了灵香草孤寂凄凉的命运,让它有朝一日能够告别荒僻的大瑶山,千里迢迢奔赴东海之滨,奔赴一场风起云涌的文明盛宴,聆听人声、涛声和读书声,开启了它华贵风雅的芳香旅程。

古人把藏书处称为"芸台""芸阁",把读书人称为"蠹鱼"。三国史学家鱼豢所著的《典略》中记载:"芸香,避纸鱼蠹,故藏书台称'芸台'。"晋《洛阳宫殿簿》也说:"古者秘阁藏书,置芸以避蠹,故号芸阁。"芸香草作为避蠹之物始于何时,不得而知。但上述记载告诉我们,魏晋时的书家就已开始广泛使用这种香草来为自己心爱的书籍驱蠹。

范钦曾经在湖北、江西、广西、福建、云南、陕西、河南为官,历任知州、知府、参政、布政使等官职,一直做到兵部右侍郎(相当于现在的国防部副部长),宦迹遍及大半个中国,为他的访书和集书提供了足够的时间和空间。

在广西任布政使、参政的五年时间里,范钦最大的收获大概就是发现了能够为书避蠹驱蠹的灵丹妙药——芸香草,并由此开启了他此后的藏书大业。

在天一阁发现了芸香草的踪迹之后,我就一直在想:范钦是在怎样的情形之下遭遇了芸香草?是有意的探寻还是无意的道听途说?范大人是不是经常在每一个鼓角偃息、冗务尽去的夜晚,总是带着贴身的仆役,风雨无阻地走进一个个日间访知的书肆或一户户书香人家?是不是在昏黄的油灯下翻拣泛着墨香的古籍和刚刚装帧完毕的史志的时候,他的指尖无意间触碰到了一张枯萎坚硬的芸香草叶?或是在田野的稻香和满屋的墨香之中忽然捕捉到了一缕别样的香味?

没有人能够清晰地观察到他夜间奔走的足迹,也没有人能够揣摩出他访书时或欢喜或失落的心情。唯一可以肯定的是在那个夜晚,芸香草的香气曾经萦绕过他的指尖,潜入了他的肺腑,融进了他的血脉,让他在后来的日子里夜不能寐、食不甘味。于是,这棵在深山里匍匐千年的香草,终于昂首挺胸、气宇轩昂地踏上东海边上的土地,开始了它与文字相识、相知、相扶和相依的漫漫征程。从此,东海边上演了一场文明的盛宴,天一阁开启了欢欣与悲怆、痛苦与欢乐、离散与聚合的动人时光。范钦也因此完成了其人格的升华、品格的锻造和灵魂的超越。

这些年在乡间行走,我不止一次地看到厚薄不一、样式各异的古书和族谱,它们的外层都无一例外都用金黄色的烟叶包裹着。一问,答曰:"防虫!"

"历年二百书无恙,天下藏书独此家。"全祖望当年的赞叹,让今人触摸到了天一阁穿越时空的耐力和担当。作为地球上现存最古老的三大私家藏书楼之一,天一阁声名远播,震古烁今。试想,倘若没有来自深山的芸香草的伴随,今天我们看到的会是怎样的天一阁?倘若没有那稀松平常的烟叶守护,乡间的文脉将何以延续?有谁会想到,这贱如草芥的黄色烟叶,与同样贱如草芥的芸香草,在人类文明的传承中发挥了舟楫桨橹的作用?

书生有书生的智慧,农人有农人的办法。面目平常的芸香草叶与同样面目平常的植物叶子,竟然都在做着同样一件事情,不能不让人惊奇。

神奇的东西,往往就是这样——貌不惊人。

在大理赶街

两年间,两度光临同一个地方,这在我的人生履历中绝无仅有,是大理让我完成了这样温馨而情意绵绵的"人之初"。

第一次光临时,大理还是我长途旅行返程途中用以恢复元气和补充粮草的驿站。骄阳似火的滇西北高原天空浩渺,大地宁静,山水清明,草木葳蕤,一如人间仙境。我像刘姥姥进大观园那样探头探脑,左顾右盼,小心翼翼,生怕一不留神即给人留下笑柄。而第二次造访则显得从容和淡定许多,伴着温和柔顺的下关风在苍山洱海间闲庭信步,那种微妙的感觉,只有身临其境的人才能够体会得到,不足为外人道也。

那天驱车进入大理地界时,天色向晚,夜幕四合。被下关风死命驱逐的燠热空气扑打在我脸上时,它的那股热气似乎还没来得及消散。找到了事先预订的民宿安顿下来后,夫妻二人便空手出门,了无牵挂地在古城的大街小巷间游走,并美其名曰

"赶大理街"。看灯火闪烁,听商人吆喝,闻来自全国各地乃至漂洋过海而来的臭汗,沿着脚下平平展展的石板路向着曼妙的光影深处移动,直到无路可走。一路下来,商铺似乎还是那样的商铺,游人似乎还是那样的游人,灯光似乎还是那样的灯光,与之前在丽江古城看到的并没有什么两样,只是换了一下时空。想到这里,心中便有了一丝失落、一点哀伤。

略感欣慰的是,在一个灯火辉煌的门店,我们遇到了别有情趣的一幕:两个身着白族服装的小伙子手上抬着一个舂槌,和着节奏明快的音乐,像抬轿子一般手舞足蹈地舂着富有当地特色的糕点。这种植入了舞蹈的劳动使得过往的旅人驻足不前,你拥我挤,把门店和街道完全堵住。人们边大声吆喝,边东倒西歪地用手机拍照或录像,生怕一不小心即错过这惊艳的一幕。每一节的表演时间大约为三至五分钟,音乐一停,表演即暂告一段落。商家这种别具一格的表演,赢得了观众毫不吝啬的掌声和欢呼声。尽管商业气息浓烈,但由于其中加入了浓郁的民族元素,让过往行人惊叹不已。商家也倚仗着这别具一格的招数,在收获了一片喝彩声的同时,也赚取了大把的钞票。

眼前这条街道是由石板铺成的,异常干净整洁。千百年来,当它还是平平仄仄的土路时,在它上面走动的是南诏国王、大理国王、明清将领和身着土布的白族百姓。段正淳当年行走在这条土路上的时候,他就是想破脑袋也绝不会想到,千年之后,有一个名叫金庸的后代书生写出了一本名叫《天龙八部》的书，而在书中，他自己是一个不可或缺、举足轻重的角色。

早就耳闻过大理，但从未亲临过。这片土地上永镇山川的三塔，怀抱日月的洱海，一年到头永不停歇的下关风，千百年来不停地向世人述说着南诏国和大理国的坚韧与脆弱、勇猛与怯弱、高大与卑微。

大理古城有一个奇怪的"曾用名"：羊苴咩城。它本来是白族先民"河蛮"的世居地，唐开元二十五年（737）被南诏所夺据，于是，它就变成了唐、宋时期的南诏国和大理国的国都。直到元世祖忽必烈灭大理国，羊苴咩城才结束了它近五百年的国都历史。作为南诏国和大理国的国都，羊苴咩城街市规整，三街六市，皆仿唐制皇宫而建，其建筑雕梁画栋，宏伟瑰丽，名震南疆。元代时，羊苴咩城是大理路军民总管府所在地，明朝初年被毁。明洪武十五年（1382），指挥使周能在羊苴咩城范围内新建一座城池，就是今天我们看到的有着"九街十八巷"的大理古城。

每到一个地方，我的目光都会锁定在有些年份的旧物上。这次也一样，我关注的是那些隐藏在霓虹灯后面的城楼、城砖和那股荡气回肠的英雄气。大理古城的城墙敦实古朴，门楼高大雄伟且造型别致，古色古香，与我之前看到的丽江古城不是一个套路。据说，因为丽江的历代统治者姓木，所以丽江古城既没有城墙，也没有城门，呈一种向四周辐射的开放状态。大理古城一共有东西南北四个城门,且都有意味深长的名字。北门也叫三塔门,登上城门远眺,不远处的黄白色三塔清晰可辨,就像三把闪闪发光的宝剑立在苍山洱海间,千百年来一直守护着这一方百姓的安宁。城门上悬挂着云南本土书法家楚图南先生题写的"史冠南疆"匾额,看上去沉稳苍古,闪射着一股让人心潮澎湃的光芒。西门也叫苍山门,上悬匾额"滇云拱极",为康熙皇帝御书,自带一种难以言说的帝王气。东门也叫洱海门,有别于其他三门的地方是它门上匾额"玉海银苍"四个大字是篆书,写得珠圆玉润,给人一种"天人合一"的美妙感觉。

最让人流连的是古城的南门。城墙之上那爬满青苔的城砖,依然不停地给人们讲述着它硝烟弥漫的故事。南门也叫五华楼,这似乎是大理古城的正门,人们大多从这里进入古城。在很远的地方就能看到"大理"两个大字,是郭沫若手书。匾额有两块,一为木质,挂在北面门额上;一为大理石质,镶嵌在南面门额上。据史料记载,五华楼是南诏、大理国时期羊苴咩城中最宏伟的建筑,始建于唐大中十年(846),是南诏国和大理国的"国宾馆"。顾祖禹《读史方舆纪要》说它"方广五里,高百尺,上可容万人。蒙古忽必烈入大理,驻兵楼前……"《蛮书》说它的建筑"重屋制如蛛网,架空无柱,两边皆有门。楼下临清池,大厅后小厅……"其规模之宏大、建筑之豪华,让人浮想联翩、叹为观止。

那天晚上，我们不知疲倦地一直在走，是一次没有掺假的"赶街"，弯来绕去，绕去弯来，在不知不觉中便出了城。回头仰望，我看到了被灯光环绕着的"苍山门"三个大字。人声鼎沸的古城已被我们抛在身后，眼前的马路上依然车水马龙。放眼向马路对面望去，在光影摇曳处，"三月街"三个大字映入了我的眼帘。同时，我也看到了悬挂在牌坊立柱上堪称绝唱的对联："千年赶一街，一街赶千年。"就在那一瞬间，我本来极为淡定的心忽然不淡定了，有一种不赶完三月街誓不罢休的冲动。因为它让我突然想起家乡那歌声飞扬的"三月三"，想起那色彩斑斓的五色饭，想起圆润诱人的红鸡蛋，甚至想起千年的故事、千年的传说和千年的传奇。

回到那温馨宁静的农家旅店，迫不及待地用手机百度了这个不打招呼即撞入我心怀的"三月街"……

三月街的来由有两个版本。一个来自《白国因由》的记载，另一个与南诏第六代国王异牟寻息息相关。

先来说第一个来由。据说，古时候的大理被一个名叫罗刹的恶魔所盘踞。他专以人的眼睛为食，每天都要吃掉无数人的眼珠。当地百姓苦不堪言，谈"罗"色变。有一天，观音大士来到大理，探知了其中的原委。素以慈悲为怀的观音便巧施法术，制服了穷凶极恶、为害一方的罗刹，还当地百姓一个清平世界。为了不让罗刹东山再起，观音大士即在这里登台讲经，化解百姓苦厄。当地百姓则以蔬食供奉观音。后来,这里便形成了讲经庙会。每年的三月十五日这天,当地的百姓都会聚集在一起,用蔬食祭祀观音大士,乞求她长长久久地保佑这片土地上的子民。据说观音大士为了不让老百姓因为供奉自己而错过了农时,耽误了生计,便让百姓在祭祀自己的同时兼做些小买卖维持生计。久而久之,观音讲经处便形成一年一度规模宏大的集市。为了纪念观音的恩德,当地人便把这个集市叫作"观音古市",流传至今。

第二个来由是,唐代的南诏国时期,南诏第六代国王异牟寻于唐德宗贞元十年(794)和唐使崔佐在苍山中和峰脚下的苍山神祠里举行了一次会盟(类似于现在的两国元首会晤)。在这次生死攸关的会晤中,南诏国王异牟寻与唐使崔佐立了铁卷一式四份,盟誓南诏国与唐王朝世代友好,和平共处,永息干戈。为了纪念这个给南诏子民带来和平的重大日子,异牟寻便晓谕举国子民,每年农历三月十五日至二十一日在苍山神祠前的广场上举行一个隆重的集会,用以纪念这来之不易的和平与安宁。

大理国出产一种良马闻名中原,得到了大宋王朝的垂青,每年都要从大理购买数量庞大的大理良马。南宋王朝甚至还在广西的邕州(今南宁)设立了买马司,专门进口大理的良马。而占尽天时、地利、人和的三月街则变成大理规模宏大的良种马匹交易市场，每年的良马交易量都在 1500 匹以上。据史料记载，每年的大理马市均商贾云集，湖广四川的商贩以丝绸、纸笔、人参等日用百货交换大理的马匹、刀剑和药材，交易的时间有时长达十几、二十天。三月街俨然成为当时中国南方最大的马匹和药材集市，影响深广。

徐霞客于崇祯九年（1636）对大理三月街进行了详细的考察，并在《滇游日记》中作了如下记录："十三省物无不至，滇中诸蛮物亦无不至。""男女杂沓，交臂不辩。"同时代的白族学者李元阳在《云南通志》中写道："三月十五在苍山下贸易各省之货。自唐永徽年间至今，朝代累更，此市不变。"三月街贸易之繁盛、风情之浓郁，由此可见一斑。

到了清代，三月街更是得到了空前的发展。《大理县志稿》这样记述当时三月街的盛况："盛时百货生意颇大，四方商贾如蜀、赣、粤、浙、桂、秦、黔、藏、缅等地，及本省各州县之云集者殆十万计，马骡、药材、茶市、丝绵、毛料、木植、瓷、铜、锡器诸大宗大理交易之，至少者值亦数万。"

乾隆年间的大理举人师范写了一首名叫《月街吟》的诗，更是把三月街的盛况描写得风情万种、摇曳生姿。诗是这样写的：

乌绫帕子凤头鞋，结队相携赶月街。

观音石畔烧香去，元祖碑前买货来。

读罢此诗,有如身临其境,心生向往。

现如今,三月街已经成为大理州各族人民的法定节日。每年前来参加三月街交易的国内外商家和慕名前来的游客达上百万人次,成了真正的"文艺搭台,经济唱戏"的商旅盛会。

"千年赶一街,一街赶千年。""赶街"一词似乎是南方人的发明。不仅云南人这么说,湖南人、贵州人、广西人甚至四川人也都这么说。街是需要"赶"的,赶什么呢?赶时间。去得晚了,街就散了,白跑一趟。赶街赶的是一种速度与效率,赶的是质量和成色。不像现在,人们赶街慢悠悠的,像是在散步。以前七天一街,现在三天一街,不仅仅是时间概念上的变化,更是一个民族生存状态的探测器。俗话说"起了个大早,赶了个晚集",说的是无可奈何的感慨。想当年,一句"时间就是金钱,效率就是生命"的标语,点燃的是无数人的激情和梦想,描绘的是一座城市和一个民族的精神图谱。这似乎与"赶街"的精神品质高度契合。

大理人既有"千年赶一街"的执着,也有"一街赶千年"的韧性。那条名叫"三月"的街赶了千年还在赶,从唐代一直赶到今天还没赶完,还没赶够,还没赶过瘾,还要一代一代接着往下赶。唐宋元明清,你我在同行。赶街的队伍一再扩大,不再是一个人在赶,而是一家人在赶,一村人在赶,一州人在赶,一国人在赶,甚至连老外也加入了浩浩荡荡的赶街行列,前呼后拥,人声鼎沸。这锲而不舍的赶街大军千百年来一直这么赶着,赶出了一个地方的文化,赶出了一个地方的历史,赶出了一个地方的名片,赶出了一个地方的千古传奇!

这有点儿像广西壮族的歌圩,人们赶了这么多年,今天依然还在兴味盎然地赶。当年的刘三姐成了歌仙,但她清脆婉转的歌声还在无数油光发亮的发际间流淌。当年白底黑面的布鞋还在一双双脉脉含情的目光中传递。当年响彻云霄的呼哨声依然在无际的旷野中蓬勃生长。五色饭依旧,红鸡蛋依旧,小红伞依旧,它们穿越阡陌,穿越四季,穿越时空隧道,始终保持着旧时的容颜、质地和味道,不停地掀起一个民族的红盖头。她是南国大地上的文化盛宴,滋养着一个民族的过去、现在和未来。现在,她风情万种、婀娜多姿地走出了国门,走向了世界,用古老的壮音和着大海的涛声演奏一曲交响,迎接火红的朝阳、汹涌的波涛和点点的帆影……

大理的三月街与家乡的三月三,它们像两棵在两块土地上生长的树,心有灵犀地守候着同一汪碧水,仰望着同一块蓝天。这是一种没有约定的文化共振,是人类不谋而合的心灵共鸣,其中所蕴含的文化密码耐人寻味,发人深省。

那天,在大理街道一旁的台地上,我看到了这样一句话:"偶尔来,或一直在。"这本来是一条房地产广告,但在我看来却是大理的城市话语。作为一个过客，或许真的只是"偶尔来"，而大理作为东道主却"一直在"！

这似乎是一种坚守、一种等待，更像是一种期盼、一份承诺。

在秋的景深里弹铗长歌

一

这是一座在南方极为常见的普普通通的小山,与罗(城)龙(岸)二级公路仅隔着一块玉米地。站在二级公路上望过去,山的外形像一只展翅欲飞的凤凰,当地人叫它凤凰山。龙殿宝的墓就在山腰处一块台地上。站在墓前向东遥望,可以清楚看到他生前在横岸的家。

多年来,出于对老师的崇敬,每次驱车经过,我都会减缓车速朝山腰处望上一眼,算是与老人家打个招呼。

熟悉龙殿宝的罗城文人都知道,龙殿宝的母亲姓龙,他自己姓龙,他的夫人也姓龙。乍一听,心中不免感到疑惑。照理说,同姓即为兄妹,是不能通婚的。这是一条古老而苛刻的禁令,任谁都不能逾越。多年以前,曾经有人跟我提起过,龙殿宝其实并不姓龙,而是姓郑。听完之后,颇为诧异。也就是从那时起,我的心中便埋下了疑惑的种子。

二〇二三年六月十日上午，强忍腰伤的疼痛，我前往东门横岸村拜谒龙殿宝老师的墓，再次确认他的姓氏。五年前的清明节，我前来拜谒时，这里的山体简洁明了，草木葱茏，并没有多少墓葬。不到几年时间，这里已是便道纵横，墓葬遍地，无复原先的模样。

"吾父讳殿宝乃龙岸长斗郑国枢公之子"，墓碑上赫然镌刻着的这一行字，清晰、冷峻、板上钉钉，不容置疑。紧接着，我回到县城，完成了对龙师母的采访。几天之后，我又前往龙岸长斗拜访了郑氏宗祠，访问白眉皓首的乡老。最终确认，龙殿宝并不在横岸出生，他的出生地在龙岸的长斗，是如假包换的郑氏子孙。

郑氏在龙岸并不是土著，而是外来的"客家人"。为了躲避战乱，原籍福建漳州的他们于清朝中期西迁至"粤西"龙岸，开基立业，繁衍生息。

"文振玉其中国秉，绍述前辉有达人。荥阳世业家声大，经学词章永著名。"这是郑氏族人书写在祠堂内的字辈诗。从诗中我们得知，长斗郑氏繁衍至今已绵延十二代，是那一带的大家族。按照字辈排行，龙殿宝的辈分当为"秉"字辈，小时候要是起了学名，他应当叫作"郑秉✕"，是郑氏在龙岸的第七代子孙。郑氏族人尽管迁至龙岸年深日久，但不忘根本，与一道从福建漳州迁来的何姓族人一样，日常仍操闽南语，保留着祖先遗留下来的文化基因和生活习惯。

长斗郑氏知书达礼,有着深厚的家学渊源。在郑氏祠堂里,我读到了几首吟咏当地风光的"八景诗",其中有"文姿笔态云山里,画情诗意烟树中。田畴垅亩金涛浪,冻馁无忧展笑容"和"狮子下山临岸畔,天鹅落地到田头。西江湍濑源流远,南岭丛林阴蔽稠"这样清新淡雅的佳句,让人记忆深刻。

而一个传说则似乎更能印证长斗郑氏积德行善的传统。据说,长斗郑氏的王姓太祖母是个大善人。她年老去世后,在出殡途中突遇暴雨。郑氏族人只得找一块平地临时停枢,打算第二天再将灵柩移至原先选好的墓地。第二天,风停了,雨住了,众人回到头天停棺处一看,王氏的棺木已经被一堆黄泥盖了一大半,无数的蚂蚁此刻还在忙忙碌碌搬运泥巴。郑氏族人见此情状又惊又喜,认为王氏生前相夫教子积德行善感动了上天,蚂蚁垒坟是天大的吉兆,此处定是一块大吉大利的安眠之地。于是便不再移棺,在原地起坟。现在王氏的坟墓仍在,只是左侧多了从融水揽口迁回来的自己丈夫的坟,算是夫妻九泉相伴了。

龙殿宝的父亲郑国枢受过良好的教育且文武双全,是龙岸旧时代的知名人物,中华人民共和国成立前曾在当时的寺门乡任事。在时代的滚滚洪流中,身为旧时代人物,郑国枢的结局自然异常惨淡,叫人唏嘘。这样的出身,像一把沉重的枷锁牢牢地套在龙殿宝的脖子上,压得他喘不过气来。正因心中有这个终身无法排解的郁结，龙殿宝极少或从未在人前提及自己的身世。每年清明节或特别的日子，小心谨慎的龙殿宝都是独自一人前往龙岸长斗，去拜祭自己的父亲和祖先，生怕一着不慎殃及子孙。

二

龙殿宝的母亲是东门横岸村龙家的女儿，名叫龙爱兰。中华人民共和国成立前嫁与郑国枢为妻，龙殿宝便是他们的儿子。中华人民共和国成立初期，丈夫去世后，龙氏便失去了依靠。在走投无路的情况下，龙氏便带着年仅六岁的小龙殿宝回到横岸的娘家，仰仗父母、兄弟的庇护过活。

仫佬族地区有一个古老并延续至今的习俗：但凡是外姓人，无论是"扛楼梯"的上门女婿，还是"随母下堂"的幼年子女，要想在当地站稳脚跟，须得将原来的姓氏改为当地的姓氏，否则就会被人歧视、疏远乃至隔离，待不下去。于是，原本姓郑的幼年龙殿宝便改姓龙，成了龙氏子孙。这就是龙殿宝母亲姓龙、自身姓龙、妻子也姓龙的原因。如此说来，龙殿宝与龙艳英的结合，算不上是同姓联姻，而是异姓结缘。

刚从龙岸回来时，龙殿宝母子尽管分到了一座偏厦，借以栖身，但家徒四壁，异常贫寒。作为传统农村妇女，龙母深知"勤不富也饱，懒不死也饿"的道理，一天到晚总是在田地里死扒苦做,以赚取每日的口粮。尽管自己的日子异常艰难,但龙母明事理、识大体,但凡村里有搭桥铺路和修建门楼之类的公益事业,她都尽己所能捐钱捐物,尽一份力。更为难得的是,曾在大户人家当过几年媳妇的她,深知识文断字对于一个人的重要性。因此,待龙殿宝一到上学年纪,龙母便把他送入当地的横岸小学读书,祈望他肚里装点墨水,不至于"睁眼瞎"。小时候的龙殿宝也特别争气,凡事不甘人后,加之他天生聪明伶俐,嗜书如命,经常是手一沾书本便两耳不闻窗外事。看到孩子如此痴迷读书,龙母心中很是欣慰。为了支持和鼓励龙殿宝读书,在家里穷得底儿朝天的情况下,她还是毅然决然地把本来作为口粮的谷子卖了,凑钱供龙殿宝上学,给龙殿宝买书。

"家中耕作不劳汝,但愿蓬门生光辉。"望子成龙心切的龙母,以农村妇女特有的勤劳和坚韧,揽下家里家外所有的农活儿,为龙殿宝挤出宝贵的读书学习时间。

然而,以当时那个处境,活下去才是王道。任何不切实际的想法都不合时宜。用现在的话来说就是"理想很美好,现实很骨感"。当生存需要与美好愿望相冲突时,被繁重农活儿压得喘不过气来的龙母便没了向来的好脾气,训斥起"懒惰"而"不懂事"的龙殿宝来。横岸村至今还流传着一桩龙殿宝的旧事:有一次,龙殿宝看书着了迷,把帮助母亲干农活儿的事完全抛诸脑后。为此,母亲很生气,大声骂他:"以后你就问那本书要吃的了!"

现如今,横岸村的老人对此依然记忆犹新,恍然如昨。

成年后的龙殿宝依然保持着幼时发奋向学的良好品质。一九六九年,经人介绍,龙殿宝与从金城江回乡插队的本村姑娘龙艳英结婚。龙艳英的父亲龙光春是柳北游击队队员,中华人民共和国成立后回到地方,曾在宜山专署公安部门工作,后来去劳改农场监管犯人,再后来又调到金城江税务局东江税务所工作,"文革"中含冤去世。龙艳英这样的出身,与龙殿宝结合真可谓是柴门对蓬户——"门当户对"。

龙艳英家是书香世家,家中楼阁上存放了大量的书籍。受家学熏陶,聪慧好学的龙艳英阅读了大量古今中外的书籍,学业优异,顺利拿到了高中毕业证书。在当时,这是拿得出手的学历。在妻子面前,高小毕业的龙殿宝自惭形秽,总感觉抬不起头。一次偶然的机会,龙殿宝听说妻子的叔叔手中有一本《新华字典》,心中十分羡慕,总想拥有那本字典。身无长物的龙殿宝一咬牙,以牺牲一条牛皮皮带的代价,从龙艳英的叔叔手中换来了那本字典。

在龙艳英的印象中,龙殿宝对知识的渴求,犹如宗教信仰一般狂热。他每时每刻都抱着一本书,每时每刻都畅游在知识的海洋里。那本用皮带换来的《新华字典》,更是无价之宝一样随身携带,须臾不离。正是这种不计血本、善于抓住上天赐予的任何一次学习机会的韧性与自觉,让本来高小文化的龙殿宝拥有了大专文凭,再加上多年的勤勉奋发、日积月累,他终于成为了一名学养深厚、受人景仰的学问大家。

三

罗城有一个大名鼎鼎的文化大院,罗城的文化人基本上都集中在这里。大院里的氛围极好,人与人相处得极为融洽,完全没有"文人相轻"的陋习。他们每天不是写文章、写戏,就是喝酒、猜码,天马行空地吹牛放炮,苦中作乐。他们活得很特别,被人视为"另类"。他们聚会:"食与宿兮均自理,无钱搭车靠脚长。"他们鼓励人,"我做初一,你做十五。"他们的日常:这家的炊烟飘过那家的天井,那家的酒菜上了这家的餐桌。他们相互之间知根知底,日子过得像玻璃一样透明,没有篱笆,互不设防。受父母亲密无间的影响,孩子们也如兄弟姐妹一般不分彼此,亲如一家。他们扎堆吃饭,结伴游戏,牵手上学,甚至打架也兄弟同心、荣辱与共。

他们逼仄的客厅,经常坐着从乡下来的三三两两的业余写作者。他们高声谈笑,肆无忌惮,妙语连珠。家里的女主人对此早已司空见惯,充耳不闻,处之泰然。在外人眼中,这些经常光膀子喝酒猜码、攀肩搭背、称兄道弟的文人,是行为古怪的"外星人",不走寻常路的"另类"。

为了给干瘪的日子充实点儿内容,找点儿乐子,文人们可谓绞尽脑汁。他们每一次聚会,仿佛都是"分外眼红"的"仇人相见"。他们经常在酒酣耳热之际当面相互"揭短",给对方起外号,比如"革命头""唐老鸭"等等。这些外号都准确抓住对方的某一突出特征,活灵活现,惟妙惟肖。龙殿宝那个尽人皆知的"龙老退"的雅号,就是在那时得来的。这雅号是龙殿宝为人处世的一张醒目标签,很精准、很到位,很能突出其"好人"的特点。闲谈之间提起,大家都心照不宣,粲然一笑,空气中便弥漫着一股轻松愉悦的气息。

龙殿宝为人忠厚,实诚,体恤人。二十世纪八十年代,物质生活条件很不好,家庭负担很重,经常入不敷出,每天都节衣缩食,量入为出。偶尔出一趟差,心里总是想着家人,省吃俭用,给老婆孩子买件大衣和鞋帽之类,以备不时之需。由于人不在身边,不像现在有手机可以沟通,只能"隔山买羊"。结果买回来的大衣、鞋帽不是大了、长了,就是小了、短了,没办法穿。退又不能退,转手又没人买,苦恼万分。龙殿宝得知同事遇到这样的窘况后,便急匆匆跑过来,左右翻看,上下打量,然后照单全收,既解除了同事的烦恼,又省去了自己跑商店的麻烦。这样的事,时不时发生一次,久而久之,同事们便给他起了"龙老退"的雅号。

四

龙殿宝对仫佬族民间文学和文人文学具有开拓意义的追

索和挖掘,始于二十世纪八九十年代。

龙殿宝外表儒雅,是典型的白面书生,然而做起事来却有一股狠劲儿,不达目的誓不罢休。

一九九〇年,广西师范学院(现南宁师范大学前身)的过伟教授找到龙殿宝,说要编一本《仫佬族文学史》。这是国家哲学社会科学"七五"规划重点项目,也是中国少数民族文学史丛书之一。这本书对仫佬族而言,是新娘子上花轿——头一遭。

按照分工,龙殿宝负责撰写一九四九年以前的仫佬族远古文学以及仫佬族近代文人文学等几个章节。接到任务后,龙殿宝心中暗暗叫苦。他所负责的章节没有任何现成文字资料,一切都得从零开始,其难度非外人所能想象。课题组之所以找到龙殿宝,就是看中他是仫佬族人,熟悉仫佬族的生产生活、风俗习惯和文化发展状况;更看中他对仫佬族文化浸淫多年,有足够的人脉资源、资料积累和独到见解,认定只有他才能完成这个史无前例的任务。

在撰写近代仫佬族文人文学章节时,龙殿宝首先就想到了本村前辈龙谢兰。龙谢兰是仫佬族文学先驱,写有一本名为《十年吟咏集》的诗集,民国三十七年(1948)七月由桂林文化供应社公开出版发行。他是罗城第一个出版个人作品集的仫佬族文人,《十年吟咏集》是仫佬族第一本文人诗集。为了"打捞"这本在仫佬族文学史上具有奠基意义的诗集,龙殿宝四下奔走,到处打听,却一点儿线索都没有。

　　小时候和二十世纪六十年代初,龙殿宝曾两次在村里同伴手上看到过这本诗集。由于当时年纪尚小,看不出这本诗集的价值,没有特别留意,更别说把其内容抄录下来。

　　功夫不负有心人,龙殿宝锲而不舍的追寻、百折不回的韧劲,让他终于看到了微微的曙光。一个偶然的机会,他听说一个姓吴的中学老师手上有一本龙谢兰的《十年吟咏集》,于是便急匆匆登门求借,回来之后细细品读。在用心研究一番之后,龙殿宝激动难耐、欲罢不能,情不自禁地为龙谢兰的诗作写了一篇评论,极力向世人推介这本仫佬族文人的诗集。随后,出于文人的良知和文化自觉,龙殿宝将诗集复印了一份,邮寄给广西少数民族古籍办公室存档。后来,不知为何,吴老师的那本诗集无缘由地丢失了,像一只飞鸟,飞入山林,一去不返。好在龙殿宝心思缜密,未卜先知,为仫佬族文人文学保留了第一粒火种。

　　这人世间的事,总有着惊人的巧合,像是一种无法规避的轮回。多年后,龙殿宝当年所复印的龙谢兰诗集,随着他的离世也没了踪影。为了收集整理龙谢兰的诗作,为罗城保留一丝悠远的文脉,我四处打听、搜索,都没有着落,诗集像是从人间蒸发了一般。抱着最后一丝希望,我找到龙殿宝的二公子远宏。幸运的是,远宏凭着记忆,在一堆凌乱的故纸堆中翻出了诗集,让我惊喜万分。

为确保万无一失,我对诗作进行了详细认真的校对,纠正了其中的错漏之处,然后学着龙殿宝当年的做法打印了两份,一份交给县图书馆,一份交给县档案馆,以期长久保存,永不遗失。然而,遗憾的是,无论我再怎么努力,原始本子的复印件是无论如何都找不到了,我们再也无福亲眼看到诗集最初的模样!

五

或许是身世的缘故,龙殿宝的低调和谨慎是出了名的。他一辈子始终恪守自己为人处世的准则:多做事、少作声,甚至只做事、不作声。

二十世纪九十年代初,当他携着《仫佬族文学史》《仫佬族民间故事选》《罗城歌谣集》等专著登上中国民间文学的广阔舞台并频频获奖时,坐在会场一角的他,心绪平和,表情淡定,好像什么事也没发生过。对他而言,已经做完的事就像撕掉的日历一般,就此揭过,一切从零开始。

在龙殿宝眼里,名和利都是身外之物,生不带来、死不带去。花样繁多的"会员""理事""主席""研究员""先进工作者",在他心里都是浮云。他的心思和脚步,每时每刻都离不开仫佬山乡坚实而温热的土地,一辈子辛勤耕耘,鞠躬尽瘁。

龙殿宝的职业生涯起于"布衣",也终于"布衣"。一九六九年三月至一九七八年五月这近十年的时光里,龙殿宝以"民办教师"的"布衣"身份在当地乡村小学、中学校园里挥洒青春;一九七八年五月转为公办教师后,又调到东门镇第一、第二小学任教。其间,龙殿宝的足迹遍布乡野,开展枯燥乏味的田野调查,撰写了一系列反映仫佬族文化和风情的文章,发表在报刊上,引起了世人的关注。在当了近十三年的"孩子王"之后,龙殿宝于一九八一年八月调到罗城文化局工作。三年后的一九八四年七月,业务能力出众的龙殿宝被委以重任,担任县文化局副局长,一年后又兼任了县文联副主席,真正拥有了一个官方认可的"文化人"身份。作为文化官员,龙殿宝或许察觉到了自身学历的不足。一九八八年九月,他到中共河池地委党校读了个大专班,弥补了学历上的遗憾。两年后,他大专毕业,又回到罗城文化局担任副局长。或许文化官员这个身份让龙殿宝浑身不自在,一九九一年六月他又调到河池日报社,从事他更为钟爱的文学编辑和新闻记者工作。

综观龙殿宝的一生,他主要从事了两个职业,一个是教师,一个是编辑。他这辈子当的最大的官是副科级的县文化局副局长,除去中间去进修的两年,龙殿宝在副局长的位子上仅干了五年。由此可见,当官对他的吸引力实在有限。

六

"罗城自古文章好,莫遣先人有憾声。"刘名涛先生当年的告诫,如夏日惊雷,时不时在耳边炸响。龙殿宝是罗城"文章好"者中的一个,不停地给先人争脸。然而,正是这"一个",让孤独生长在罗城文学土地上的幼苗得以沐浴温暖的阳光。同时,他还是一个有深厚文学造诣的仫佬族文艺家,一个典型的"眼睛向下"的文人,时常在月明星稀的夜晚行走在文学的田间地垄,对生活在乡间的文学创作者关爱有加,不仅关注他们的文字,还关心他们的生活,这一点尤为难得。罗城的文人不少,但像龙殿宝这样对文学后辈"扶上马又送一程"的不算多。龙殿宝一辈子奖掖后进的博大胸怀真是让人无不为之动容。我想,只有长年在乡间行走,熟知乡间泥土芬芳和民间疾苦的文人,才有如此情怀。在这一点上,龙殿宝可谓功德圆满,是一个真真正正不可多得的独特的文化长者。对于那些在茫茫黑夜中孑孓独行的基层文艺创作者来说,龙殿宝无疑是矗立在文学旷野中的一座灯塔,照耀着他们前进的道路。在文学的茂密丛林中,千言万语凝成的一声声"龙老师",响彻天际,不停地在基层写作者的耳畔和心中久久回荡。我想,不是每一个人都能享受得起这一声"老师"的,除了术业专攻上的过人造诣之外,还需要有让人佩服和景仰的人格魅力。这大概是所有敬爱龙殿宝的人的共同心声,也是热爱文学的人们给他的最高礼遇。

龙殿宝是一个辛勤的文艺园丁,无论刮风还是下雨,他总是无怨无悔、不遗余力地浇灌着家乡的文艺园地。尽管个人的力量是有限的,但这么多年来他一直守护着这一方充满希望的沃土,期望在某一天,当中的某株小苗能够长成参天大树。在罗城文人的心目中,龙殿宝是一个宅心仁厚的老人、一个随时与草根人物推心置腹的长者、一个在文学的夜空中目光如炬的领路人。

龙殿宝这辈子到底扶持和帮助了多少人, 做了多少善事,连他自己都说不清。在罗城,随便找一个有良知的文人,他们都能说出一二件龙殿宝帮助自己的往事。

与我一样受过龙殿宝教益的罗城文人,心中都怀有一颗感恩的心。人们的感激之情,正像一首歌所唱的那样,千言万语汇成一句话:龙殿宝是一座塔,一座灯塔,一座草根文学的不灭灯塔。

二〇〇六年,退休后的龙殿宝回归“布衣”身份,然而,他仍以巨大的热情关注并参与家乡的文化建设。他牵头主编的《仫佬族古歌》,二〇〇九年获第九届中国民间文艺山花奖。那本由他和仫佬族学者银建军教授任执行主编的《仫佬族通史》,填补了仫佬族历史的巨大空白,具有开创性意义。二〇一二年,该书获得了第十二次广西社科优秀成果一等奖。这是他人生的又一高光时刻,也是他人生谢幕前的最后一抹光辉。

七

"以后你就听那本书要吃的了！"幼年时母亲这句责备龙殿宝的气话，像是一个精确无比的预言。龙殿宝果然在"那本书"里找到了吃的，并且在养活自己的同时，还为了供养"仫佬族文化"这本大书，倾尽了自己毕生的心血。

龙殿宝的人生路异常坎坷，他阅尽了人性的种种丑恶，靠着坚韧的意志和博大的胸襟笑对人生。

横岸是龙殿宝《凤凰的故乡》，他长年累月《走在秋的景深里》，独自一人在肃杀无边的旷野中《弹铗长歌》，抒发着对故土的一片热爱与赤诚。

当年，我的高中同学何述强在为龙殿宝撰写碑文时，毫不犹豫地写下了"文翰留馨"的碑额和"且将书卷邀月览，漫取云岚作诗吟"的碑联。这不是恭维溢美之词，而是一个文学后辈对前辈中肯的评价，是世人对龙殿宝深切的缅怀和由衷敬意。

二〇一四年十二月十八日，龙殿宝因病去世，享年七十岁。

转眼间，十年过去了！

遭遇吴寄生

荒野遭遇吴寄生纯属意外。

那天,聋瞽兄和我是一心奔着天河宿儒林国乔去的。在族谱上,我们只知道林国乔有三个儿子,却不知道他其中的两个儿子(赞勋和翼勋)就在附近,像生前一样守候着自己的父亲。

林国乔的墓碑,选用的是当地常见的石材。碑上的文字是手工錾上去的,笔画极浅,局部已经风化,字迹漫漶,模糊不清;再加上刚刚下过雨,碑身边沿部分被雨水洇湿,辨认难度极大。个别文字需要用手机先拍下来,再放大辨读。雨后的拜台也湿漉漉的,给我们刮藓读碑制造了不少麻烦。待全部碑文读一遍下来,天已向晚。

费尽周折,我们读完了林国乔的墓碑,收获颇丰,心满意足。当我们正要打道回府时,他的后人突然说,林国乔两个儿子的墓也在这儿附近。尽管天色已晚,但我们心想,来都来了,顺便看看也无妨，就算给此行加上一个可有可无的结尾。没想到，这"搭帽肉"一般随意的举动，居然使得我们的脚步再也不能挪动。

林赞勋的墓在他父亲墓的左前方，碑文过于简略，一目了然。再加上没有多少史料价值，被我们放弃了。林翼勋的墓在他父亲墓的右前方，与他的兄长林赞勋，一左一右拱卫着父亲。父子三人的墓呈一个巨大的"品"字形，看上去颇具气势。

林翼勋的碑文写得峰回路转，灵动晓畅，让人记忆深刻，一看便知非常人手笔。

果然，在碑文的最后，我们读到了一行让人兴奋不已的文字："前清拔贡历署广东潮安、广西河池县长姻侄吴寄生盥手撰书。"猛然看到"吴寄生"这三个字，我的心里忽地咯噔一下。这个名字太眼熟了！对于家乡的这位先贤，我心仪已久。民国《天河县志》选有他写天河八景的诗，那些诗写得朴实鲜活，旖旎多姿，让人过目不忘。"数间茅屋土筑墙，不学耕耘不种桑。钓罢归来舟不系，鱼罾屋角挂夕阳。"这首《渔舟晚照》，寥寥数笔即将闲适的乡间图景状写得野趣横生，兴致盎然，让人流连艳羡。而那首广为流传的《榜山题名》则写出了一个文人对于人才式微的万分慨叹和无尽期待。"自从废却科名后，峭壁空悬不再题！"一诗读罢，不免叫人唏嘘。而他书写个人怀抱的诗句，读后同样让人欲罢不能。比如"归装欲整又流连，自笑行踪类纸鸢。幸喜今宵秋色好,冰轮不减旧时圆",这样的诗句,展示的是一种阅尽沧桑、乐观豁达的人生态度。

自从在林翼勋的墓碑上遭遇吴寄生后,心里总是涌动着一股造访他老人家的念头,且日夜不能释怀。经过多方打探,我们在天河街找到了一个姓余的先生。此君对天河掌故了如指掌,一谈起天河旧事口若悬河、如数家珍,自得之情溢于言表。那天,江左、好友和我三个人驱车来到天河。一路上,我们兴奋异常,心想有这个激情似火的向导指引,此行必有斩获,得到我们想要的东西。然而,由于事隔久远,吴寄生的后人记忆产生了一些偏差。不明就里的余先生将我们引到了与吴寄生墓相反的方向。尽管在茅草钩刺丛中,我们找到了吴寄生父亲和原配的坟墓,而且还发现了一些我们意料之外的东西,但吴寄生的墓依然没有下落。返回天河街后,又是一番查访,终于确定了吴寄生墓的大致位置。然而天色已晚,山路险峻,只能怏怏而归。

再次踏访安排在第二个周末,人员也发生了变化。好友和我是铁杆儿伙伴,江左有事未能成行,聋瞽兄则激情加入。事前与余先生约定,此行务必达到预期目的。他满口答应,且信心满满,让人感动不已。

吴寄生的墓在天河街北面北门山的山腰上,是一座与夫人一起的合葬墓。在山下仰望,一片莽莽苍苍,别说墓地,连个像样的台地也看不到。吸取上次的教训,为了保险起见,我们恳求余先生找来了吴寄生的后人。那个六十岁上下的男子,在弄清楚我们的意图后欣欣然在前头引路。一行人前后相随,在草丛刺蓬中攀缘、腾挪,费尽周折,终于抵达目的地。站在墓门前,放眼望去,远山近水尽收眼底。在我看来,这是一个绝佳的牛眠地。闻名遐迩的榜山题名正好与吴寄生墓遥遥相对,像是天造地设一般。此刻,摒弃一切杂念,让心皈依自然,听三潮圣水,览九曲龙江,实在是一件富于诗意的美事。然而,在我们慨叹于造化神奇之时,聋瞽兄却手搭凉棚,眯起双眼,从堪舆学的角度对周围的形胜仔细考究一番后语出惊人:"这不是一个上佳的牛眠地,势来得太猛,只能算是得乎其中。"我这才想起余先生先前跟我们说过的一句话:天河街周边的地形,峰岭奔腾,呈五虎擒羊之势,生猛有余而舒缓不足。念及此,不禁赧然。

吴寄生原名吴世昭,昭幼时曾被过继给别人家(应当是他的叔伯),寄生是过继后起的名字。这样的名字给人一种浮生若寄的苍凉之感。

可能是年代久远、记忆模糊的缘故,吴寄生的碑文在时间上的表述含混不清,给我们捋清他的履历设置了不少的障碍。为此,各路高手各抒己见,似乎谁也说服不了谁,只能搁置一旁。

民国《天河县志》说吴寄生是清末乙酉贡生,而在一九〇五年,清政府即发布谕令,废除了科举制度。清末乙酉年是一九〇九年,何来的贡生?原来,清廷废除科举后,为了安抚规模庞大的旧学生员,清廷规定"己酉科拔贡亦照旧办理"。一九〇九年,岁次乙酉,按拔贡"逢酉一选"的祖制,这一年是选拔之年,又恰逢宣统改元,该科拔贡的名额由常规的"府学两名,州县学一名"改为"府学四名,州县学两名"。吴寄生应该是在这一年参加考试并被选为拔贡的。两年后,即一九一一年,清政权瓦解,包括吴寄生在内的"宣统己酉拔贡"成了中国科举制度的绝响。

废除科举,传统仕进之路断绝。进身之路被堵死之后,吴寄生只好返回家乡兴办新学,悉心培养当地学子。天河街至今仍流传着这样几句话:"梁家大院,张家门楼,吴家书院。"说的是天河街当年的繁华景象。而"吴家书院"则透射出了当时吴寄生创办的天河书院学风之盛,想必培养了不少的青年才俊。在这一时期,吴寄生历任县议会议长、省议会议员和广西岭南法政讲习所(后改为私立岭南法政学校)教授。此外,他还参加过由孙中山等人领导的护法运动,并以军功摄广东潮安县篆,此后他又担任了广西河池县县长等职。吴寄生博学多才,达观诙谐,性格爽直,慷慨大方。在外任职前后达三十余年,"修齐治平",勉力而为,颇具文人风骨,广为世人称道。

吴寄生的父亲吴秀淇也是天河一带了不得的人物。第一次踏访的时候,我们即在五里屯一个面东的坡岭上遇上了他的墓。碑文上说,他"少颖慧,才名藉甚,戊子(1888)由优廪中式副榜第一"。曾任柳江等县学教谕,"风励士俗,有声于时"。任满回籍后,主办天河团务。在任期间,恪尽职守,励精图治,盗贼闻风敛迹,百姓安居乐业。因功勋卓著而被清廷奖给五品顶戴,病逝后清廷又诰授"光禄寺卿"。对于一个乡间文人而言,这已是一份常人难以企及的荣耀了。正因为有了这样的家学渊源,加上自身的聪明伶俐,吴寄生才会脱颖而出,成为乡人景仰的一代清儒而名播士林。

吴寄生长年在外任职,仅夫人就有三四个。原配覃氏,葬在公公的身边。她应当是一个坚守故土、侍奉公婆的贤淑夫人。正是有了这位原配夫人在背后默默支撑,解除后顾之忧,吴寄生才能外出任事或游学。在三十余年的宦海沉浮中,常年陪伴吴寄生的,应该是与他合葬在一起的那个名叫草香的女人。这个叫作草香的女人,想来是善解人意、知书达理,否则,吴寄生不会在死后与之合冢,给她一个胜于正室的"待遇"。

在他与夫人合葬墓的边上还葬着他的长子吴重光。吴重光幼年在父亲主持的天河县学堂读书,毕业后考入广东陆军军官讲习所。学成后未从军,而是返乡创办天河县中学和高等小学,并担任教师、校长,"教人不倦,诲人不厌",桃李满园。后来他还担任了天河县税捐稽征处主任和县参议会常驻议员等职,也算是事业有成,没有辜负老父亲对他的期望和厚爱。

吴寄生的墓碑立于一九八二年三月,材质不是我们寻常所见的青石,而是水泥板。初看上去没什么分别,细看才能看出端倪。

那天，在山上盘桓许久，那个吴寄生的后人见我们短时间内无法结束"工作"，便萌生退意，下山去了。我们则继续或蹲或趴地在原地刮藓读碑。直到天将向晚，一行人才下山。

在山脚下驻足，抬头朝山上仰望，只见吴寄生的坟墓已被一丛繁茂高大的竹子完全遮蔽，只看到葱茏苍翠的树影。我想，这一刻，吴寄生也一定在山之一隅不动声色地俯视着我们，像是目送短暂相聚又匆匆别去的故友。而那不远处的榜山圣水也一定在侧耳谛听着一场局外人无法知晓的文人叙谈……

这方山水的柔软与坚硬

由于生存环境的约束，我初次见到进士之类的牌匾，已是二十好几的年纪了。至于地点，则是在防护周密的博物馆，而不是在乡间的书香之家。我很清楚地记得，我在看到那块被连根拔起的牌匾时，心情是兴奋而忐忑、好奇而羞愧的。它让我瞬间想起了祖坟墓碑上那些"文林郎""修职郎"之类的文字。在叮叮当当的声响中，它们被铁锤和錾子敲入了坚硬的石头。场面热闹得有些冷清，有些不近人情。透过这些面目慈祥的文字，我隐约地感知到，我的祖上是进过庠、入过泮、得过功名、光耀过门楣的。为了寻找一个在上辈人口中反复出现的祖宗，我曾经购买过为数不少的古籍（它们大多是可能与其有关的县志），甚至拜托远方的朋友在故纸堆里代为查找，试图寻找到某些困惑我多年的东西。然而，在那些古老的文字丛林中，我仅仅看到了印证他功名的一行字，准确地说是几个字，甚至连籍贯都被无情地略去了，不免叫人沮丧。

几年前，为了写一些与乡间书生有关的文字，我独自一人栉风沐雨，蓬头垢面，疯子一样在阡陌间独自游荡。因为找不到门路而双眼迷茫，彷徨终日。现在想起来，我忍不住为自己的那份傻气发笑。

然而，某些我忽略了许久的道理，那一刻在我的身体里复活了，变得生机勃勃。有些时候，要追寻某些久已远去的背影，不仅仅是需要充沛的体力，还需要有足够的耐力和智力，就像沈从文先生说的："要耐烦。"

我有一个不知道是好是坏的喜好：每到一个地方都喜欢搜罗一些与当地有关的文字，不管它是一本书，抑或是一张纸片。这样的喜好我说不出其中的缘由，就像要我准确地说出一棵树为何能够开出艳丽的花朵和结出甜蜜的果实一般困难。

凭过往的经验，我想，这些年除了镌刻于悬崖峭壁之外，乡间与文字有关的大概只剩下族谱一样了。然而，在一些地方，族谱是秘不示人的东西。按照乡间礼俗，族谱是要"请"的，它需要一个仪式，一个庄严而神秘的仪式；需要备三牲，燃香烛，禀明祖宗，告知先人，否则是不能轻举妄动的。这跟古人读书要沐浴焚香一样，充满着一种神圣感，万万不可为了图方便而轻易裁减掉。

不知道从什么时候开始，这些与文字有关的仪式都消弭隐匿了，只剩下一条捷径，道理是"两点之间直线最短"。人们直面古物时的态度总是过于潦草，程序总是过于简单，甚至连必要的恭敬也被毫不留情地砍掉了。许多原本需要安静肃穆的地方，变得步履杂沓、吵吵嚷嚷。"至圣先师"的孔府是这样，"香林净土"的潭柘寺是这样，那些大大小小的庙宇也是这样。人心变得急躁了，脚步变得匆忙了。先人的清静没有了，佛门净土在无序的喧嚣中丧失殆尽。

那天在双蒙行走，因为是季春时节，天气出奇的好，阳光显得格外的温暖和煦。花正半开，水在微涨。隐藏在大地深处混合着草本植物香气的氤氲气息，让人有微醺的飘飘然的感觉，奇幻而又真切。巷道里的泥土，松软而又富有弹性。人在上面走，身体会不由自主地左右摇摆，像是走在棉絮堆上。放眼望去，山间的乔木朝着天空的方向节节攀升。沟渠边上的细小花朵，小心翼翼地开放着。蚂蚁和一些叫不上名字的小动物趁着大好的春光，三三两两地从洞穴里爬出来，跟人争抢阳光。大大小小的蝴蝶上下翻飞，斑斓的翅膀上跳跃着耀眼的光芒，给人一种忽近忽远、若即若离的美妙感觉。

自然的，在这里我也看到了诸如"年高德劭""进士"之类的匾额。尽管蒙尘已久，面目模糊，但我依然感知到它们的面容和体温。每遇到一件古物，众人先是手忙脚乱地一通拍照，接着便是纵横天地地评头品足。说句实在话，这样的气氛于我并不适宜。我喜欢在没有任何声响的氛围里品读前人留下的东西，而不是争先恐后，一拥而上。

前些年，每次深入耕读人家，辨读一块块牌匾，审视一扇扇门窗，我在内心深处是惊恐而慌张的，我的手和心都是颤抖的。在我面前似乎不是一块块面无表情的木板，而是端坐着的一个个白髯飘飘的老人。我在伸手摩挲它们的同时，它们也在用无形的手抚摸着我。这种感觉跟我多年以后在北京郊野看到那个硕大无朋的转经筒时的感觉完全一样。我似乎是被某种东西吓着了。

在双蒙，老屋还是那样的老屋，山水还是那样的山水，人还是那样的人。跟我过往积累的经验没什么两样，毫无新奇之处。有时我甚至怀疑，自己的眼光是不是变得短浅了？感觉是不是变得迟钝了？是不是"曾经沧海难为水，除却巫山不是云了？"

在采风结束后不短的日子里，我每天翻看手机和电脑里的相片，试图唤起某种感觉。然而，结果令人沮丧——一丁点儿感觉都没有！这让我吃惊不小。这种情形有点儿像两年前的五山之行。同行的文友行程一毕便洋洋洒洒千万言，酣畅淋漓，激情勃发，玲珑剔透。而我直到第二次五山之行彻底了却心愿后，才有动笔的冲动。这样一思忖，我不禁脸颊发烫，哀叹起自己什么事都慢人半拍的悟性来。

很多时候，功利性太强的人类活动注定是幼稚可笑的，结局是不知所终的。有些时候,要想得到你想要的东西,你得把双脚埋入土地,把目光刻入石头。

那天,佳珍兄不知从哪里拿出了一本泛黄的族谱,像是专门为我准备的。在众人忙着摆姿势调情绪合影留念的时候,我则在斑驳日影中用手机一张一张地拍摄。每拍一张照片,我的手都因激动而不住地颤抖。那情状像是捡到了前朝的宝贝一般,身体里似乎有几只不安分的兔子在左冲右突。当拍照完毕,我即迅速将手机塞入贴身的口袋,像见到自己多年未见的孩子那样用力把他拥入怀中,生怕被旁人抢了去。

面对那本布满虫眼的族谱,我的眼前出现了一大队人马,从遥远的汉口逶迤而来。他们此行没有目的地,只是一味地往南,往南,再往南,逃离那纷飞的战火和难耐的饥饿。当他们行进到这个有山有水,与故土有几分相像的地方时停了下来,再也没有挪动半步。就是多年以后,世道纷乱,人心不古,他们也从未萌发过举家迁徙的欲望。那一年是宋绍兴九年(1139)。到现在,他们已在这块土地上繁衍生息了几百年。

也是在那天,我读到了何家香火台上的这幅对联:

先祖根源由汉口
后人昌盛展罗阳

猛一看到这样的对联,我就想起距离此地并不遥远的双降朱家的那幅对联。他们的经历是那么的相似,相似得让人疑惑:同是荆楚大地子民的他们,当年是否一路同行?

在何家的香火堂上,我还发现了我从未见过的东西——如在堂。这是我第一次看到这样的牌位,弄不明白其中蕴含的深意。于是,我迫不及待地用手机百度了一下。"如在"的意思是子孙在祭祀祖先时,眼前的景象如先人在台上端坐,审视着子孙的一举一动。刹那间,我不禁佩服起古人教育子孙的方式来。他们居然通过这样隐蔽的方式告诫子孙,时刻都不要忘了自己的祖宗,丢掉自己的根。我想,在祖宗双目炯炯的注视之下,无论你平日如何放荡不羁,祭祀时的态度一定是谦卑而虔诚的,绝不敢敷衍了事。

双蒙有为数众多的石拱门,且大多是双拱券的。村里的老人告诉我,只有取得功名的人才能造这种双拱的石拱门。言语之间充满着处之泰然的淡定和自豪。在老人那本泛黄的本子上,字里行间走动着两位以武功身后留名的武状元。"柳州府名将吴伯成、蒙廷亮武状元,古称南国先锋大旗手,旗头蒙廷亮,旗尾吴伯成……"白纸黑字,言之凿凿。看来,这些先人一路逃难的同时,还裹挟着荆楚大地尚武的彪悍之风。

从老人口中我还很惊讶地获知,二十世纪六十年代末期,一支从前线撤下来的部队(一个生化连和一个炮兵连)曾经在这里日夜操练，留下了猎猎罡风和硝烟味。

这块柔软与坚硬并存的土地，有着太多的话题。它们一部分散落在荒野上，一部分隐藏在人心中。人们难以窥见它们的真实面目，以至于淡忘、漠视，最后任其凋零飘散在岁月的风中。

在双蒙何家屯的西北面有一处岩洞，冬暖夏凉，当地人称之为"乘凉岩"。据说洞内石壁上原有许多先人的题咏，因年代久远已经全部湮灭。佳珍兄凭着记忆，录下了其中的一首：

古今谈叙处名山，叙处名山既有岩。

山既有岩堪避暑，岩堪避暑古今谈。

这是何氏耆老何宝池先生题在乘凉岩石壁上的回文诗，充满书生的雅趣和机智，让人惊叹不已。

双蒙的石头大多已经风化，但历经几百年的风行草偃，先人们的雪泥鸿迹没有风化。那条绵延几公里通往融水和睦能够行车走马的石板古道没有风化，那嘚嘚马蹄声中的矫健身姿和刀光剑影没有风化，那蜿蜒曲折、青苔苍翠的古旧巷道没有风化，书生们那仰望星空、日夜吟诵的身影也没有风化。人世间，容易被风化的，是人类的目光。

近日，偶然翻阅近人朱彭寿的《旧典备征》，在民国总统徐世昌为它作的序里，我读到了这样的话："夫盈天地间皆文也，贯古今而不易者,道也……虽世风升降,趋向日异,顾文所在即道所在。道不可一日离,学不可一日废。守之弗移,终历百变而不失其宗。"读罢,心里不禁为之一动。

古人说:"云自无心水自闲。"我与双蒙这块土地的遭遇是偶然的、唐突的,是没有任何征兆的。然而,世间事就是这么奇妙,两个本无任何瓜葛的人,在某种意念的驱动之下相遇了,相知了,相惜了;两种没有任何关联的事物,在一阵风或者一场雨之后相互偎依,相互缠绕,连成一体,再也分不清你我,生死相依、不分彼此。

那天,在返程的欢声笑语中,我突然冒出这样的想法:倘若能够在那块花上一辈子也无法读遍的土地上买下一座古屋,摒弃尘世的喧嚣,追寻先人的脚步,好鸟枝头,落花水面,柳荫垂纶,任风声过耳,听流水潺潺,岂不幸甚!

补记:这天,佳珍兄突然跟我说,为了重振文脉,他牵头组建了一个爱心助学基金会,对那些家庭困难、学业优秀的双蒙学子给予资助,保证他们顺利完成学业。

闻之,欣然。

咫尺家山

山或人

一

我的世界并不缺山。那些年蛰居乡间,开门即见山;这些年谋食县城,开门亦见山。对我来说,或者对山来说,这种形影相随的情状,牢固,持久,坚如磐石。

人不应该嫌弃山,也不应该疏离山,甚至有时候还得感激山。说到底,人是离不开山的。人活着的时候,用山上的石头打屋基、凿门槛,用山上的果子填饱肚子,用山上的草木烧火取暖做饭。人要是死了,还得按照礼俗向山伸手讨要一小块地"扶柩还山",并用石头垒出一个小小的圆圈,撮上几卮箕黄土,山便成了人最后的归宿。一个"还"字说得贴切分明:人归根到底是属于山的,是山的一部分,无论是肉体还是灵魂。人就像是山放养在大地上的孩子,到了一定的时候都得回归大山,如"日之夕矣,羊牛下来"一般,然后长成一座山的模样、一棵树的模样、一株草或一架藤的模样。

《淮南子》里说:"生,寄也;死,归也。"说的是生似暂寓,死如归去。面对生死,古人的态度平和而又豁达,叫人叹服。对每一个生命个体而言,这人世不过是"自驾游"途中经过的一家旅店,让你住上一阵,时间一到就得结账走人,想多待一分一秒都不行。前面提到的那位先贤吴寄生,年幼时过继给别人当儿子,以延续香火;成人后,识文断字,走南闯北,深感世道艰难,遂易名"寄生",以示浮生若寄之意。

从某种意义上讲,家是和山连在一起的,家就是山,山就是家。所谓"明月家山",大概就是这个意思。那些背井离乡的人,常把自己的家乡叫作"家山"或"故山"。现在的人,清明节给祖先暖坟扫墓,这种行为也被叫作"拜山"。其伦理脉络再清晰不过:一是祭祀祖先;二是拜祭山神。在祭祀祖先的同时,连山神也一道拜祭了,一分为二、合二为一。似乎只有这样,祖先才住得舒坦,自己才活得心安。

父亲说,我们瓦窑韦氏栖息了几百年的那块地是老虎地,村背那座山叫老虎山。那是一只匍匐着的老虎,很温顺,不吃人。人如其山,瓦窑韦氏子孙也是一只只温顺的老虎,与人为善,从不"吃"人。

父亲还说,埋着我们祖先骸骨的那座山叫人山。仔细端详,果然。那是一座雍容大度的山，它接纳了瓦窑的韦氏鼻祖，是瓦窑韦氏的祖山。瓦窑韦氏鼻祖的坟丘，高大，圆润，雄浑，方圆几十里罕见其匹。鼻祖那块高大的墓碑上说，瓦窑韦氏于乾隆年间从宜州德胜都街迁移而来；几百年后，开枝散叶，螽斯瓜瓞，是那一带的大族。每年清明，韦氏后裔都集中祭拜先祖，披红挂绿，锣鼓喧天，阵仗盛大。瓦窑韦氏四世祖成敏公还是个恩贡生，在《天河县志》上衣袂飘飘，让韦氏后人满脸光辉。据说，他曾到思恩县（今环江）任职，韦氏后人都叫他"公杭"（任县太爷的公）。"杭"在壮话里是"皇帝"的意思，将一个县太爷这样的七品芝麻官视同皇帝，可见瓦窑韦氏做人的温顺与谦恭。

二

这些年，为了寻找那些追着石头走的文字，我成了山的常客，或者说山成了我的常客。

对于那些名山，古代文人墨客一见到它们，手就不禁发痒，非题几个字或写几行诗不可；兴之所至，激情飞扬，拦都拦不住。隔壁宜州的南山、北山和九龙山，名声似乎比罗城的大些，到处有名人的题字、吟咏、画像，甚至还引来了那个叫陆禹臣的唐朝神仙。在我身边挺立着的山，大多寂寂无闻，就像地里的红薯和南瓜，粗粝、质朴、木讷，入不了文人的法眼。然而，还是有那么几座山被人长久地记住了。

尖山或许就是这样一座幸运的山。

站在自古繁华的龙岸街头向南望去，会看到一座平畴之上突兀而起的山。它宛如春天破土而出的竹笋，立于天地之间，风姿绰约，遗世独立。

"尖山，在龙岸墟南可七八里，尖峰挺秀，耸插云霄。每于清明之夜，见南天一笔书空，不知毓秀几何年，乃有此上穷碧落而助成星月文章者……"

这是民国《罗城县志》对这座山的描述，极尽溢美之词。能写出如此得尽天地精华的瑰丽文字，绝非泛泛之辈。这让人不由得想起一件民国旧事。一九三五年，怀着"与子同唱大江东"的壮志豪情，龙岸民间诗人何启谐远赴千里之外的十里洋场，意欲投奔他的表弟周钢鸣，借以开拓自己的人生之路。因时局动荡、危机四伏，何启谐寻人未果。几番踌躇之后，他沮丧而归。回乡后，恰逢县里修志，作为当时为数不多的乡间名士，他受邀参与了这项宏大的文化工程，成就了一件文化盛事。作为龙岸本地人，这段流光溢彩的文字，出自其手亦未可知。

一九三五年并不是一个太平的年份，远方的天空下狼烟四起，枪炮声隐约可闻，所谓"盛世修志、四海承平"是不存在的。然而，一群有情怀的地方文化精英，在时局异常艰难的情况下，仅用了十个月的时间，便完成了一番宏业，成就了一段佳话。每每翻阅这本凝聚着硝烟与激情的县志，那些在昏黄灯光下奋笔疾书的前辈书生的背影，总是吸引着后世文人钦佩感激的目光。

　　　　尖山笔岫彩云飞，倚马文章人不知。
　　　　我写竹枝笔已秃，借君聊为一挥之。

　　这是人与山的对话和交流，又如两个青年男女私下里窃窃私语，谈情说爱。这是整日与尖山对视的何启谓"我见青山多妩媚，料青山见我应如是"的独特感悟，其中妙处不足为外人道也。

　　这些年，为了见识乡间文化遗珍，我时常选择在不同的时节抵近尖山，细细端详，慢慢揣摩，想从它身上沾染一点"星月文章"的仙气。

　　采访乡间旧事，避不开乡老。因为一些陈年旧事，年轻人是无法知晓的，它们只活在那些上了年纪的乡老心里。每逢有人问起时隔久远的旧事，尖山脚下的年轻人通常都会这样说："这事我只听说过一点皮毛，你还是去问问村里的老者吧。"

　　"老者"这样的称呼，在当下的话语系统里已彻底消失，为"老人""老头儿""老人家"所取代。唯有在这尖山挺秀的一小块地方"老者"称呼终年回响，让人惊奇。这一声"老者"，听着是那么高古、那么悠远，仿佛是"蒹葭苍苍，白露为霜"的远古回声。那些被人称为"老者"的老人，说起乡间掌故如竹枧泻水，泛着岁月悠远的包浆。

三

对于一些事情的原委，人们通常会想到一个词——来龙去脉。在我看来，"来龙去脉"最初应该是风水学的概念。"来龙"也好，"去脉"也罢，说的都是山脉的走势。有"来龙"，便有"去脉"。旧志上说，罗城境内的青明山（古称青陵山）山脉，从北向南一路逶迤而来，随后一分为三：一路东行，迎讶东升旭日；一路西走，奔向茫茫天际。另外一路先是向东，中途又折往东南，至县城北面时，便如高僧驻锡，止步不前，平地耸起一座不高不矮的山。远远望过去，这山一头高一头低，酷似一只展翅欲飞的凤凰，于是当地人便称之为"凤凰山"。

在中国人的传统观念中，凤凰大概是最为贵气的鸟，漂亮，优雅，吉祥。《山海经》中记载有很多神鸟，有九个头的，有四条腿的，有两对翅膀的，其中最为神异的就是被人称为"凤凰"的鸟。《南次三经》上说："又东五百里曰丹穴之山……有鸟焉，其状如鸡，五采而文，名曰凤皇……是鸟也，饮食自然，自歌自舞，见则天下安宁。""凤皇"者，凤凰也。一旦现身，便紫气东来，祥云朵朵。

凤凰乃祥瑞之鸟，亦是文明之象。这云蒸霞蔚的凤凰山，自古以来就是罗城的人文渊薮。县城东北那低矮圆润的哆啰岭上，旧时竖着一座文峰塔，似如椽巨笔，立于天地之间。那幽幽碧水的龙潭沓，宛如一方巨大的砚台。而城东南那座两头翘起、中间凹陷的山，俨然一个浑然天成的笔架。这山，这水，这塔，在悠长的岁月里，一同书写了罗城大地上的"星月文章"。

> 凤凰山，
> 有虞仪庭，成周歧鸣。
> 千秋万载，仪兮鸣兮。
> 于我大明万历乙酉粤东人心南可。

这是镌刻在凤凰山崖壁上的一段文字，思接千载，精绝高妙。落款是"粤东人心南可"。

"心南可"何许人？这个问题困扰了人们很多年。古人向人介绍自己时有先说字后说名的习惯。如春秋时期的宋国宰相华督，子姓，华氏，字华父，名督，人称"华父督"。参照古例可知，这个"心南可"就是张志可，字心南，名志可。"心南可"即"心南志可"的自称。

尽管"罗城"这个县名早在宋开宝五年（972）便已启用，由于地处边陲，盗匪横行，兵燹频仍，直到明洪武二年（1369），罗城才正式立县。综观有明一代，罗城一共有十五位知县。而被人称为"名宦"的只有两位，张志可便是其中之一。他是广东澄海人,明朝万历年间来到罗城担任知县。下车伊始,他便深入民间访贫问苦,在任期间革除了许多陈规陋习。他还极重教化,注重培养当地士子,甚至不惜捐出自己的俸禄,用以修葺破旧的学宫。在任的短短几年间,他几乎是无利不举,深得老百姓爱戴。他离任时,老百姓立碑铭记他的功德,真是泽被千里,功德无量。

来自粤东的张知县是一个雅致之人,对粤西山水少不了多看几眼,而对县衙北面的凤凰山更是情有独钟,闲暇之时反复登临。苦于如此钟灵毓秀之山,悬崖峭壁之上竟未留下只言片语,不能不说是一种遗憾。于是,在那天又一次登临时,他便在一个不深不浅的岩洞口题了上述文字。一题完字,张志可便长长地舒了一口气,算是完成了文化对一座山的加持。

张志可落笔的时间是万历乙酉年,即公元一五八五年。五十年后,他的大明王朝便在一阵铁蹄声中灰飞烟灭。

四

登顶凤凰山,没了浮云遮望眼,面前便是天高地阔、一马平川。清道光《罗城县志》中说:“罗邑山重水复,环绕四抱,有诸生罗列之象,邑之得名盖取诸此。”此说是否可靠,另当别论,但单从将县衙置于占尽一地风水的凤凰山脚下,足见古人的见识非同一般。

清嘉庆十六年(1811),湖南人欧阳隽来了,他也是来这里担任知县的。上任后,他最先做的事是实地"调研"。他这里走走,那里看看,用一双堪舆之眼审视这里的山水草木,并对县衙周边的风水逐一进行点评。在他眼里,衙门所在之处,必须是前有流水,后有靠山,只有这样才能藏风聚气,人才勃兴。凤凰山下,应该种上花草、竹子和梧桐,这样整座山便显得绚烂多彩,与那色彩斑斓的凤凰相协相和。至于山脚下的小路,应当筑一堵墙,阻断交通,以免伤了"地气"。凤凰山旁侧的哆啰岭,适宜广种榕树这样的乔木,以阻北面来风。他还认为,城北的砖窑瓦窑太多,泄了地气,坏了风水,导致邑人穷困,应当禁绝。当然,此乃一家之言、饭后谈资,不足为训。

时隔二十八年后的道光十九年(1839),四川华阳人万文芳来到罗城任知县,对欧阳隽这位前辈大为叹服:"欧阳公所议论者,后之君子能即斯意而斟酌损益于其间,则地灵之蒸蔚,必有经天纬地之杰才出于其间矣。""后之君子"是否严格遵照欧阳隽的"指导"对县城"斟酌损益",没有实证,不好断言。然而,那五彩斑斓的人文底蕴,确实是滋润了罗城一代又一代的文人士子。凤凰山下的潘宝篆祖孙四代、任铁肩父子、陈庆华先生、任君先生等俊彦之士轮番登场亮相,惊艳了一段岁月,也算是"人才勃兴"了。而作为父母官的万文芳本人,则为罗城留下了一本资料翔实、文采斐然的县志,至今仍为人津津乐道。

其实,小城周边都是山,像一圈高大厚实的围墙,把小城团团护住。要是从空中俯瞰，小城就是安放在天地间的一个巨大的"窝"，或者说是"凤凰窝"也无妨。城的东西南北分布着旧时的罗城八景，那些古桥仙迹、老祠旧庙，那些小桥流水、青峰古道，还有新近冒出来的馆舍、广场、公园以及箭竹一般刺破苍穹的楼群，将这小城打扮得妖娆多姿、风光无限。一圈山，一座城，古风新韵，参差错落，营造出了一个温馨安逸的"窝"。

很多年前，明朝副贡于成龙千里迢迢一路颠簸来到罗城。而在他来到罗城之前的顺治十六年(1659)罗城才归入大清版图，头一任县令许鸿儒和家属五人毙命于悍匪刀下。于是，明威将军温如珍在平定了内乱之后，率部亲赴桂林迎来了第二任县令苗尔荫。然而，这个骨头缺钙的县长任期不到一年便扔下大印逃命去了。之后朝廷接连选派了多名官员，均无人敢于赴任。在一片哭喊声中，这个山西副贡辞别祖坟家庙冒死前来时，居民死的死、逃的逃，城内仅有老弱病残六户人家。至于县衙，更是破败不堪，无处安身，他和仆人只能推开尘封的关帝庙大门，把床安放在周仓塑像背后，头枕砍刀，伴着窗外的凄风冷雨和衣而卧。

据说，这个后来成为两江总督、天下第一廉吏的副贡知县，在凤凰山下多吉寺前种了一棵榕树。经年累月之后，这棵榕树亭亭如盖，荫庇了一方子民。于成龙去世后，被康熙皇帝追赠太子太保，赐谥"清端"。为了感念他的功德，老百姓于凤凰山下建祠供奉。而朝廷也敕令在罗城县衙故地设置"清端乡",以资褒奖。直到二十世纪五十年代初,那寄寓着朝廷隆恩和百姓情义的"清端乡"才被废止,为"东门乡"所取代。

"青山原在兴亡外,古树犹存风雨中。"现如今,那棵榕树仍在葱茏繁茂地生长,日夜陪伴着当年的副贡。

街或市

一

"街"的诱惑力是巨大的,在我眼里,"街"是一个庄严得近乎神圣的存在。对我来说,"赶街"与"进城"是一个概念,没有任何分别。当年跟屁虫一样尾随大人上街,瞅准的就是那一碗米粉。每次傍晚回家,要是在村头遇上叔伯阿姨,第一句话就问:

"侬啊,今天赶街得吃粉咩?"

那碗小小的米粉不仅是物质上的渴求,似乎还是精神上的依托。

城是由一条一条的街组合而成的。对于一座城而言,街是她的骨骼,圩是她的肠胃。小城有个地方叫"老街"或"东门三街"。"老街"老的程度至晚可以追索到明代,缘由无他,有老街边上那截几十米的明城墙在焉。

周末没事的时候,我都会花上大半天的时间,到老街去走走,看看那些被拆得七零八落的老房子和被人像烂布一样扔掉的老物件。有时是一个人,有时邀上一两个文友。去得多了,老街里的居民便记住了我这张黝黑的脸,不时投来疑惑的目光。眼前这几条老街,名字总是变来变去,范围起止也不尽相同,其间的沧桑沉浮、喜怒哀乐,绝非三言两语就可以说得清楚的。现今"东门三街"的名字——永宁街、永乐街、东西街——都起得挺好,吉祥如意,承载着老街人美好的祈愿。

二

小城内外,分布着不少奇怪的地名,这些地名背后都流淌着一个故事,珍藏着一段鲜为人知的历史。大名鼎鼎的老奶店便是其中之一。

计划经济时代的老奶店是一个集体企业,由没有土地的老街居民经营。它兴盛于二十世纪六七十年代,衰落于改革开放初期。老奶店的主业是卖生榨米粉,兼营其他食品,价廉物美,深受顾客喜爱,生意一度异常火爆。从业者除了几个负责拉煤劈柴等重活儿的男性之外,大多是身着深蓝土布大襟衣服的中年妇女。天冷时,这些妇女头上戴着黑色的布头箍,像极了年老的奶奶,故人称"老奶店"。每天清晨,三两妇女像玩跷跷板那样,并排坐在一根长长的木杠之上,利用杠杆原理将粉压出,嘎嘎之声不绝于耳,形成一幅温馨奇异的"老街早市图"。

作为集体经济实体的"老奶店"已经消失多年,人们依然对它记忆犹新。它俨然已成为小城一个地标式的地名,永远镶嵌在人们的记忆里。现如今,要是说起湘西芙蓉镇的"刘晓庆米豆腐店",估计没几个人晓得。但要是提到东门三街的"老奶店",罗城人几乎瞬间即可精准定位,分毫不差。

不知道什么时候,在永宁街的入口处出现了一家粉店,取名叫"老奶店生榨米粉",专卖生榨米粉。于是人们经常听到这样的对话:

"大碗小碗?"

"大碗!"

"加叉烧吗?"

"加!"

…………

这样的对话,日复一日,月复一月,年复一年,不停地在永宁街口回响,一家人的生计和许多人的早餐便得以解决。朱姓人家经营的这家"老奶店生榨米粉",传承了"老奶店"的衣钵,延续了"老奶店"的传统,承载了许多人怀旧的心绪,再加上经营有方、价格公道,顾客如云。周末时,我经常到那里坐坐,与卖粉的阿姨聊天。一是照顾店面的生意,二是听她聊老奶店旧事。面对我絮絮叨叨的询问,阿姨总是和颜悦色,知无不言。

从她的言谈中得知,二十世纪七十年代的白米价格很低,一斤"一号米"是一角五分三厘,"二号米"是一角四分六厘,"三号米"是一角三分九厘。如此低廉的米价,老奶店经营的生榨米粉,价格自然也高不到哪里去。通常是一碗素粉八分钱,肉粉是一角二分。倘若口袋里没那么多钱,就拿米或粮票换粉。二两米或二两粮票加五分钱即可吃到一碗素粉。

这些年,各类米粉店此起彼伏,招徕生意的方式让人眼花缭乱。什么"割肉煮粉",还嫌动静不够大,干脆来个"砍肉煮粉"。每天早上,"咚咚"之声不绝于耳。然而,每天出得门来,很多人还是习惯性地向着"老奶店生榨米粉"走去。

"现在年纪大了,估计再做一两年就该关门了。"这天早上,面对我探询的目光,阿姨无奈坦言。

"是不是交给孩子和儿媳妇做,保住'老奶店'这块牌子?"

"到时再讲了……"

问的人心有所失,说的人一脸茫然。

一如老人所言,"老奶店生榨米粉"于今年清明节后关张,"寿终正寝"了。那围着灰褐色围裙忙忙碌碌的女主人不见了,唯余屋外的棚子和贴着白瓷砖的灶台,在人来人往的永宁街口默默守候着。

"老奶店生榨米粉"没有了,而"老奶店"这个地名却嵌入人们记忆的硬盘里,永远都无法删除。

三

东门有三街,有街就有市。远的不说,民国时,罗城境内分为凤山、武阳、三防三个区,每个区均设有圩市若干。至于圩期,则有三日、七日、十日不等。东门圩属"凤山区",即县城所在地,圩市设在县城东门外。圩市内随行就市,牛行卖牛,米行卖米,糠行卖糠,竹木行卖竹器、木器,屠宰行宰猪牛,规规整整,一目了然。而苏杭街进行的则是针头线脑、锅碗瓢盆之类的小商品贸易,给老旧的东门三街带来了些许现代商业气息。现如今,老街居民仍将自己居住的地方叫作"牛行街",颇有一丝怀旧与不舍的意味在里边。

过去,老街人有两种身份标签,一种是居民,他们手上握着红皮的粮证;另一种是菜农,手上拿的是蓝皮的粮证。菜农名下也有土地,但他们并不种粮食,只种蔬菜。说他们是工人吧,却没有工资,只有工分;说他们是农民吧,手上却攥着粮证,可以到粮所买米。当年,老街成立了一个蔬菜大队,大队之下有九个小队。他们所生产的蔬菜,不在市面上销售,而是由政府统一收购,集中供应给当地的工矿企业。可以说,在很长一段时间里,老街是当地工矿企业不在编的"后勤部",为当地的经济发展做出了贡献。每每谈起曾经的岁月,昔日的菜农便一脸荣光。

老街人至今仍旧保持着古老的传统。东门三街至今还挺立着六七座社王庙和婆王庙,有的在街头,有的在凤凰山脚;有些分开,有些并排建在一处。社王庙"插香一炷通诚意,燃烛双耀焕宝光"、婆王庙"婆王坐此恩泽凡土,魔障退矣平安一方"的对联,穿越四季,贯通人生,承载祈愿。一年当中的特定日子,那些进入血脉的古风,在这些吉祥联语上得到了鲜活的呈现。

在仫佬族人居住的地区,人们认为婆王专司生儿育女,社王负责保境安民,分工明确,各负其责。要是两座庙并排建在一处,那么就一起供;分开建的,就先供社王,后供婆王。

仫佬族民间认为,每年的农历三月初三是"供婆节",也叫"花婆节""婆王节""娃崽节"。每到这一天,老街人都会筹钱供社王、婆王。家里添丁的,女主人会到庙里"报丁"、还愿。过去人们受"重男轻女"观念影响,生男孩儿就"报丁",生女孩儿则不"报丁"。现在,旧观念已经被颠覆,无论生男生女都要"报丁",彰显了男女平等的美好理念。

敬婆王是感谢婆王"赐子之恩",敬社王是报告"添丁之喜",祈求孩子能够得到社王、婆王的庇佑,健康成长。集体供奉结束后,所有参加供奉的人家都会从家里拿来一个竹篮或塑料篮,篮里摆放一支写有户主姓名的竹签。主事的三五妇女按照户数,将供奉的鸡肉、猪肉等平均分配,放置在竹篮或塑料篮里。添丁人家则按照户均一枚(若为双胞胎则为两枚)的标准,事先煮好鸡蛋,并用花红粉染红,然后一一放入竹篮或塑料篮里。为什么煮的是鸡蛋而不是别的,理由是蛋者诞也。分发鸡蛋是知会街坊四邻:家里刚刚诞生了一个公子或千金,希望得到左邻右舍的关照和呵护。最后,各家各户将供品拿回家中给自家小孩儿吃,祈求孩子健健康康,聪明伶俐。

古人说:"文武之道,未坠于地,在人。"意思是说周文王和周武王遗留下来的规矩和礼节并未失传,仍然存留民间,活在老百姓的心里。所以说"礼失求诸野"不无道理。

士重儒雅之风,女务纺织之事。人间烟火中的老街人,男读诗书,女事纺织。昔日之轧布人家,现已不再轧布,唯见那元宝模样的轧布石倚于墙脚,向来来往往的人讲述着旧日的时光。而仫佬族传说中救苦救难的白马娘娘,依然端坐在家家户户的香火台上。以前,老街百姓曾于城东建有白马庙,现今这庙已没了踪影。当年官员到任,入乡随俗,先敬娘娘,后入城郭。清同治年间的罗城知县徐衡绅上任时,白马庙已是一片瓦砾。照此推算,白马庙当是在清咸丰、同治年间开始破败坍圮,最后彻底消失的。从那以后,罗城再无白马庙,仅余一条供车辆行驶的白马路和供人攀登的白马山,白马娘娘只活在美丽动人的传说之中。

据说,柳州市融水苗族自治县三防镇街头尚存一座白马庙,不禁心向往之。

杏或井

一

每到秋冬时节,身边的朋友便开始抱怨甚至诅咒自来水公司。抱怨或诅咒的缘由只有二字——缺水！

逐水而居是人的天性。我生长的那个名叫瓦窑的村庄，远离大江大河，日常生产生活用水全部依靠咨水。在井水不能满足日常所需时就得打井，一家打一口，或几家合打一口。在我记忆的硬盘里，满是乡亲们为引水灌田而争得脸红脖子粗的模样。

挑水是瓦窑人每天必修的功课。大人们每次出门挑水时，都要到菜园里摘下两张芋檬叶或南瓜叶，分别置于桶内。刚开始我对此并不以为意，后来看到他们所挑的水，无论道路如何不平，水桶如何摆动，桶里的水就是一滴不洒。原来，铺在水面上的那张芋檬叶或南瓜叶，此刻起到了缓冲的作用，有效地减小了水的晃荡。在很多时候，农人的智慧总是让人惊叹。

农村的孩子大都比较早熟，长到八九岁便开始主动分担家里的各种活计，帮助大人煮饭、扫地、喂猪、看牛，到十一二岁时就学会了打柴、挑水。倘若一个孩子到了八九岁甚至十一二岁的年纪还在村子里游手好闲，那便是一种"不肖"（无用、废物之意）的表现，为人所瞧不起。当一个孩子扛着一捆柴或挑着半担水走在村道上，被看成是已经长大成人的标志，会很荣幸地得到大人的夸赞和褒奖。

为了减轻父母的负担，在那所设在村里的太平小学学习识文断字的瓦窑孩子，一放学便争先恐后地向家的方向狂奔，到家后纷纷拿出自家的木桶，到两三里之外的岩洞里挑水，直到把自家的水缸灌满为止。挑水的木桶由若干木板拼装而成，为了堵漏和防腐，桶壁内外涂上了一层粗粝黏稠的薯莨和光滑透亮的桐油，散发出一道赭红的光，显得很贵气。每次挑完水，孩子们都会学着大人的样子，把木桶倒扣在桶架上，以保持木桶的干燥，延长木桶的寿命。

年深日久之后，木桶上的那道红光褪去，一身乌黑，变得腐朽松脆，于是摔破桶是常有的事。大人们看到了，也不忍责骂。在父母眼里，劳动总是会出错的，劳动的过程中出现一些闪失情有可原。

二

与我的家乡一样，眼前的这座小城也没有大江大河经过，日常所见仅为底气严重不足的小溪细流，一不小心它们就会断流，居民日常饮用之水只得依靠凼水和井水。据上了年纪的老人说，城内有黉宫凼、龙潭凼；城外则有勇村凼、犀牛凼、狮子凼、二丈七等。"凼"是桂柳方言，音如"闷"，"凼"就是泉水。黉宫凼，顾名思义，它位于黉宫（学校）边上。大概是由于黉宫的"黉"字过于生僻，老街人有边读边，"黉宫凼"变成了"黄家凼"，甚至音转为"洪家凼"，成为一桩趣谈。至于那"二丈七"，更让人摸不着门径。明明是一口凼水，周边一大片水域，却起了一个与水不沾边的名字。一番探问才得知，"二丈七"是指它的深度，而不是它的宽度。因它地处城东郊外,视野开阔,且少人注意,便经常成为年轻人谈情说爱和孩子们约架的好去处。

那时小孩子打架,事先约好时间和地点。动手之前还会把外套和鞋子脱下,整整齐齐地摆放在一旁,表明自己未带凶器。随后,在几个同伴的见证之下一对一角力,谁先倒地即认输,不得反悔,像极了中世纪的"决斗",讲究一种"仪式感",不像当下半大不小的孩子那样拳脚相加、刀棒飞舞,伤人害己。

龙潭沓的出水量比黉宫沓大,所惠及的面也比黉宫沓广,因此名气也大些。每每夕阳返照,龙潭沓上玲珑的水面波光粼粼,仪态万方,成为旧时一景。以前,城内居民不多,人与水维持着长久的平衡。每天早晨或傍晚,那逼仄幽深的巷道里人声喧哗。

"早啊!"

"早!"

这样的问候之声一旦响起,那就是老街人在挑水了。铁钩与铁钩的纠缠,水桶与井壁的碰撞,脚步与脚步的错杂,眼神与眼神的交流,构成了一幅绝美的风俗画。

城区扩大之后,居民增多,这种维持多年的平衡便被打破了。人们不得不就近打井,以满足日常所需。过去,城内一共有四口井。这些水井都以它们所在的方位命名,比如南门井、城角井、米行井等。月明星稀或满天星斗的夏夜,忙碌了一天的老街人便围坐在古井边上，摇着蒲扇，俗声俚语，家长里短，漫无边际，任月光倾泻，水汽蒸腾，猫狗缠绕。所有的世俗日常，都在你一言我一语中得以呈现和释放。现在，这些水井都已被填平，井口之上覆盖一层厚厚的水泥，人们再也无法领略它们旧日的容颜。然而，谈及那些赖以生存的水井，老街人的脸上都布满灿烂的云霞。

对于这些峇水，古人多有吟咏。清代罗城诗人黄骧的《龙潭晚照》，写尽了龙潭峇的旖旎风光：

> 万载灵潭话不穷，为留好景一泓中。
> 朝涵镜色分苔绿，晚动珠光照水红。
> 斗牛泛来天日暮，鱼虾疑是火云烘。
> 此间料有神奇在，都作龙泉气上冲。

不管是龙潭峇，还是黉宫峇，它们的功用不在观赏，而在实用。当年，龙潭峇作为县自来水厂的固定取水点，在很长一段时间里滋养了老街的芸芸众生，灌溉了老街的悠悠岁月。

三

民间认为，这些峇水和井水都是地下水，只能用于灌溉，而不能像江河那样眼见着流到大海。当然，这只是民间的观念，并没有什么科学依据。

古人说："上善若水，水善利万物而不争。"这世上的水，升而为云，潜而为流，飘而为雾。它们或御风播雨，滋润万物；或潜穴而行，通达江海。

罗城县城北面有一个龙岩坡，坡底有一座龙王庙，龙王庙边上有一口杳水，水量丰沛，四时不绝。这些杳水一路向西北奔流，穿村过寨，随后在一个名叫凤凰的地方与从西面流下来的四堡河和从北面流下来的武阳江汇合，向东注入融江、柳江、西江、珠江，成为浩瀚大海晶莹闪亮的一滴。

三江合流，蔚为大观，不经意间便触发了乡间文人的诗情。清代庠生吴汝贤是黄金寺门街人，耳濡目染着这三江汇流的涛声，不由诗兴大发：

曾记春游到镇阳，悬崖百尺水为乡。

呼舟初渡摩奇石，拾级同登拜上方。

地涌三江归锁钥，天生五凤拱明堂。

回头自愧无佳句，对却诗人眉不扬。

这是诗人的感受。

在佛的眼中，这三江汇流之所是：

禅门可收三江水,佛座能得万重山。

而在我看来则是:

江山无限景,都聚一水中。

城或家

一

前些时日,在武汉上大学的女儿在微信上说,准备借暑假回一趟家,"躺平"一段时间,顺便给一个初中的同学当伴娘。直到此时,我才猛然发觉,我已经在这老街旁寄居了二十余年。老街听到了女儿的第一声啼哭,也收纳了她无忧无虑的稚嫩时光。现在,韦家有女已长成,到了谈婚论嫁的青春妙龄。

第一次造访这座小城时,我十六岁,来这里上高中。之前,我对它只闻其名、未见其城,我和它像两个从未谋面的陌生人。当年,从汽车站到我就读的那所学校有三四里的路程,堂哥和我抬着那个没有多少实际内容的木箱,步行三四里路,东倒西歪,到达学校时已近正午。木箱是父亲请木工照着实用的方向打制的,手工粗糙,造型朴拙,但因板材均为香樟,有着清晰而美丽的纹路,看上去赏心悦目。在接下来的日子里,这只散发着缕缕清香的木箱,白日陪我读书,夜晚伴我入眠,直到我毕业离校。因它结实耐用，转了几次手。我毕业时把它留给了一个低一届的老乡，这个老乡毕业时又将它转给了我的侄女。这样一来，这只笨拙而结实的木箱前后在城里待了七年，远比我当年待的时间要长。现在，那只木箱已不知去向，留下的仅仅是一份遥远的念想。

二

二〇〇〇年，岁次庚辰，时在菊月，也就是女儿差不多周岁的时候，我悄悄地进入了小城的内部，成了它微如尘埃的一分子，并把家安在了一个名叫"南瓜冲"的地方。这里原先是蔬菜大队第九小队的菜地。因为遍地都是黝黑而坚硬的狗牙石，只适宜南瓜之类的农作物生长，故得名"南瓜冲"。二十年间，我步履匆匆，无暇顾及身边的老街，等到想起它的时候，已是双眼迷蒙、两鬓飞霜。老县衙等不来县令，却等来了无边的藤蔓。标本式的老旧房，蜷缩在逼仄的角落里。拆下门板在自家门口摆摊儿的老奶奶，牙齿已经掉尽，说话夹带着风声。摇着铃铛沿街售卖雪条雪糕的货郎已经没了踪影，唯有那三五棵老榕树还在那儿自顾自地遮天蔽日。还有那喜旧厌新的相机镜头，还有那远方归来的实木拐杖，还有那认不清家门的时尚墨镜。在不同的时空里，他们是来的人，也是去的人。一来一去之间，横亘着酸甜苦辣、喜乐哀愁的人生。

从老家瓦窑到县城约一百余里路,不近不远。古人尚能朝碧海而暮苍梧,今人自不待言,可谓家山咫尺,咫尺家山。

"五亩之宅,树之以桑。"过去老百姓讲究的是"乱住世",有几分田收几分谷,有多长命吃多少饭,顺势而为、随遇而安,与风雨共忧乐、与草木同荣枯。他们活得散淡随意,对生存环境没有任何苛刻的要求,一如那随风飘散的草籽,随时随地都可以落地生根。

"年深月影由吾影,身见他乡即家乡。"当年,周钢鸣的家族千里迢迢从福建漳州迁移而来,不觉其远,乐观豁达。眼前这早晚行走的小城,屋舍俨然,淡远宁静,或者正在变成我的家山。

三

这天,女儿说要"回"武汉去了,言语之间,云淡风轻。世间文字千千万,何以这个"回"字让人瞬间无语凝噎?脚下这一小块地方,已经无法安顿一颗远行的心。此时我才真切地体会到,"家"或许就是一个飘忽不定、无法描画的意象。那安放在小巷深处的家,或许就是一个没有驼铃、骏马和健卒,其他一应俱全的驿站。

那天,目送女儿进了车站,我独自从柳州驱车返回。一路天高云淡,和风吹拂,柔软的车轮与坚硬的路面摩擦所发出的声音,单调而刺耳。下了高速公路后,我驾车径直在弯曲而又狭窄的二级公路上飞驰，不到一炷香的工夫便回到了白马路二巷65号的家。泊好车后，趁着难得的好天气，我独自到老街走走，并在北帝庙前长久徘徊。那屋脊上三五小兽还在，那墙上爬满青苔的青砖还在，甚至前几天在屋檐下结网的蜘蛛也还在，只是少了行人笃笃的脚步声和探寻的目光。这人世间的许多事物就是这样，总有它们存在的底气和理由，绝不会因为人的关注与否而存在或消失，就如同老街深处那棵巨大的榕树。

正恍惚间，街巷尽头，一个回收废旧物品的老人推着三轮车缓缓走来。他手上的铃铛不停摇荡，声音急促而激越。

回到家里，女儿养在家里的"美短"宠物猫，听到我的脚步声在笼子里上下翻腾，睁着宝石般的双眼，定定地与我对视。于是，我蹲下来，打开笼子，任由它放开手脚，满地撒欢儿……